지식인 시의 대상애

지식인 시의 대상애

2004년 2월 5일 초판 1쇄 인쇄
2004년 2월 16일 초판 1쇄 발행

지은이 | 맹문재
펴낸이 | 孫貞順
펴낸곳 | 도서출판 작가
　　　　 서울 서대문구 북아현3동 180-22 (우120-193)
　　　　 전화 | 365-8111~2　팩스 | 365-8110
　　　　 이메일 | morebook@korea.com　morebook@morebook.co.kr
　　　　 홈페이지 | www.morebook.co.kr
　　　　 등록번호 | 제13-630호(2000. 2. 9.)

편　집 | 이형선 김이하
디자인 | 오경은
미　술 | 김명해
영　업 | 이경민 설동근
관　리 | 이용승
사　진 | 남종역

ISBN 89-89251-18-4

값 12,000원

지식인 시의 대상애

맹문재 시론집

작가

책머리에

　20대에 읽은 사르트르(J.P.Sartre)의 『지식인을 위한 변명』이란 얄팍한 책은 지금까지 나의 삶에 영향을 미치고 있다. 책을 단지 수단으로만 읽고 있던 나는 그 후부터 지식인다운 삶을 늘 생각하게 되었다. 그렇다면 나이를 생각할 때에 이른 지금, 나는 정녕 지식인답게 살아가고 있는가? 부끄럽게도 그렇다고 답할 수가 없다. 나는 조그마한 일들을 두고 삶의 지혜로 결부시킬 정도로 소인에 불과한 것이다. 사르트르가 지식인과 구별해 놓은 지식전문가처럼 지배계급의 이데올로기를 과학적이고 보편적인 법칙인 양 신봉하고 통치수단으로 여길 정도로 타락하지는 않았지만, 모순되고 왜곡된 대상들에 맞서는 실천행동을 제대로 못하고 있는 것이다. 나는 왜 이리 움츠리고 있는가? 이 점을 극복해내는 것이 앞으로 나의 삶과 학문에 있어서의 과제이다.

　이 책의 제1부는 그동안 발표한 글들 중에서 지식인과 관련이 있다고 생각하는 것들을 모아보았다. 박인환에 대해서는 기존의 모더니즘 시인이라는 단선적인 평가를 지양하고 지식인 차원에서 보려고 했고,

7

김지하의 경우는 과거의 목마른 저항 차원보다 1990년대부터 관심을 가지고 있는 생명사상 쪽으로 살펴보았다. 박찬일의 시작품에서는 지동설을 학자의 양심으로 내세웠다가 목숨을 보존하기 위해 자신의 학설을 번복한 갈릴레오(G.Galileo)의 사상과 삶을 생각해보았고, 손택수의 시에서는 자기애를, 박성우의 시애서는 리비도를, 임영조의 시에서는 의인(擬人)을 작품의 특징으로 살펴보았다. 그리고 박노해, 백무산, 김남주 등 산업화시대 시인들의 시세계를 정리해보았다.

제2부는 여성시들을 모아보았다. 후기 자본주의 사회의 페미니즘 시라는 주제로 고정희, 강은교에서부터 나희덕, 허수경까지의 시세계를 살펴보았고, 김상미, 손한옥, 방미영, 허청미의 시세계도 살펴보았다. 나는 2002년부터 경희대학교 비교문화연구소 '한국근현대여성연구팀'에서 한국학술진흥재단의 기초학문 육성사업 지원으로 일제 강점기부터 현대까지 여성들의 미용문화, 가정교육, 연애·결혼문화, 여가 문화 등 일상문화와 관련된 자료를 정리하고 관련된 글을 쓰고 있는데, 이 책에서는 싣지 못했다. 앞으로 더욱 관심을 가져 여성성을 이해하는 것은 물론 문학의 영역까지 넓히고 싶다.

제3부는 난쟁이로 상징되는 작은 사람들의 의미를 담아보려고 했다. 최종천의 시, 기형도의 시, 김은경부터 장만호에 이르기까지의 시들, 근로자문화예술제, 민족작가회의 부천지부 시인들의 시, 중앙시우들의 시 등을 살펴보았다. 그리고 이기철 시인과의 대담을 실었다. 나는

이 글들에서 작은 사람들의 꽃이 천천히 피어날 것이라는 나선(螺線)의 역사관을 가지려고 했다.

하루하루가 초침처럼 빠르게 지나간다고 느끼면서 살다보니 어느덧 한 해가 저물고 새해가 되었다. 지난해에 출간한 저서가 뚜렷한 것이 없다고 생각하니 다소 우울하다. 또한 발표한 글들을 이 책으로 정리하면서 최대한 고쳤는데도 여전히 부끄럽다. 다음에 출간하는 책에서는 한 그루의 나무를 꼭 담도록 하자.

나를 믿고 있는 가족들과 친구들, 나와 함께 공부하는 제자들과 학형들, 지도해주시는 최동호 선생님을 비롯한 고려대 은사님들, 신달자 선생님을 비롯한 명지 선생님들, 경희대 이화형 선생님께 감사함을 전한다. 이 책의 출간을 맡아준 손정순 시인과 편집부의 오경은님, 교정을 봐준 이주희 시인께도 고마움을 전한다.

눈들이 그득하게 쌓인 2004년 정월에
맹문재

제1부
시인, 그 당당한 지식인

시인, 그 당당한 지식인

| 박인환론

1

시인이란 지식인(intelligentsia)이다. 지식인이란 어떤 사람인가? 일찍이 사르트르(J.P.Sartre)는 『지식인을 위한 변명』에서 지식인을 지식전문가와 구별해 놓고 있다. 지식전문가는 지배계급이 제시하는 기존 이데올로기의 허구를 깨닫지 못하는 자들인 반면, 지식인은 자기계급의 모순을 깨닫는 자들이다. 그러므로 지식전문가는 지배계급의 이데올로기를 과학적이고 보편적인 법칙인 양 신봉하고 통치수단으로 여겨 결국 지배계급의 수하가 된다. 이에 비해 지식인은 자기계급의 모순이 지배계급에 연유함을 깨닫고, 즉 지배계급의 필요에 의해 자신이 봉사자로 또 전문 연구가로 만들어졌음을 깨닫고 자기계급의 한계를 극복하고자 한다. 그리하여 지식인은 자신과의 싸움을 통해 지배계급의 헤게모니를 거부하고 사회의 모순에 대항하는 사람들과 연대감을 갖는다.

그렇다면 우리 시대에 필요한 시인(지식인)의 상(像)은 어떤 것일까? 우선 우리가 살아가고 있는 시대의 정황을 살펴볼 필요가 있다. 루카치(Georg Lukács)가 『소설의 이론』에서 고대 그리스 문화로부터 근대 문화로의 변화 과정을 "별이 빛나는 창공을 보고, 갈 수가 있고 또 가야만 하는 길의 지도를 읽을 수 있던 시대"에서 "이제 어떠한 불빛도 더 이상 사건의 세계 위나 영혼이 완전히 소외된 그 세계의 미로 위를 비추지 않"는다고 비유하였듯이, 전형화할 수 있는 세계가 사라진 것이 우리의 시대이다. 그런데도 불구하고 사람들은 이 복잡하고 생존 경쟁이 치열하고 비인간화된 사회에 잘 적응하고 있다. 듀보(René Dubos)가 『적응하는 인간』에서 언급했듯이, 인간들이 문제가 되는 것은 환경에 제대로 적응을 못해서가 아니라 환경에 너무 잘 적응하고 있기 때문이다. 대부분의 도시인들은 치열한 생존 경쟁의 상황에서 긴장된 생활을 하고 있으면서도 잘살아가고 있다. 생존 경쟁이 치열하지 않은 농촌 사람들보다도 만족감과 자부심과 넉넉함을 가지고 있다. 그리하여 농촌 출신 도시인들조차 자기 고향으로 돌아가려고 하지 않고 도시에서의 성공을 지향한다. 마음속으로는 짙은 향수를 품고 있지만 실제로는 도시에서의 삶의 기반을 버리고 고향으로 돌아가려고 하지 않는다. 또한 도시인들은 각종 사건과 사고, 환경오염, 소음, 악취, 혼잡, 몰인정 등의 상황에도 잘 적응한다. 그에 대한 방편으로 방범 시설을 견고하게 하고, 깨끗한 물을 사 마시고, 방음 장치를 하고, 교통 혼잡으로 차 안에 갇히게 되어도 잘 참고, 보험금을 노려 아내를 살해한 비정한 남편의 이야기를 텔레비전 뉴스를 통해 듣게 되어도 분노하거나 슬퍼하지 않고 감정을 잘 다스린다. 뿐만 아니라 별 하나 보이지 않는 우중충한 하늘, 자동차의 배기가스에 죽어가는 가로수들, 손님으로 대접받지 못하는 각종 행사, 거짓말투성이의 엄청난 광고들, 대중 속에서의 고독 등에도 상처받지 않고 잘 적응해 간다.

그러나 이와 같은 적응은 바람직한 것이 아니다. 결국 삶의 근저가 되는 가치들이 파괴되는 상황에 순응하는 것이기 때문이다. 그러므로 인간적 가치들이 훼손되고 왜곡된 환경에 습관처럼 적응하는 일은 바람직하지 않으며 자기를 잃고 마는 것이다. 적응은 한 개인과 변화하는 세계에 어떠한 태도를 취하느냐에 따라 능동적 적응(적극적 적응)과 수동적 적응(소극적 적응)으로 나눌 수 있다. 일반적으로 적응을 잘한다는 것은 세계와 일치를 이룬다는 것으로 바람직한 현상으로 볼 수 있고, 그 개인은 성실성과 신뢰감을 갖춘 사람으로 평가받을 수 있다. 그렇지만 그러한 적응은 바람직한 사회가 성립되었을 때만 가능하다. 사회가 적응할 만한 가치를 갖추고 있을 때만 의미가 있는 것이다. 그렇지 못했을 때, 즉 오늘날과 같이 물질주의가 횡행해 사회가 병들어 있는 상황에 잘 적응한다는 것은 바람직한 일이 아니고 오히려 그렇게 해서는 안 되는 일이다.

　따라서 바람직한 적응이란 주어진 환경에 그저 수동적으로 따르는 것이 아니라 적응할 만한 환경을 이룩해나가는 것이다. 환경에 지배당하는 순응이 아니라 타락한 환경을 개선하고 극복해 나가는 것이다. 인간 가치를 실현시킬 수 있는 사회의 여러 조건들을 적극적으로 개선해 나가는 것으로 자신의 주체성을 지키는 일이다. 그러므로 자기도 모르게 안일하게 순응해 가려는 태도를 아프도록 반성해야 하는 것이다.

　이러한 의무와 역할이 바로 오늘의 지식인 시인들에게 요구되는 점이다. 진정한 시인이란 영원히 자기 비판을 수행하는 자이다. 자신의 명예와 경제적 이익을 추구하는 자가 아니라 자신의 존재가 모순된 이 사회와 밀접한 관련이 있음을 인식하고 그 극복을 위해 끊임없이 자기 반성을 하는 지식인인 것이다. 그것은 괴롭고 아프고 또 고독할 수밖에 없는 일이다. 그렇지만 자신이 인텔리이기 때문에 피할 수가 없다. 자신의 목숨을 걸고 지식에 대한 신념으로 지동설을 주장했던 갈릴레이나 제정 러시아 시대에 짜르정권을 무너뜨린 혁명적 인텔리겐치아들, 드레퓌스 사건의 인권유린에 대항하여 '나는 고발한다' 라고 외쳤던 에밀 졸라, 그리고 정치를 바로잡고 백성들을 구하는 데에 뜻을 두고 실학에 전념했던 정약용 등이 그러했다. 그들은 자신의 비판과 고독으로 대학교수가 되겠다던가, 특허를 따겠다던가, 돈을 벌어서 거부가 되겠다던가 하는 목적이 없었다. 단지 그 자신이 인텔리였기 때문에 자기의 양심을 버릴 수가 없었던 것이다.

시인은 그러한 양심이 있을 때 당당해질 수 있다. 마치 북미 서해안의 콰키우틀(Kwakiutl) 인디언의 추장처럼 자긍심이 강해질 수 있는 것이다. 콰키우틀 인디언들은 수확기가 되면 생산물을 추장에게 바친다. 그 결과 추장은 많은 재물을 축적하게 되지만 개인적으로 소유하지 않고 이웃 부족은 물론이고 자기 영역 내의 모든 인디언들을 초대해 포틀래치(potlatch) 의식을 행한다. 자신의 재물을 될 수 있는 한 많이 내놓고 성대한 잔치를 벌이는데, 잔치에 초대받은 사람들은 밤낮을 가리지 않고 추장이 준비한 음식을 먹고 마시며 놀 뿐만 아니라 행사가 끝난 뒤에는 남은 음식이나 물건들을 필요한 만큼 가져간다. 그래도 음식이나 물건이 남으면 추장은 모두 불태워버린다. 그리하여 추장은 빈털터리가 되지만 그래도 추장은 그것을 명예롭게 여기고, 부족민들 역시 추장의 그 넓은 아량에 고마워하고 존경한다. 포틀래치 의식은 추장 스스로 자신의 재산이 다른 사람들보다 많아지는 것을 방지하고자 행한다. 부의 편차가 심화되면 위화감이 발생하고 권력이 기울게

될 것이기 때문에 이를 미연에 방지하기 위해 스스로 자신의 재산을 공개하고 재분배하는 것이다. 이는 함께 살아가는 부족민들이 그 무엇보다도 소중하다고 여기고 있기 때문이고, 추장으로서의 자긍심이 강하기 때문이다.

부족민들을 위해 포틀래치를 벌이는 인디언 추장의 자긍심은 점점 물신화되어감에 따라 정신 가치가 여지없이 무너지고 있는 이 시대를 살아가고 있는 시인들에게 진정 필요한 것이다. 시인은 지식전문가가 아니라 지식인이 되어야 한다. 지식인으로서의 신념과 양심을 잃지 않고 진실의 편에 서서 이 사회의 모순에 대항해야 하고, 그러한 사람들과 연대해야 하며, 나아가 이 세계의 본질을 보다 깊게 통찰해야 한다. 현실적인 삶에서는 가난하고 밀려나 있다고 할지라도 움츠러들지 말고 포틀래치를 벌이는 인디언 추장처럼 자긍심을 가져야 한다. 옹호해야 할 가치와 사람들을 적극적으로 옹호해야 하고 지향해야 할 세계를 떳떳하게 지향해야 한다. 그렇게 되면 시인은 이 세계를 총체적으로 이해할 것이고, 자신의 아픔을 넘어 다른 사람의 아픔을 당당하게 이해할 것이다. 이제 이러한 지식인의 모습을 1950년대에 가장 치열하게 작품 활동을 했던 박인환 시인의 작품 세계를 통해 살펴보고자 한다.

2

박인환의 시세계에 대해서는 대체로 전후(戰後) 모더니즘의 기수라고 정리되고 있다. 이러한 정리는 박인환의 삶을 근거로 한 것이므로 사실적이고 정확한 것일 수 있다. 그렇지만 위험한 것이기도 하다. 그의 시세계가 전기적 사실에 의해서만 조명된 것으로, 즉 시작품이 삶에 종속된 것이므로 재고될 필요가 있는 것이다. 박인환이 타계한 지 반세기가 다 되어가는 시점에서 그의 작품들을 새롭게 살피는 취지가 여기에 있다.

시인으로서의 박인환은 해방이 되자마자 평양에서의 의과대학 공부를 뒤로하고 상경하여 〈마리서사(茉莉書舍)〉를 개업한 때부터 주목된다. 〈마리서사〉의 개업은 단순히 서점을 경영하기 위한 것이라기보다 문단 활동을 본격적으로 하기 위한 거점을 마련하려는 데 목적이 있었던 것이다. 박인환은 1926년 강원도 인제에서 맏이로 태어나 인제공립보통학교에 다니다가 서울로 이사해 덕수보통학교 4학년에 편입한다. 졸업 후에는 당시 수재들이 모인다는 경기중학교에 입학해 집안의 기대를 한몸에 받는다. 그렇지만 학업보다 영화, 문학 등에 빠져 끝내 학교를 자퇴하고 황해도 재령에 있는 명신중학교에 편입한 뒤 졸업한다. 그리고 1944년 관립 평양의학전문학교(3년제)에 입학하는데 8·15해방이 되자 학업을 그만두고 시인이 되기 위해 상경한다.

그 후 박인환은 1946년 12월 《국제신보》의 주간으로 있던 송지영의 추천에 의해 「거리」라는 작품을 발표하면서 문단에 나온다. 이 무렵은 문단 데뷔 제도가 특별히 없었으므로 선배 문인들의 추천에 의해 지상에 작품을 발표하면 정식으로 등단이 되는 것이었다.

박인환은 데뷔 후 본격적으로 문단 활동을 한다. 1948년 양병식, 김차영, 김규동, 김수영, 김경희, 김병욱 등과 함께 동인지 『신시론(新詩論)』을 발간하고, 1949년에는 김경린, 김수영, 임호권, 양병식 등과 함께 합동시집 『새로운 도시와 시민들의 합창』을 발간한다. 또한 1949년에는 『신시론』의 동인 중 김수영, 양병식, 임호권 등을 대신해 이한직, 조향, 이상로 등을 새롭게 받아들여 〈후반기(後半紀)〉 동인을 결성한다.

그렇지만 박인환의 문단 활동이 그의 시세계를 왜곡시키는 결과를 가져오기도 했다. 서구 모더니즘을 수용하여 도시적 소재와 문명어를 통해 삶의 허무함을 노래했다고 알려진 〈후반기〉 동인들의 시세계와 박인환의 경우는 상당한 차이가 있는데도 불구하고, 휩싸여 평가되는 것이다. 『새로운 도시와 시민들의 합창』에 발표한 「열차」, 「지하실」, 「인천항」, 「남풍」, 「인도네시아 인민에게 주는 시」 등은 서구 모더니즘을 추구한 것이라기보다는 시대와 역사에 대한 대항의식이 분명한 것들이다.

밤이면 열차가 지나온
커다란 고난과 노동의 불이 빛난다
혜성보다도
아름다운 새날보담도 밝게

— 「열차」 부분

황갈색 계단을 내려와
모인 사람은
도시의 지평에서 싸우고 왔다

— 「지하실」 부분

밤이 가까울수록
성조기(星條旗)가 펴덕이는 숙사(宿舍)와
주둔소의 네온사인은 붉고
짠그의 불빛은 푸르며

마치 유니언 잭이 날리던
식민지 향항(香港)의 야경을 닮아간다

—「인천항」 부분

앙코르와트의 나라
월남 인민군
멀리 이 땅에도 들려오는
너희들의 항쟁의 총소리

—「남풍」 부분

위의 시들에서 보듯이 박인환은 새로운 시 쓰기를 추구했지만, 그의 시세계를 모더니즘이라고 단정지을 수는 없다. 박인환이 시 쓰기에 있어서 모더니티를 추구했다고 할지라도 그의 시가 곧 모더니즘 시라고 말하기는 어려운 것이다. 모더니티의 추구가 모더니즘의 시가 될 수는 있지만 모더니티가 곧 모더니즘 시는 아닌 것이다.

따라서 박인환의 시세계를 좀더 구체적이고 정확하게 살필 필요가 있다. 이러한 의도는 박인환의 시가 모더니즘 시이니까 사회참여 의식이 없다고 즉 순수시라고 왜곡되고 있는 점을 바로잡기 위해서이다. 박인환은 1950년대의 그 어떠한 시인보다도 사회참여 의식이 강했다. 따라서 그의 시는 모더니즘적인 면이 있기는 하지만 리얼리즘 시로 보아야 하는 것이다.

3

박인환이 해방기에 발표한 작품은 1946년 등단작 「거리」 외에 1947
년 「남풍」 및 「인천항」, 1948년 「나의 생애에 흐르는 시간들」, 「지하
실」, 「인도네시아 인민에게 주는 시」, 그리고 1949년 「열차」 등이다.
작품들 중에서 「거리」와 「나의 생애에 흐르는 시간들」을 제외하고는
모두 합동시집 『새로운 도시와 시민들의 합창』에 수록되어 있는데, 해
방기의 사회현실에 대한 박인환의 인식이 잘 드러나 있다.

> 나는 불모의 문명 자본과 사상의 불균정(不均整)한 싸움 속에서
> 시민정신에 이반(離反)된 언어작용만의 어리석음을 깨달았었다
> 　자본의 군대가 진주(進駐)한 시가지에는 지금은 증오와 안개 낀
> 현실이 있을 뿐…… 더욱 멀리 지난날 노래하였던 식민지의 애가(哀
> 歌)이며 토속의 노래는 이러한 지구(地區)에 가라앉아 간다

합동시집에 실려 있는 박인환의 서문인데, 해방정국이 "불모의 문명
자본과 사상의 불균정(不均整)한 싸움"의 장(場)이라고, 즉 새로운 제
국주의의 팽창으로 인해 이데올로기의 갈등이 심각한 곳으로 바라보
고 있다. 주지하다시피 해방기에는 진정한 민족국가 건설을 위한 다양
하고도 치열한 견해들이 분출되어 문단에서도 좌익의 조선문학가동맹
과 우익의 전조선문필가협회로 양분되어 사상 대결이 치열했다. 박인
환은 어느 쪽에도 가담하지 않고 객관적인 태도를 취했다. 문단에 갓
나온 신인이라는 신분상의 제약도 있었지만 어느 쪽이든 과도한 편향
을 보인다고 판단했기 때문에 나서지 않았다. 참여의식은 있었지만 양
진영간의 싸움이 "시민정신에 이반(離反)된 언어작용"임을 깨달았던

것이다.

이처럼 박인환은 한쪽으로 기울지 않고 자기 나름대로 길을 모색했다. 시인으로서 해방정국의 혼란한 현실을 회피할 수는 없다고 생각하고 시민정신에 이반되지 않는 언어작용을, 곧 "지난날 노래하였던 식민지의 애가(哀歌)이며 토속의 노래"가 아니라 그러한 것들을 극복하는 새로운 시를 추구한 것이다. 식민지의 애가는 주권 상실에 따른 슬픔을 토로했던 시들이고 토속의 노래는 소위 순수 서정시들로, 박인환은 모두 감상적이고 현실 도피적이라고 여기고 극복하고자 했다. 박인환의 이러한 인식은 새로운 시대를 새로운 시로 반영해야 한다는 것으로 제국주의의 아수라장이 된 정국을 극복해 나갈 주체로 "시민정신"을 내세운 것이다.

> 제국주의의 야만적 제재는
> 너희뿐만 아니라 우리의 모욕
> 힘있는 대로 영웅되어 싸워라
> 자유와 자기 보존을 위해서만이 아니고
> 야욕과 폭압과 비민주적인
> 식민 정책을
> 지구에서 부숴내기 위해
> 반항하는 인도네시아 인민이여
> 최후의 한 사람까지 싸워라
>
> —「인도네시아 인민에게 주는 시」 부분

박인환은 이처럼 강대국들의 식민지가 되어온 인도네시아의 상황을 조선의 해방기 상황과 연결시켜 진정한 민족해방을 촉구하고 있다. "제국주의의 야만적 제재는/너희뿐만 아니라 우리의 모욕"이라는 인식에서 여실히 드러나듯이 약소민족의 투쟁을 재촉하고 있는 것이다. 인도네시아 인민에게 투쟁을 바라고 있는 것은 약소민족간의 연대의식으로, 결국 조선의 해방을 바라는 면이다. 해방기의 반제국주의 운동은 민족인이라면 누구나 동의하는 것으로 "반항하는 인도네시아 인민이여/최후의 한 사람까지 싸워라"라는 호소는 설득력이 있다. 300년 동안 강대국들로부터 온갖 강탈과 착취와 폭력을 받아온 인도네시아를 본보기로 삼아 민족의 자존을 지키고자 역설(力說)하고 있는 것이다.

> 민족의 운명이
> 쿠멜신(神)의 영광과 함께 사는
> 앙코르와트의 나라
> 월남 인민군
> 멀리 이 땅에도 들려오는
> 너희들의 항쟁의 총소리
>
> ―「남풍」부분

「인도네시아 인민에게 주는 시」와 같은 주제를 보이고 있는 작품으로 항쟁의 방법도 유사하다. "월남 인민군/멀리 이 땅에도 들려오는/너희들의 항쟁의 총소리"가 "남풍"을 타고 조선에 들어와 크게 퍼지기를 기대하고 있다. 제국주의의 야욕으로 인해 민족의 주체성을 상실한 조선이 월남 민중들의 투쟁을 표본으로 삼아 진정 해방되기를 바라고 있는 것이다. "밤이 가까울수록/성조기(星條旗)가 퍼덕이는 숙사(宿

숨)와/주둔소의 네온사인은 붉고/짠그의 불빛은 푸르며/마치 유니언
잭이 날리던/식민지 향항(香港)의 야경을 닮아간다"(「인천항」)와 같은
현실 인식이 있기 때문이다.

　해방정국의 인천항이 마치 제국들로부터 식민지화되었던 "향항" 즉
홍콩을 닮아가고 있다는 박인환의 인식은 제국주의의 영향이 얼마나
큰 것인지를 여실히 보여준다. 특히 "성조기(星條旗)가 펴덕이는 숙사
(宿舍)와/주둔소의 네온사인은 붉고"에서 보듯이 미국의 영향을 직시
하고 있다. 미군이 주둔하고 있는 인천항을 중일전쟁 때 일본이 지배
했던 홍콩과 같다고 보고 있는 것이다.

　실제로 인천항은 한국 근대사에 있어서 타의에 의하든 자의에 의하
든 상징하는 바가 크다. 강화도조약으로 인해 개항이 이루어져 조선에
신문물이 본격적으로 밀려들어온 항구이기도 하고, 해방이 되어 해외
에서 떠돌던 수많은 동포들이 부푼 꿈을 안고 귀국한 곳이기도 하고,
제국주의의 자본과 야욕이 몰려든 곳 즉 아편과 모리배들이 내왕하고
미군의 본격적인 신식민지 정책이 진주한 곳이기도 하다. 박인환은 그
러한 "인천항"을 통해 제국주의의 식민지 정책을 강도 높게 비판하고
있다.

　　가난한 사람들의 슬픈 관습과
　　봉건의 터널 특권의 장막을 뚫고
　　피비린 언덕 너머 곧
　　광선의 진로를 따른다
　　다음 헐벗은 수목(樹木)의 집단 바람의 호흡을 안고
　　눈이 타오르는 처음의 녹지대

거기엔 우리들의 황홀한 영원의 거리가 있고

밤이면 열차가 지나온

커다란 고난과 노동의 불이 빛난다

—「열차」부분

열차가 출발하는 모습을 새로운 의욕을 가진 것으로, "가난한 사람
들의 슬픈 관습과/봉건의 터널 특권의 장막을 뚫"는 모습으로 보고 있
다. 나아가 "거기엔 우리들의 황홀한 영원의 거리가 있고/밤이면 열차
가 지나온/커다란 고난과 노동의 불이 빛난다"라고 희망한다. 그러나
새날은 쉽게 오는 것이 아니라 "죽음의 경사"를 지나는 것과 같이 고난
과 고통이 따른다.

이처럼 박인환의 해방기 인식은 현실을 정확하게 파악한 것이다. 다
만 그가 내세운 시민정신을 더 이상 진행하지 못한 점이 아쉬운데, 그
의 한계이기도 하지만 시대의 한계이기도 하다. 6·25전쟁의 발발이
그 결정적 원인인 것이다.

4

이 세대는 세계사가 그러한 것과 같이 참으로 기묘한 불안정한
연대였다. 그것은 내가 이 세상에 태어나고 성장해온 그 어떠한 시
대보다 혼란하였으며 정신적으로 고통을 준 것이었다.

시를 쓴다는 것은 내가 사회를 살아가는 데 있어서 가장 지지할
수 있는 마지막 것이었다. 나는 지도자도 아니며 정치가도 아닌 것

을 잘 알면서 사회와 싸웠다.

—『선시집』후기 부분

　박인환에게 6·25전쟁은 동시대의 사람들과 마찬가지로 엄청난 상처를 준 사건이었다. 일제 강점기의 억압과 해방기의 혼란한 상황을 경험했지만 6·25전쟁으로부터 가장 큰 충격을 받아 "이 세상에 태어나고 성장해온 그 어떠한 시대보다 혼란하였으며 정신적으로 고통을 준 것이었다"라고 토로하고 있다. 일제 강점기의 경험이야말로 비참한 것이었지만, 성인이 되어 겪은 6·25전쟁에서 더욱 역사적 아픔을 인식했던 것이다.

　따라서 6·25전쟁의 체험을 담은 그의 시들은 절망과 허무함으로 채워져 있다. 그렇지만 좌절을 표현한 것이 아니라 모든 것이 폐허가 된 상황 속에서 휴머니즘을 절규한 것이다. 시대를 회피한 것이 아니라 지극히 비인간적인 삶의 조건들에 대하여 대항한 것으로, "시를 쓴다는 것은 내가 사회를 살아가는 데 있어서 가장 지지할 수 있는 마지막 것이"라는 의식으로 처절하게 밀고 나아간 것이다.

　　기총과 포성의 요란함을 받아 가면서
　　너는 세상에 태어났다 주검의 세계로
　　그리하여 너는 잘 울지도 못하고
　　힘없이 자란다.

　　엄마는 너를 껴안고 3개월 간에
　　일곱 번이나 이사를 했다.

서울에 피의 비와
눈바람이 섞여 추위가 닥쳐오던 날
너는 입은 옷도 없이 벌거숭이로
화차 위 별을 헤아리면서 남으로 왔다.

나의 어린 딸이여 고통스러워도 애소(哀訴)도 없이
그대로 젖만 먹고 웃으며 자라는 너는
무엇을 그리우느냐.

너의 호수처럼 푸른 눈
지금 멀리 적을 격멸하러 바늘처럼 가느다란
기계는 간다. 그러나 그림자는 없다.

엄마는 전쟁이 끝나면 너를 호강시킨다 하나
언제 전쟁이 끝날 것이며
나의 어린 딸이여 너는 언제까지나
행복할 것인가.

전쟁이 끝나면 너는 더욱 자라고
우리들이 서울에 남은 집에 돌아갈 적에
너는 네가 어데서 태어났는지도 모르는
그런 계집애.

나의 어린 딸이여

너의 고향과 너의 나라가 어데 있느냐

그때까지 너에게 알려줄 사람이

살아 있을 것인가.

— 「어린 딸에게」 전문

축복을 받으면서 세상에 나오기는커녕 "기총과 포성의 요란함을 받아 가면서" 태어난 딸아이. 박인환은 그 딸아이가 "잘 울지도 못하고/힘없이 자란다"고, 심지어 "주검의 세계로" 지향하고 있다고 그리고 있다. 탄생과 정반대의 상황으로 보고 있는 박인환의 이 인식은 참으로 절망적이고 비참하다.

전쟁은 딸아이뿐만 아니라 가족 모두에게도 고통을 주었다. "엄마는 너를 껴안고 3개월 간에/일곱 번이나 이사를 했다"는 사실에서 볼 수 있듯이 가족들에게 이루 말할 수 없는 고통을 준 것이다. 더욱이 그 고통이 극복될 것이라는 희망이 보이지 않기에 비극적이다. "엄마는 전쟁이 끝나면 너를 호강시킨다 하나/언제 전쟁이 끝날 것이며/나의 어린 딸이여 너는 언제까지나/행복할 것인가."

이러한 상황은 박인환의 자전적인 면이 반영된 것이라고 볼 수 있다. 6·25전쟁이 일어났을 때 박인환은 피난을 가지 못하고 지하생활을 하다가 9·28수복 사흘 전인 25일 딸 세화(世華)를 얻었다. 그리고 12월 8일 가족과 함께 대구로 피난을 갔다. 이러한 상황이었으므로 딸의 출생을 축복하는 일은 사실상 불가능한 것이었고, 죽음의 세계로 갈지도 모른다는 불안감을 가졌다. 6·25전쟁은 이처럼 가족의 삶을 처참하게 무너뜨리는 비극이었다.

전쟁이 끝나 딸아이가 살아남는다고 할지라도 불행은 지속될 것이다. 그리하여 박인환은 "너는 네가 어데서 태어났는지도 모"를 것을, "너의 고향과 너의 나라가 어데 있"는지 모를 것을 안타까워하고 있다. 자신이 태어난 고향이 어디인지 조국이 어디인지 모르는 것은 자신의 뿌리가 뽑힌 것이기에 진정 불행하다. 따라서 박인환은 전쟁에 유린당해 딸의 고향을 지켜주지 못한 것을 부모로서 부끄러워하고 있다. "그때까지 너에게 알려줄 사람이/살아 있을 것인가"와 같이 절규하고 있는 것이다.

> 전쟁 때문에 나의 재산과 친우가 떠났다.
> 인간의 이지를 위한 서적 그것은 잿더미가 되고
> 지난날의 영광도 날아가 버렸다.
> 그렇게 다정했던 친우도 서로 갈라지고
> 간혹 이름을 불러도 울림조차 없다.
> 오늘도 비행기의 폭음이 귀에 잠겨
> 잠이 오지 않는다.
>
> ―「잠을 이루지 못하는 밤」 부분

박인환은 뜻하지 않은 전쟁으로 인해 사랑하는 가족과 친척은 물론이고 친구들을 잃었다. "전쟁 때문에 나의 재산과 친우가 떠났다."(「잠을 이루지 못하는 밤」), "미래와 살던 나와 내 동무들은/지금은 없고"(「고향에 가서」), "새벽에 돌아가는 길 나는 내 친우가/전사한 통지를 받았다"(「무도회」) 등에서 그러한 면이 여실히 나타나 있다.

그렇지만 그 슬픔을 어떻게 해볼 수가 없다. 친구들과 함께 했던 날들을 추억해보지만 이 세상 사람이 아니기에 또 생사를 알 수 없기에 어찌 해볼 수가 없는 것이다. 그리하여 "잠이 오지 않는" 밤, 친구들을 잊지 못하고 그리워한다. 언제 죽을지 모르고, 살아남는다고 할지라도 "미래와 살던" 소중한 친구들을 잃어버렸기 때문에 공허하지만, 끝까지 품는 것이다.

따라서 박인환의 시에 등장하는 "친우"는 그의 사적인 대상이지만 그 이상의 대상이기도 하다. 즉 전쟁을 겪은 모든 사람들이라는 보편성을 띠는 것이다. 그러므로 박인환의 시세계는 지극히 개인적인 것이지만 사회적이고 시대적인 것으로 확장된다. 구체적이면서도 유유(悠悠)한 아픔으로 시대인들과 정서적 공감대를 형성하는 것이다.

> 신이란 이름으로서
> 우리는 최종의 노정을 찾아보았다.
>
> 어느 날 역전에서 들려오는
> 군대의 합창을 귀에 받으며
> 우리는 죽으러 가는 자와는
> 반대 방향의 열차에 앉아
> 정욕처럼 피폐한 소설에 눈을 흘겼다.
>
> 지금 바람처럼 교차하는 지대
> 거기엔 일체의 불순한 욕망이 반사되고
> 농부의 아들은 표정도 없이
> 폭음과 초연(硝煙)이 가득 찬
> 생과 사의 경지에 떠난다.

달은 정막보다도 더욱 처량하다.

멀리 우리의 시선을 집중한

인간의 피로 이룬

자유의 성채(城砦)

그것은 우리와 같이 퇴각하는 자와는 관련이 없었다.

신이란 이름으로서

우리는 저 달 속에

암담한 검은 강이 흐르는 것을 보았다.

　　　　　　　　　　　　　　　　　　 ―「검은 강」 전문

　"신이란 이름으로서/우리는 최종의 노정을 찾아보"고 또 찾아보아야만 하는 상황이 전쟁이다. 최후의 길을 택하는 데에 있어서 객관적인 정보나 자료나 안내에 의해서가 아니라 '신(神)'에 의지하는 행동은 합리적이지 못하다. 그러나 그 막연하고 요행에 의지하면서 행동하는 당사자를 탓할 수만은 없다. 오히려 그럴 수밖에 없는 전쟁 상황에 전적으로 책임이 있는 것이다.

　"어느 날 역전에서 들려오는/군대의 합창을 귀에 받으며/우리는 죽으러 가는 자와는/반대 방향의 열차에 앉아"있는 장면은 비극적이다. "정욕처럼 피폐한 소설"이나 "바람처럼 교차하는 지대"의 상황이다. 한쪽에는 죽으러 가는 것과 다름없는 전쟁터에 끌려가는 사람들이 있고, 반대쪽에는 그들을 외면한 채 오직 자신만이 살겠다고 피난 가는 사람들이 있는 상황. 그곳엔 유적(類的) 존재로서 지켜야 할 인간의 양심이나 양보, 이해, 희생, 질서, 협력, 칭찬, 존경, 아량 등은 실재하지 않고 오직 피폐한 소설과 같은 이기심만이 횡행한다. "거기엔 일체의 불순한 욕망이 반사되고" 있을 뿐이다.

그렇지만 전쟁터로 끌려가는 사람이나 피난길에 나선 사람이나 그들에게는 잘못이 없다. 살고자 하는 그들의 근원적인 욕망을 탓할 수는 없는 것이다. 따라서 전쟁터에 끌려가는 자나 피난 가는 자가 비난받아야 할 하등의 이유는 없고, 오직 전쟁을 일으킨 장본인들에게 책임을 지워야 하는 것이다. 그리하여 시인은 전쟁에 의해 "폭음과 초연이 가득 찬/생과 사의 경지에 떠"나는 사람들을 "농부의 아들"이라고 옹호하고 있다. 농부의 속성을, 농부의 착함을 든 것이다.

농부는 도시인과 달리 자연의 질서를 거역하지 않고 수용하는 사람들이다. 농부는 농사를 짓는 데에 있어서 자신의 능력이나 기술만을 내세우기보다는 자연의 힘을 인정한다. 한 해의 농사가 잘되었다면 자신의 능력이 있다거나 계획이 잘 맞아떨어졌다고 생각하기보다는 하늘이 도와서 가능했다고 여긴다. 비가 적당하게 내렸고 일조량이 알맞았고 태풍이 불지 않았고 이웃들의 보살핌과 조상들의 음덕이 있었기 때문에 가능하다고 여기는 것이다. 이처럼 농부는 자신이 독립적인 존재가 아니라 하늘과 산과 물과 가축과 이웃과 조상과 함께하는 존재라고 생각하므로, 성격이 착하다. 이에 비해 도시인들은 과학기술의 발전에 따른 문명의 혜택을 받고 있기 때문에 착하지 않다. 날이 더워도 에어컨이 있기에 더워하지 않고, 겨울이 되어도 난방장치가 있기에 추워하지 않고, 비가 많이 와도 빌딩이 있기에 안전하게 피할 수 있으므로 자연의 힘보다도 인간의 힘을 믿는 것이다.

결국 박인환은 전쟁터에 끌려가는 군인들이나 피난길에 있는 피난민들이나 모두 "농부의 아들"처럼 착한 사람들로 보고 있다. 그리하여 박인환은 "자유라는 성채"를 비판하고 나선다. 자유라는 성채는 그냥 만들어지는 것이 아니라 끔찍하게도 "인간의 피로 이루"어지기 때문이다.

이처럼 박인환은 전쟁의 명분과 폭력성을 고발하고 있다. 인간다운 삶을 위협하는 일체의 힘인 폭력은 항상 명분을 갖고 있는데 그 크기는 허위의 크기와 비례한다. 가령 절도나 강도는 각각 그만한 크기의 명분과 그에 상응하는 허위와 폭력을 가지고 있는데 비해 전쟁은 그것들과는 비교할 수 없을 정도로 큰 명분과 그에 상응하는 허위와 폭력을 가지고 있는 것이다. 전쟁은 '자유라는 성채'를 쌓는다는 명분을 가지고 있지만 '인간의 피'로 이룰 만큼 허위적이고 그에 상응하는 폭력이 수반된다. 피지배자는 그 누구도 전쟁을 원하지 않는데 반해 소수의 지배자들이 자신의 이해관계 때문에 전쟁을 일으키고 폭력을 행사하는 것이다. 그리하여 박인환은 지배자들이 명분으로 내세우는 자유며 해방, 민족, 통일, 평등 등은 허위일 뿐 "우리와 같이 퇴각하는 자와는 관련이 없"다고 단언한다. 그리고 "신이란 이름으로서/우리는 저 달 속에/암담한 검은 강이 흐르는 것을" 보며 절망한다. '검은 강'이란 죽음의 강이다. 따라서 검은 강물이 흐르는 '달'은 죽은 지구의 다른 이름으로 곧 "정막보다도 더욱 서량"한 삶의 터전을 나타내는 것이다.

5

전쟁이 끝났지만 박인환의 허무함과 상실감은 끝날 수 없었다. 평소 친하게 지내던 친척들과 친구들과 이웃들이 전쟁으로 인해 행방불명되거나 희생되었고, 삶의 터전이 폐허가 된 상황에서 살아남은 자로서 갖는 허탈함은 이루 말할 수 없는 것이었다. 전후 서구의 실존주의가 문학뿐만 아니라 사회 전반에 전염병처럼 번진 것은 삶과 죽음의 극한 적 체험을 겪은 사람들의 가슴이 그만큼 공허했음을 반증한다. 실존이 본질에 앞선다는 사상은 폐허 상태에 있는 사람들에게 충분히 전염될 수 있는 것이었다.

박인환이 1955년(30세) 3월 5일 화물선 '남해호'를 타고 미국 여행 을 한 것은 그와 같은 상황으로부터 벗어나고자 하는 바람이 있어서였 다. 물론 그 여행은 "나는 나도 모르는 사이에 먼 나라로/여행의 길을 떠났다./수중엔 돈도 없이/집엔 쌀도 없는 시인이/누구의 속임인가/나 의 환상인가/그저 배를 타고/많은 인간이 죽은 바다를 건너/낯선 나라 를 돌아다니게 되었다"(「여행」)라고 토로하고 있듯이 충분한 시간과 계획에 의해서라기보다는 우발적인 것에 가까웠다. 따라서 여행은 여 유를 가지고 자세히 돌아본 것이 아니라 화물선이 기항하는 항구에 올 라가 여기저기 기웃거렸을 정도였다. 그렇지만 3월 5일 부산항 출발, 3 월 6일 일본 고베항 기항, 3월 22일 미국 워싱턴주 올림피아 도착, 4월 10일 귀국, 귀국 후 조선일보(5월 13일, 17일)에 「19일 간의 아메리카」 기고, 그리고 그의 첫 시집인 『선시집』에 11편의 시를 '아메리카 시초 (詩抄)'라는 묶음으로 수록 등의 과정을 보면 그 나름대로 성과를 거 둔 것으로 보인다. 그런데 박인환은 여행 과정에서도 고국의 전쟁에 대한 아픔을 버리지 못하고 있다.

옛날 불안을 이야기했었을 때
이 바다에선 포함(砲艦)이 가라앉고
수십만의 인간이 죽었다.

어둠침침한 조용한 바다에서 모든 것은 잠이 들었다.

그렇다. 나는 지금 무엇을 의식하고 있는가?

단지 살아 있다는 것만으로서.

―「태평양에서」 부분

한국에서 전사한 중위의 어머니는

이제 처음 보는 한국 사람이라고 내 손을 잡고

시애틀 시가를 구경시킨다.

많은 사람이 살고

많은 사람이 울어야 하는

아메리카의 하늘에 흰구름.

그것은 무엇을 의미하는가.

―「어느 날」 부분

  박인환은 "에베레트의 일요일/와이셔츠도 없이 나는 한국 노래를
했다./그저 쓸쓸하게 가냘프게"(「에베레트의 일요일」)와 같이 여행하
는 동안에도 고국의 전쟁으로 인한 황폐함과 참담함과 불안함을 안고
있다. "그렇다. 나는 지금 무엇을 의식하고 있는가?/단지 살아 있다는
것만으로서"(「태평양에서」)와 같이, 그리고 "많은 사람이 울어야 하는
/아메리카의 하늘에 흰구름./그것은 무엇을 의미하는가"(「어느 날」)와
같이, 자기 반성까지 하고 있다. 고국의 현실을 회피하지 않은 것이다.
"내 모자 위에 중량이 없는 억압이 있다./그래서 뒷길을 걸으며/서울
로 빨리 가고 싶다고/센티멘털한 소리를 한다"(「어느 날의 시가 되지

않는 시」)라고 자신을 낮추며 귀국 의지를 드러내고 있듯이, 전쟁의 아픔을 민족의 한 구성원으로서 기꺼이 껴안으려고 한 것이다.

박인환은 미국 여행을 다녀온 이듬해인 1956년(31세) 3월 17일, '이상(李箱) 시인 추모의 밤'을 예년과 같이 열었다. 이날 〈동아일보〉에 이상을 추모하는 시 「죽은 아포롱」을 발표하기도 했다. 박인환은 이상의 문학과 삶을 자신이 추구하는 시의 전범으로 삼아오고 있었다. 일제 강점기 동안 숨막히도록 불안을 느끼고 살면서 그 불안을 철저히 시로 나타낸 이상의 정신을 자신의 거울로 삼아왔던 것이다.

박인환은 추모행사 이후 사흘 동안이나 술을 마시다가 3월 20일 귀가했다. 그리고 오후 9시쯤 사망했다. 새로운 시를 쓰기 위해 〈마리서사〉를 개업하고 〈후반기〉 동인을 결성하고, 해방정국과 6·25전쟁이란 엄청난 폭력 앞에서 절망해온 삶을 마침내 마감한 것이다.

박인환은 인간의 삶을 철저하게 무너뜨린 6·25전쟁과 그 전쟁으로 인한 비애감과 상실감 그리고 허무함을 작품 세계에서 특히 드러냈다. 그것이 다소 센티멘털한 표현으로 나타나기도 했지만 지나치게 폄훼할 것까지는 없다. 박인환은 동시대의 그 어느 시인보다도 전쟁의 아픔을 깊게 인식하고 반영해낸 것이다.

한잔의 술을 마시고
우리는 버지니아 울프의 생애와
목마를 타고 떠난 숙녀의 옷자락을 이야기한다
목마는 주인을 버리고 그저 방울 소리만 울리며
가을 속으로 떠났다 술병에서 별이 떨어진다
상심한 별은 내 가슴에 가볍게 부서진다

그러한 잠시 내가 알던 소녀는

정원의 초목 옆에서 자라고

문학이 죽고 인생이 죽고

사랑의 진리마저 애증의 그림자를 버릴 때

목마를 탄 사랑의 사람은 보이지 않는다

세월은 가고 오는 것

한때는 고립을 피하여 시들어 가고

이제 우리는 작별하여야 한다

술병이 바람에 쓰러지는 소리를 들으며

늙은 여류 작가의 눈을 바라다보아야 한다

……등대에……

불이 보이지 않아도

그저 간직한 페시미즘의 미래를 위하여

우리는 처량한 목마 소리를 기억하여야 한다

모든 것이 떠나든 죽든

그저 가슴에 남은 희미한 의식을 붙잡고

우리는 버지니아 울프의 서러운 이야기를 들어야 한다

두 개의 바위틈을 지나 청춘을 찾은 뱀과 같이

눈을 뜨고 한잔의 술을 마셔야 한다

인생은 외롭지도 않고

그저 잡지의 표지처럼 통속하거늘

한탄할 그 무엇이 무서워서 우리는 떠나는 것일까

목마는 하늘에 있고

방울 소리는 귓전에 철렁거리는데

가을 바람 소리는

내 쓰러진 술병 속에서 목메어 우는데

— 「목마와 숙녀」 전문

이 작품의 지배소(支配素)는 "버지니아 울프"(Virginia Woolf)이다. 울프는 1882년 문예 비평가이자 저널리스트인 아버지 레슬리 스티븐과 패틀가(Pattle家) 출신인 어머니 줄리아 사이에서 태어났다. 당시 영국 사회의 일반적인 관습대로 스티븐가의 자녀 교육 역시 차별이 있었다. 아들은 대학에 보냈으나 딸들은 그림과 사교춤, 음악, 우아한 몸가짐만 배우면 된다고 여기고 집에 두었다. 이에 울프는 심한 불공평을 느꼈고, 아버지의 권위적인 교육에 불만을 가졌다. 이외에도 이복 오빠의 성추행이며 13살 때(1895년) 어머니의 갑작스러운 죽음 등으로 일생을 통해 여러 차례 정신착란을 일으키게 된다.

1939년, 전운이 짙게 감돌던 유럽은 드디어 제2차 세계대전에 휩싸인다. 울프 부부는 검은 천을 사다가 방공 커튼을 만들기도 하지만 독일군의 맹렬한 공격 앞에 집마저 함락되었다. 더욱이 남편 레너드는 유태인이었기 때문에 파시스트의 공포에 극도로 시달렸다. 그리하여 울프는 나치스로부터 자비를 바라느니 차라리 가스실로 가는 편이 낫겠다고 생각하고, 우즈강에 뛰어들어 파란만장한 삶을 마감한 것이다.

박인환은 제2차 세계대전으로 인해 비극적인 삶을 마감한 울프의 생애를 자신의 처지로 받아들이고 있다. 전쟁으로 인해 모든 것이 무너지고 사라져버린 상황에서 "별이 떨어진" 것을 아파하는 것이다. 그렇지만 박인환은 "그저 가슴에 남은 희미한 의식을 붙잡고/우리는 버지니아 울프의 서러운 이야기를 들어야 한다"고 자신의 시대와 사회에

귀를 기울이고 있다. "눈을 뜨고 한잔의 술을 마"시면서 떨어진 "별"을 끝까지 바라보고 있는 것이다.

(2002년 제3회 박인환문학제 강연 원고, 강원도 인제군)

지금 여기에 있는 '내' 생명의 연기설

김지하, 『花開』(실천문학사, 2002)

1

꿈꾸지 않겠다
꿈으로
고통을 이겨내는 일
그만두겠다

지긋지긋해도
하루하루 삶을
무심히 살겠다

풀 한 포기와 말하며
우주를 살겠다

꽃이 핀다면

더 바랄 것 없고

풀도 꽃도 없는 아파트에선
시멘트 입자와 이야기하리라

삶은 우주
삶은 진리

아직 내 몸 살아 있고
아내와 새끼들
곁에 살아 있으니

아아
내 삶
한없이 넓고 넓구나

아아
아직도 산다는 것
깊고 깊구나.

— 「삶 1」 전문

　작품의 형식을 압도할 정도로 시인의 삶에 대한 자세는 겸허하면서
도 강인하다. 그리하여 "꿈꾸지 않겠다/꿈으로/고통을 이겨내는 일/그
만 두겠다"나 "지긋지긋해도/하루하루 삶을/무심히 살겠다"는 다짐은

주체적이면서 현세적이다. 지나간 일들에 갇히거나 아직 닥치지 않은 일들을 막연히 기대할 것이 아니라 현재의 삶에 최선을 다하겠다는 것이다. 이러한 자세는 시인 자신이 과거와 미래 사이에 단순히 이행(移行)되는 존재가 아니라 오히려 그것들에 영향받거나 종속되지 않는 독자성을 갖겠다는 것이다. 따라서 시인은 '지금' '여기'에서 과거를 수용하고 미래를 열어가는 주체자가 되어 하루하루의 삶이 힘들고 따분하고 우울하다고 할지라도 영위해 가겠다고 다짐한다.

그런데 시인의 이러한 다짐은 확인을 필요로 한다. 그것은 다름 아니라 "무심히"라는 시어 때문이다. 즉 현재의 삶에 최선을 다하겠다는 자세와 '무심' 해서 아무런 생각이나 감정이나 걱정이나 물욕이 없다는 자세와는 아무래도 모순이 있기 때문이다.

"무심히"는 분명 물욕과 속세에 전혀 관심이 없게 된 불교의 경지로 노장사상과도 통한다. 이택후(李澤厚)와 유강기(劉綱紀)가 주편(主編)한 『중국미학사』에 잘 나타나 있듯이, 공자는 노예제 사회가 생겨난 후를 물질적, 정신적, 문화적으로 대단한 성취를 이루었다고 보고 긍정하지만, 노자는 전대에 없는 재난이라고 부정한다. 공자는 씨족사회의 전통 속에 갖추어진 통치자와 일반 백성들 간의 관계를 적당히 조정하고 인도주의 정신에 부합하는 계급통치를 실행해야 한다고 주장하지만, 노자는 인의 도덕은 무익한 것이라고 단정짓고 무위이무불위(無爲而無不爲) 즉 인위적으로 행하지 않아도 할 수 없는 일은 없다고 내세운다. 노자는 모든 자연의 발생과 변화가 무의식적이고 무목적임에도 불구하고 항시 합목적성을 지니고 있음을, 의도적으로 무엇인가를 추구하거나 달성하려고 하지 않지만 어느새 모든 것을 성취하고 있음을 깨닫고, 자신을 자연에 맡김으로써 가장 이상적인 상태에 이르고자 한 것이다.

"무심히"를 이와 같은 차원으로 보면 시인의 삶의 태도는 충분히 예견된다. 하루의 삶에 최선을 다하겠다는 태도는 저축이나 투자나 이익을 따지는 세속적인 생활이 아니라 "풀 한 포기와 말하"는 것이고, "풀도 꽃도 없는 아파트에선/시멘트 입자와 이야기하"는 것이다. 시인의 이러한 행동은 세인(世人)의 차원에서 보면 이익이 없는 일이겠지만 시인의 입장에서는 무심한 것이어서 우주와 함께하는 일이다. 그리하여 시인은 자신의 현재적 "삶은 우주/삶은 진리"라고 말하고 있다. 풀과 꽃과 아파트를 자기 이익이나 이해 관계의 대상으로 보지 않고 독자적인 주체로 인정하고 그것들에 동화하고 있는 것이다.

시인의 이와 같은 태도는 아내를 비롯한 식구들에게도 적용되어 "아직 내 몸 살아 있고/아내와 새끼들/곁에 살아 있"다는 사실만으로도 고마워하고 있다. 인연의 대상들을 통해 자신의 삶이 "한없이 넓고 넓"은 것과 "깊고 깊"은 것을 깨닫고 있다. 결국 다른 사람들을 단순한 타자로 여기지 않고 자신의 존재를 마련해주는 '한울님'으로 보고 있는 것이다.

병으로
오래 외롭다 보니

사람이 사람에게
한울님인 걸 알겠다

메마른 겨울 나무

한 오리 바람에도 마저
반가움이 앞서는데

전화벨 소리에 가슴 뛰는 소리
손님 맞는 마음에
비단 깔리는 소리

기이할 것 없다

본디 세상은 한울이었던 것
이제껏 내가 잊고 있었던 것

외롭다 보니
외롭다 보니
병이 스승인 걸
이제야 알겠구나.

—「한울」전문

　　"병으로/오래 외롭다 보니//사람이 사람에게/한울님인 걸 알겠다"
라는 시인의 토로에서 인간 존재의 연기설(緣起說)을 읽게 된다. 진정
인연으로 말미암아 만유(萬有)는 생성되고 존재하는 것이다. 그런데
인연의 깨달음은 세속적인 길에 매달려 있을 때에는 얻을 수 없고, 위
의 작품에서와 같이 그 길로부터 벗어나 있을 때에만 가능한 일이다.
이러한 자세가 이 세계의 삶으로부터 도피를 지향하는 것이 아니라 객

관화하는 것이다. 자신을 객관적으로 바라볼수록 연기관계에 있는 존재들을 인식하게 되어 다른 사람이 차는 시계며 다른 사람이 입는 옷에 예의를 갖춰야 하는 필요성을 갖게 된다.

시인이 "전화벨 소리에 가슴 뛰는 소리/손님 맞는 마음에/비단 깔리는 소리"라고 비유하며 다른 사람을 맞는 모습이 그와 같다. 따라서 "기이할 것 없다//본디 세상은 한울이었던 것"을 깨닫고, "이제껏 내가 잊고 있었던 것"이라고 되돌아보는 것은 진정성이 있다. 마치 사람들이 피곤하고 지루한 일상으로부터 끊임없이 벗어나고 싶어 하면서도 그것이 사회성을 상실하는 것임을 알고 있기에 끝까지 붙잡으려고 하는 것과 같이, "병으로/오래 외롭다 보"면 자신의 존재가 얼마나 소중한지를 깨닫게 된다. "한울님"은 천국의 궁궐에 있는 신(神)이 아니라 자신이 현재 발 딛고 있는 땅의 사람들임을 알게 되는 것이다. 이와 같은 면은 "나그네" 인식에서 다시 확인된다.

길 너머
저편에
아무것도 없다

가야 한다
나그네는 가는 것
길에서 죽는 것

길 너머
저편에

고향 없다

내 고향은
길
끝없는 하얀 길

길가에 한 송이
씀바귀
피었다.

— 「나그네」 전문

　시인이 『화개』에 담은 다른 작품에서 "나/고향에/돌아가지 않겠다//쓰라려도/여기 살겠다"(「돌아가지 않겠다」)라고 한 것이나, "오오 아름답네라/그리움마저 끊어진 지옥"(「天刑」)이라고 한 것과 같은 인식이다. 서정춘 시인이 「30년 전」에서 고향이 다른 곳이 아니라 "가서 배불리 먹고사는 곳/그곳이 고향이란다"라고 직설적으로 드러낸 것과도 같다. 그만큼 시인은 현재의 삶에 대한 지향성을 여실히 드러내어 자신의 운명이 "길에서 죽는" "나그네"와 같다고 여기고 있다. "내 고향은/길/끝없는 하얀 길"이므로 그저 "가야"만 된다고 다짐하고 있는 것이다.

2

빗소리 속엔

침묵이 숨어 있다

빗소리 속엔
무수한 밤 우주의 침묵이
푸른 별들의 가슴 저리는 침묵이

나의 운명이 숨어 있다

빗소리 속엔
미래의 리듬이
死産된 채로 드러나

잿빛 하늘에 흔적을 남기던
옛사랑의 이야기가
숨어 있다

침묵으로 나직이 共謀하듯
숨어 있다

빗소리는 그러나
침묵을 연다

숨어서
숨은 내게 침묵으로 연다

나의 침묵을 연다

　　　　　　　　　　　　　　　　　　　　　　　　　—「빗소리」전문

　레비나스(Emmanuel Levinas)는 독일군 포로수용소에서 쓴『존재에
서 존재자로』에서 다음과 같이 말하고 있다. "사물의 외형이 어두운 밤
속에 감추어져 버릴 때, 그때는 아무 대상도 아니며, 대상의 성질도 아
닌 밤의 암흑이 우리를 점령한다. 우리를 점령한 그 밤의 무(無)를 우
리는 도저히 견뎌낼 수 없다. 그러나 무는 무 자체가 아니다. '이것' 혹
은 '저것'이라 부를 수 있는 무엇이 존재하지 않는다. '어떤 것'이 더
이상 존재하지 않는다. 그러나 이러한 부재는 곧 현존이고, 그것은 절
대로 피할 수 없는 현존이다. 이 현존은 부재에 대한 변증법적 대립항
이 아니며 관념을 통해 파악할 수 있는 것도 아니다. 무는 아무런 매개
없이 현존한다. 그것에 대한 어떤 언술도 없고, 아무것도 우리에게 답
해주지 않는다. 다만 침묵만이, 침묵의 음성만이 들릴 뿐이다. 파스칼
이 말한 '무한한 공간의 침묵'이 우리를 불안하게 한다. 다만 '있을 뿐
이다.' 어떤 의미도 없이, 어떤 명사도 덧붙일 수 없이 다만 '있을 뿐이
다.' 마치 비가 오고 날씨가 덥듯이 그렇게 있을 뿐이다. 본질적 익명
성. 정신도 외재성도 서로 맞서 있지 않다. 외재적인 것은——만일 이
용어를 허용한다면——내재성과 아무런 상관없이 머물러 있다. 주어
진 것도 없다. 세계도 없다. '나'라는 것도 밤에 의해 침몰되고, 개별성
은 상실한 채 숨막혀 있다. (중략) 존재는 하나의 힘의 장(場)으로, 억
누르는 분위기로 존속한다."(강영안 역,『시간과 타자』,문예출판
사,1998,123쪽)
　시인이「빗소리」에서 내보이고 있는 인식도 이와 유사하다. "빗소

리"는 분명 존재하지만 그것은 내용으로 현시되는 것이 아니다. 빗소리 속엔 그저 "침묵이 숨어 있"을 뿐이다. 그렇지만 빗소리는 분명 존재하는 것이기에 시인은 그 속에 "옛사랑의 이야기"와 "미래의 리듬이 /死産된 채" 있다고 인식한다. 나아가 "무수한 밤 우주의 침묵이/푸른 별들의 가슴 저리는 침묵이" 있다는 것과 "나의 운명이 숨어 있다"는 것도 인지하고 있다. 빗소리의 침묵이 블랙 홀과 같이 바라볼 수 없는 대상이라고 할지라도 인식할 수 있다고 믿고 "빗소리는 그러나/침묵을 연다"라고, "나의 침묵을 연다"라고 본다. 결국 시인은 수동적으로 빗소리를 대하는 것이 아니라 능동적으로 그 침묵을 듣고 있는 것이다.

시인의 이러한 인식은 연기대상을 긍정함이다. 아무리 하찮고 관계없는 "빗소리"라고 할지라도 자신의 존재를 마련해주는 존재로 수용하고 있는 것이다. 물고기에게 있어 물이 삶의 젖줄인 것과 마찬가지로 시인에게는 "빗소리"조차 자기 존재에 필요한 불가결의 요소로 인식하고 있다. 사실 빗소리는 어떻게 규정할 수도 형용할 수도 없는 대상이다. 공기, 바다, 흙, 바람, 물 등은 물론이고 자유, 평등, 민주, 정의, 행복, 아름다움 등과 마찬가지로 규정할 수도 형용할 수도 없는 것이다. 그렇지만 향수(鄕愁)가 손에 잡히지 않는 대상일지라도 빠트릴 수 없는 인간의 삶의 요소이듯이 빗소리는 내용이 없지만 시인에게는 존재의 근거를 마련해주는 대상이다. 아무것도 아니지만 그 무엇으로 분명 존재하는 것으로 회피할 수 없는 연기관계의 대상인 것이다.

시인은 『화개』의 전편에서 이와 같이 자신의 존재를 겸허하면서도 주체적으로 인식하고 있다. 이러한 면은 여덟 해 전에 간행한 『중심의 괴로움』에서와 같은 생명사상을 노래하는 것으로 볼 수 있지만, 보다 내성적으로 연기관계를 탐구하고 있다. 그리하여 『중심의 괴로움』에서는 1980년대 이후 펼쳐온 생명운동과 궤를 같이하는 생명의 신성함을 노래했는데 비해, 『화개』에서는 모든 생명은 자체의 존재성을 지님과 동시에 우주적 존재라는 인식을 보다 심화시키고 있다. 그 결과 『화개』에서는 생명운동을 외향적으로 추구한 시 즉 환경시라고 분류할 수 있는 작품은 몇 편밖에(「내년 봄엔」, 「테레비」, 「소박하다면」, 「간혹」) 없고 일상 속에서 자기 존재를 탐구하는 시편들이 지배적이다. 다양한 일상들을 작품의 소재나 배경으로 삼고 "나(내)"를 그것들과 관계하는 화자로 내세워 연기관계의 우주적 존재를 규명하고 있는 것이다. 다음의 시편들에서 그러한 면은 여실히 확인된다.

나를 이제껏/살게 했던//그 별이 처음으로/우주에 뜰 것이다 (「별」)

저녁달이 오르면/내 눈은 거대한 우주가 되어/아파트 위에 둥실 뜬다(「아파트 꿈」)

우주가 날 이끌고 있어/퉁기고 이끌고 또 퉁기고//살고 또 살아/갚아야 하리니(「되먹임」)

우주는/신의 몸//네 죄는/삼라만상을/사랑하지 않은 죄(「축복」)

틈틈이 꽃/내 몸 우주꽃(「틈」)

아아/너로 하여/나//우주에 살고(「틈2」)

방울 속에/살풋/숨은 사랑//우주적인 것/작은 사랑(「숨은 사랑」)

내 속의 우주 홀로 멈춰/썩어가고 있다(「저기 여기」)

3

주지하다시피 김지하 시인은 1968년『시인』에「황톳길」등을 발표
한 이래 비민주적인 정치와 불평등한 분배가 횡행하는 질곡의 역사에
정면으로 대항해온 시인이다.『황토』,『타는 목마름으로』, 담시 모음집
『오적』,『검은 산 하얀 방』등의 시편들에서 사회 참여의 정도가 여실
하다. 물론 1964년 대일 외교에 대한 반대 투쟁에 가담한 후 여러 차례
옥고를 치르고 사형 구형 등에 이르기까지 고초를 겪은 시인의 삶 역
시 그 여실한 증거이다.

또한 시인은 단절된 전통 문화의 회복 내지 변용을 통하여 파행적인
한국 사회의 가치를 바로잡으려고 했다. 1980년대 이래 펼쳐오고 있는
생명운동과 율려운동 그리고『애린』이후 출간된『중심의 괴로움』,『화
개』등의 시집과『생명』,『생명과 자치』등의 저서에서 잘 보여주고 있
듯이, 전통문화의 시대적 변용과 적용을 통해 왜곡된 사회가치를 바로
잡으려고 한 것이다. 따라서 시인의 생명운동은 피안의 세계로 지향하
는 것이 아니라 '지금' '여기'에서 '나'의 삶을 살리기 위한 것으로 볼
수 있다.

그런데 우리 사회는 아직 직접적이고 실천적인 참여가 필요하다고
보는 사람들은 시인의 이와 같은 사상변화에 대해 선뜻 동의하지 않고
있다. 점점 인간이 물질 조건에 의해 복종되고 있는 이 자본주의 시대
에 내성적인 생명운동은 소극적이고 관념적이어서 그 실질 효과에 한
계가 있다는 것이다.

그렇지만 시인이 사회 참여에 반대하고 있지 않음이 분명하므로 그
방안이 다르다고 해서 타락하거나 변절했다고 보기는 어렵다. 오히려
전향에 가까운 변화라고 볼 수도 있을 것이다. 전향은 변절이나 배신

과는 다르다. 기존의 가치와는 다른 선택을 한 것으로 어떤 결과를 초 래하는가가 중요한 것이지 그 자체가 옳고 그르다고는 할 수 없다. 따 라서 시인이 작품의 세계를 변화시킨 후 대중으로부터 공감대를 사고 있다면 잘한 것으로 볼 수 있다. 그런데 그 공감대란 양적인 문제가 아 니라 가치적인 문제이기 때문에 매우 어려운 것이다. 따라서 현재 진 행되고 있는 시인의 세계를 좀더 긍정하며 지켜볼 필요가 있다.

시인의 생명운동은 인간이 자연의 정복자가 아니라 자연의 일부임 을 인정하고 서로 조화와 평화를 이루고자 하는 것이다. 인간은 자연 의 한 존재이므로 자연이 보호되어야 인간이 보호될 수 있다는 이 인 식은 특별히 새로운 것은 아니지만, 아무리 강조해도 지나침이 없는 것 또한 사실이다. 시인은 이러한 면을 내세우기 위해 서구의 기계적 패러다임 대신 동양의 생명사상을 내세운다. 인간을 비롯한 모든 우주 만물이 영성(靈性)을 가진 생명체라고 인식하고 그것들을 살리고자 율 려운동을 전개하고 풍수지리설과 수운 최제우의 동양적 진화사상에 관심을 갖는다. 시인의 이와 같은 인식에는 서양의 기계문명이 쇠퇴하 고 새로운 문명이 동북아시아에서 성립할 것이라는 전망이 들어 있다.

『화개』에 내포된 사상 또한 궤를 같이한다. '화개(花開)'는『벽암록 (碧巖錄)』제19칙인 〈구지지수일지(俱胝只竪一指)〉의 수시(垂示)에 나오는 말이다.[1] 여기에는 '일진거, 대지수, 일화개, 세계기(一塵擧,

---

1)『벽암록』은 수시(垂示), 본칙(本則), 송(頌), 착어(着語), 평창(評唱) 다섯 항목으로 되어 있 다. 수시는 본칙 앞에 있는데 설두(雪竇)의 제자 원오가 본칙에 담긴 내용의 요점을 해설한 것이 고, 본칙은 선 사상의 대표적인 선덕(先德)과 선사들의 선리(禪理)와 실화를 뽑은 것으로 소위 화 두나 고칙공안(古則公案)들이고, 송은 이 본칙을 읊은 설두의 선시이다. 착어는 원오가 본칙이나 송의 각 구에 주를 단 것이고, 평창은 본칙과 송에 대한 총평이다(안동림 역주,『벽암록』, 현암사, 2001, 22쪽).

大地收, 一花開, 世界起'라는 문장이 나온다. 한 점 티끌이 날아올라도 그 속에 온 대지가 포함되어 있고, 한 떨기 꽃이 피어도 그 영향으로 온 세계가 흔들린다(안동림 해석)는 것이다. 구지 화상은 선(禪)을 터득한 뒤 누가 질문을 해도 손가락 하나를 불쑥 세우는 것으로 답했는데, 손가락 하나에 온 우주가 포함된다는 뜻이었다.

따라서 시인이 『화개』를 시집 제목으로 삼은 것은 이 세계의 주체가 꽃이지만 서로 분리할 수 없는 관계를 맺고 있다고 본 것이다. 시인은 이러한 연기사상 속에서 나를 살리고 다른 사람을 살리고 나아가 우주를 살리는 길이 무엇인지를 모색하고 있다. 한 타래의 실은 어느 한 군데만 잘라도 모두 끊기는 것과 같이, 또 어느 한 군데만 염색해도 전부 물드는 것과 같이, 나와 인연관계를 맺고 있는 이 세계를 어떻게 살려낼 수 있는가에 관심을 두고 있는 것이다. 그 결과 『중심의 괴로움』에 들어 있는 「줄탁」(『벽암록』 제16칙)과 같은 원리를 지향하고 있다. 병아리가 안에서 껍질을 두들김과 동시에 어미 닭이 밖에서 같은 부분을 쪼아 깨뜨리는 것과 같은 자연스런 적절함을 추구하고 있는 것이다.

이와 같은 시인의 사상이 종교적인 교리가 아니라 궁극적으로 지상의 인간을 위한 것이 되기 위해서는 보다 구체적인 삶을 반영해야 한다. 자신의 존재에 대한 탐구 영역을 넘어 함께 살아가는 사람들의 사회와 시대까지 반영해야 하는 것으로, 결국 철저히 지배를 받고 있는 자본주의에 대항하는 생명운동을 펼치는 것이 요구된다. 그것이 자신을 살리고 다른 사람을 살리고 그리고 우주를 살리는 길인 것이다.

이런 점에서 이 세계에 대한 "무심"한 태도를 다시 생각해볼 필요가 있다. 무심은 모든 욕망을 버린 경지이지만 현실적으로는 불가능한 것이므로 생명에 해가 되는 비합리적인 욕망을 버리는 차원으로 해석하는 것이 필요하다. 노자는 『도덕경』 제3장에서 백성들의 배를 실하게 채워줘야 한다(實其腹)고 말하지 않았는가. 또 제19장에서 사심과 욕심를 적게 하라(少私寡欲)고 하지 않았는가. 김지하 시인 역시 『화개』에서 "길에서/조금/벗어나고 싶다"(「길」)고 말하고 있지 않는가.

(《시작》, 2003년 가을호)

지식인의 정체와 역할

| 박찬일론

1

　박찬일 시인의 시세계를 형성하는 중심 소재는 갈릴레오(Galilei Galileo, 1564~1642)다. 그의 시에는 물(바다, 강물, 파도), 차(트럭, 자동차, 지하철), 나비, 마음, 나무, 어머니, 사랑 등의 소재들 또한 많이 등장하고 있지만 그 중에서도 갈릴레오가 으뜸이다. 그러한 면은 그의 첫 시집 『화장실에서 욕하는 자들』(세계사, 1995)에 수록된 「갈릴레오 · 1」부터 「갈릴레오 · 9」까지의 연작시 8편과 「갈릴레오가 좋다」 「갈릴레오의 참회」 「갈릴레오에게」 등에서, 제2시집 『나비를 보는 고통』(문학과지성사, 1999)의 「트럭 운전사의 푸른색?」에서, 그리고 제3시집 『나는 푸른 트럭을 탔다』(민음사, 2002)의 「갈릴레오 · 9」 등에서 확인할 수 있다. 시인이 갈릴레오를 소재로 한 연작시를 쓰면서 「갈릴레오 · 3」은 왜 빼놓았는지, 내용이 전혀 다른 「갈릴레오 · 9」를 두 편 쓴 것을 어떻게 봐야 하는지 등을 좀더 살펴볼 필요가 있는데, 그만큼 시인의 시세계에서는 갈릴레오가 중요한 것이다. 박찬일 시인에게 있어 갈릴레오는 시의 중심 소재이면서 시인의 시세계를 반영하는 대상이다. 시인은 갈릴레오의 고민과 좌절을 자신의 고민과 좌절로 인식하고 있고, 갈릴레오의 희망과 전망을 자신의 희망과 전망으로 삼고 있는 것이다.

박찬일 시인이 갈릴레오를 자신의 자화상처럼 중요시하는 이유는 무엇일까? 그것은 갈릴레오를 지식인으로 인식하고 있기 때문이다. 즉 시인은 갈릴레오의 양심을 지식인의 양심으로 보고, 갈릴레오의 갈등을 지식인의 갈등으로 본 것이다. 또한 갈릴레오의 학문과 논쟁에서의 승리를 지식인의 승리로 보고, 종교심판에서의 굴복을 지식인의 실패와 좌절로 본 것이다. 이처럼 갈릴레오는 박찬일 시인의 자화상이고 거울이고 이데올로기이고 이상형이다. 시인은 지식인으로서 지동설을 주장한 갈릴레오를 거울로 삼으면서도, 목숨을 건지기 위해 자신의 학설을 번복한 갈릴레오를 비판하고 있다. 그러면서도 그렇게밖에 할 수 없는 상황을 한 인간으로서 이해하고 동정하고 있다.

갈릴레오는 말년에 이르러 큰 명성을 누리고 있었다. 그 자신이 제작한 망원경을 통해 행성들이 점이 아니라 지구와 같은 둥근 별이라는 사실을 발견했을 뿐만 아니라 태양이 흑점을 가지고 있다는 사실과 위성들이 목성 주위를 돌고 있는 사실을 발견했다. 그리고 지구가 우주의 중심으로 멈춰서 있는 것이 아니고 태양의 둘레를 돌고 있다는 코페르니쿠스의 학설을 지지함으로써 천문학의 기존 학설들을 모두 바꿔놓고 있었다. 따라서 갈릴레오는 천문학자로서 유럽 전체에 명성이 자자했는데, 그만큼 반대 세력들의 비판과 견제와 모함 역시 커서 급기야 종교재판을 받기에 이르렀다. 지구가 정지해 있지 않고 태양의 주위를 돌고 있다는 갈릴레오의 생각은 당시로는 대단히 위험한 것이었다. 신권(神權)이 지배했기 때문에 당시의 사람들은 예외없이 지구가 우주의 중심이라는 것을 진리로 여기고 있었다. 따라서 지구가 태양의 둘레를 돈다는 갈릴레오의 생각은 성서의 사상에 위배되는 것으로 사회체제를 뒤흔들 정도로 위험한 것이었다. 실제로 갈릴레오와 같은 학설을 주장했던 조르다노 브루노는 화형을 당하기도 했다.

1633년 6월 21일 로마 교황청의 법정 앞에서 갈릴레오는 이단이라는 가장 무서운 죄목으로 기소되어 있었다. 갈릴레오 자신은 착실한 기독교 신자였기 때문에 실험을 통해 얻은 사실이 기독교 신앙에 어긋나지 않음을 알고 있었다. 그런데도 불구하고 그는 자신을 변호할 수 없는 상황에서 재판을 받았다. 지구가 우주의 중심이 아니라 태양이 우주의 중심이며 또 지구가 태양의 둘레를 돈다고 주장했는가라는 재판관의 심문을 받는 순간, 갈릴레오는 이루 말할 수 없는 위협을 느꼈다. 과학자로서 그리고 지식인으로서 진리라고 믿어온 사실을 목숨을 걸고 지킬 수 없다는 생각이 든 것이다. 그리하여 갈릴레오는 자신의 목숨을 보존하기 위해 과학적 진실을 포기하고 말았다.

종교재판이 끝난 다음 날, 갈릴레오는 추기경 앞에서 무릎을 꿇고 그가 바라는 대로 사죄했다. 지구가 세계의 중심이 아니며 태양의 둘레를 돈다는 생각을 완전히 포기한다고. 자신의 오류와 이단적인 생각들을 철회하고 거짓 없는 신앙심을 가지겠다고. 그런데 그 순간, 갈릴레오는 입안에서 중얼거렸다. 그래도 지구는 돈다!

박찬일 시인이 시세계의 중심 소재로 삼고 있는 토대는 갈릴레오가 중얼거린 그 음성이다. 지구가 돈다는 사실은 갈릴레오가 포기할 수 없는 진실이었다. 그렇지만 갈릴레오는 과학자로서 또 지식인으로서 그 진실을 목숨을 걸고 지키지 못했다. 그것이 갈릴레오의 한계이고 지식인의 한계이다. 지식인은 지배계급이 아니라 지배계급의 필요에 의해 만들어진 수단적인 계급에 불과하므로 갈릴레오처럼 조종당하고 끝내 무너질 수 있는 것이다. 박찬일 시인은 갈릴레오의 그 좌절을 통해 지배계급에 의해 조종당하는 지식인의 나약한 모습을 보았다. 갈릴레오의 진실과 허위, 양심과 타협, 현실과 이상 사이에서 갈등하는 모습을 통해 지식인의 실제 모습을 본 것이다.

2

비오는 날 안경을 닦는다.
불빛이 더욱 낮게 흔들리고
어두워진 골목에서
무심히 뜬 사물을 본다.
다시 젖는 잎사귀들.
살아 움직이는 이끼처럼
안경을 닦는다.

닦다가
망원경을 사서 로마의 추기경에게
권해 본다.
비오는 날
지구가 태양 주위를 돌아요.

—「갈릴레오·2」 전문

박찬일 시인이 지금까지 발표한 작품 중에서 가장 뛰어난 것으로 보이는데, 갈릴레오에 대한 시인의 입장은 선명하다. 그것은 갈릴레오가 "비오는 날 안경을 닦는다"라는 행동으로 집약되어 있다. 갈릴레오는 왜 비오는 날 안경을 닦을까? 비오는 날의 상황을 생각하면 쉽게 이해될 수 있다. 비로 인해 시야가 가려지므로 안경을 닦아 앞을 제대로 내다보려는 것이다. 그렇지만 안경을 닦는 행위를 좀더 깊게 생각해야만 시적 주제를 제대로 파악할 수 있다. 육체적인 시력을 통한 "사물"의 인식뿐만 아니라 정신적인 시력을 통한 "사물"의 인식까지 이해할 수 있는 것이다.

그렇다고 갈릴레오가 비오는 날 안경을 닦는 행위를 일종의 정신 수양으로 여겨서는 안 된다. 안경을 닦는 것이란 세속의 한 인간으로서 가질 수밖에 없는 욕심과 편견과 오만을 버리고 진아(眞我)를 갖는 행위가 아니라 오히려 지극히 세속적인 행위이다. 그러한 면은 제2연에서 갈릴레오가 안경을 닦다가 결심한 바가 있어서 "망원경을 사서 로마의 추기경에게/권해"보는 데서, 그리고 "지구가 태양 주위를 돌아요"라고 말하는 데서 여실히 나타난다.

시인은 갈릴레오의 그 행동을 지식인상(像)으로 생각하고 있다. 비오는 날 안경을 닦는 행위를 세속을 등진 정신 수양이 아니라 진리를 선택하고 주장하고 지키려는 지식인의 실천행동으로 본 것이다. 지식인이란 현실에 발을 딛고 살아가는 존재이지 결코 해탈한 보살이 아니다. 무위에 이른 신선이 아니라 지극히 갈등과 번뇌 속에서 진실을 지키기 위해 당당히 맞서 싸우는 인간이다. 따라서 위의 작품에서 갈릴레오가 로마의 추기경에게 망원경을 사서 권하는 모습은 진실을 향한 지식인의 구체적인 행동으로 볼 수 있다.

로마의 추기경은 교황의 권위를 세우기 위해 갈릴레오를 종교재판소에 기소했다. 그는 태양이 우주의 중심에 있다는 갈릴레오의 주장은 신앙생활에 해를 입히는 매우 위험한 태도라고 몰아붙이고 직접 공격하고 나선 것이다. 이에 대해 기독교 신자이자 과학자인 갈릴레오는 학문과 종교는 양립이 가능한 것이라고 여기고 지동설과 성서와는 아무런 모순이 없다고 주장했다. 그러나 추기경을 비롯한 교황의 측근들은 갈릴레오가 자신들 앞에서 무릎을 꿇고 학설을 철회할 것을 강요했다. 갈릴레오는 생명을 위협하는 그들의 요구에 더 이상 대항할 수 없음을 깨닫고 무릎을 꿇고 말았다. 그 결과 갈릴레오는 화형을 면하고 종신 감옥형을 선고받았다.

갈릴레오는 교황의 허락 없이는 집을 떠날 수 없었고 방문객을 만날 수도 없었지만, 1년 만에 감옥에서 풀려나 자택에서 살 수 있게 되었다. 그렇지만 갈릴레오는 마음이 편하지 않았다. 자신이 평생 연구해 온 과학적 진실을 목숨을 부지하기 위해 철회한 것이 내내 후회되었기 때문이다. 박찬일 시인의 시편들에는 갈릴레오의 그 좌절감과 후회감을 나타낸 것들이 많다.

> 누가 내 목을 돌렸습니다.
> 오른쪽에서 왼쪽으로 왼쪽에서 오른쪽으로
> 멈추지 않았습니다
> 멈추지 않았습니다
> 왼쪽으로 돌릴 때 오른쪽으로 힘을 주다가
> 오른쪽으로 돌릴 때 왼쪽으로 힘을 주다가
> 그만 목이 헐렁해져 버렸습니다
>
> ―「목」전문

위의 작품에서 우선 주목되는 면은 "내(갈릴레오)"가 상대방과 싸우는 모습이다. "누가 내 목을 돌"리는 사실과 돌려지지 않으려고 싸우는 갈릴레오의 모습으로 "왼쪽으로 돌릴 때 오른쪽으로 힘을 주다가/오른쪽으로 돌릴 때 왼쪽으로 힘을 주다가" 한다. 그러한 행위는 "멈추지 않"고 반복적으로 계속된다. 싸움의 시발은 갈릴레오에 의해서가 아니라 상대방에 의해서, 즉 갈릴레오는 싸움을 건 것이 아니라 상대방이 걸어온 싸움을 방어하고 있다. 다시 말해 상대방이 갈릴레오를 조종하려고 들자 갈릴레오는 온몸으로 대항하고 있는 것이다.

그러나 갈릴레오는 끝까지 대항하지 못한다. 지구가 태양 주위를 돌고 있다고 "로마의 추기경에게/권해"(「갈릴레오 · 2」)보지만 끝까지 주장하지 못하는 것이다. 자신의 양심을 굽히지 않았지만 상대방이 왼쪽으로 돌릴 때 오른쪽으로 힘을 주고, 오른쪽으로 돌릴 때 왼쪽으로 힘을 준 결과 "그만 목이 헐렁해져 버"린 것이다. 이는 상대방에 대한 대항이 승리를 거두지 못하고 패배하고 만 것을 상징한다. 목이 헐렁해졌으니 왼쪽으로 돌릴 때 오른쪽으로 힘을 줄 수 없고 그 반대의 경우에도 마찬가지이다. 그것은 억울하고 원망스럽고 인정하고 싶지 않은 사실이지만, 엄연한 결과이다. 따라서 그 결과를 갈릴레오의 탓으로만 돌리는 것은 너무 일방적이므로 갈릴레오가 대항할 수 없도록 거대한 폭력을 행사한 상대방에게 그 책임을 물어야 할 것이다. 상대방과의 싸움에서 패배한 갈릴레오의 모습은

소나무는 누가 가까이 오는 것을 싫어하는데도 사람들은 자꾸 다가가 만진다 배로 차고 등으로 찬다 싫어한다는 걸 알릴 방법은 죽음뿐(「죽은 소나무」 부분)

인 소나무와 같다. 그리고 "혼자서 날아다니다가/흙에서, 흙에서 뒹굴다 죽는 나비"(「나비를 보는 고통 1」)의 모습이기도 하다. 죽은 소나무와 죽은 나비와 감금된 갈릴레오는 자신의 욕망과 희망을 상실한 운명에 처해진 존재들이다.

갈릴레오와 소나무와 나비를 쓰러뜨린 거대한 손은 어떤 것일까? 일차적으로는 위의 「갈릴레오 · 2」에서 보듯이 그의 학설을 번복하도록 강요한 추기경을 비롯한 신권 계급일 터이지만, 더 나아가 경제적 차원의 계급으로까지 인식해야 될 필요가 있다. 즉 갈릴레오를 쓰러뜨린 거대한 손이란 경제적 차원의 지배계급을 의미한다고 볼 수 있는 것이다.

그러한 면은 시인이 갈릴레오를 소재로 삼고 있는 다른 시들에서도 여실히 증명된다. 「갈릴레오 · 1」에서 "가난한 자의 복은 어디에 있는가"라고 묻고 있거나, 「갈릴레오가 좋다」에서 "학자가 돈을 좋아하기 때문이다/돈이 없으면 개인 교습이라도 해야 한다/돈이 있으면 맛있는 것을 먹는다"라고 서술한 것, 「갈릴레오 · 5」에서 "내가 잠들어 있을 때/안 자고 있는/갈릴레이의 연구실./우리들의 양식을 위해"라고 한 것, 「갈릴레오의 참회」에서 "한마디로 저는 지식을 정치가 군인 부르주아들에 팔아넘긴 겁니다. 그것을 그들이 어떤 일에 사용하든 그것은 그들 맘이었습니다"라고 토로한 것 등에서 확인할 수 있다. 그리고 다음의 작품에서 더욱 확인된다.

만들어지는 과정에 신경 쓰는 놈은 노동자다.
모든 것은 노동자가 만든다.
만든 것을 보고 시를 짓는 놈은 부르주아다.

63빌딩 보고 높다는 놈은 부르주아다.
성형외과 의사놈은 부르주아다.

철로변에 서서 철로 끝을 한참 바라보는 놈은 노동자다.
철근이 어떻게 저리 반듯하게 단련되었는가.
노동자는 哲學者이기도 하다.

갈릴레이는 부르주아다.
그들에게서 돈을 받아 망원경을 만들었으며
그들을 위해
지구는 돌지 않는다고 말해주었다.
— 「갈릴레오 · 6」 전문

  위의 작품에서 시인은 갈릴레오를 "부르주아"라고 규정하고 있다.
사실 갈릴레오가 망원경을 만든 목적은 천체를 관측하려는 데에 있었
지만 돈을 벌려고 하는 데에도 있었다. 갈릴레오는 돈이 필요했다. 그
의 교수 봉급으로는 세 명의 자식과 아내를 비롯하여 아버지가 돌아가
신 뒤 토스카나에 살고 있는 가족을 부양하기에는 힘들었고, 여동생들
을 결혼시키기 위해서는 지참금도 마련해야 되었다. 그리하여 갈릴레
오는 부유한 학생들의 개인 교습까지 했는데, 연구에 지장을 받는 것
이어서 갈등했다. 그 결과 갈릴레오는 가족을 여유롭게 돌볼 수 있고
개인 교습하는 데에 소비하는 시간을 연구와 책 쓰는 데로 돌릴 수 있
는 경제적 조건을 마련하기 위해 망원경을 만들기 시작했다. 돈을 벌
기 위해 자신이 직접 렌즈를 깎은 것이다. 그리하여 1609년 8월 갈릴레

오는 마침내 9배의 배율을 제공하는 망원경을 만들어냈다. 갈릴레오는 자신이 제작한 망원경을 베네치아 공화국에 기증했는데, 원로원은 망원경이 군사적으로 이용할 가치가 매우 높음에 감탄하고 갈릴레오에게 종신직을 보장해주었고 봉급도 두 배로 올려주었다. 갈릴레오는 비로소 재정적 어려움을 해결할 수 있었고 명예도 얻게 되었다.

갈릴레오는 망원경 만들기를 멈추지 않고 다시 20배, 30배의 배율을 갖춘 것의 제작에 심혈을 기울였다. 이것은 물론 돈을 벌기 위한 것이 아니라 하늘을 더 자세히 관찰하기 위한 것이었다. 그렇지만 갈릴레오의 그 행동은 "그들에게 돈을 받아 망원경을 만"든 것이란 한계를 안고 있었다. 지배계급의 돈을 바탕으로 연구를 수행했기 때문에 그들에 대한 대항에는 제약을 받을 수밖에 없는 것이었다. 그리하여 갈릴레오는 1610년 30배로 확대되는 망원경을 만드는 데 성공해서 목성과 그 주위를 돌고 있는 위성을 발견할 수 있었고, 천체를 관찰한 결과 지구가 태양의 둘레를 돈다는 사실을 확인했지만, 지배계급으로부터 결정적으로 반박당하게 되었을 때는 철회할 수밖에 없었다. 지식인다운 양심과 행동으로 이루어진 결과가 아니었기 때문에 결국 "그들을 위해/지구는 돌지 않는다고 말해"주고 만 것이었다.

"그들"은 기독교적인 교리를 신봉하는 지배계급이지만 동시에 부르주아계급이다. 중세까지는 신권(神權)을 가진 계급이 곧 정권(政權)을 가진 계급이었고 또 경제권을 가진 계급이었기 때문이다. 물론 부르주아란 공식 명칭은 갈릴레오의 사후에 나온 말이지만, 위의 작품에서는 "노동자" 계급과 대조되는 지배계급 내지 상류계급에 대한 범칭이므로 틀린 것이 아니다. 따라서 시인이 "노동자는 철학자이기도 하다."라고 한 것은 의미하는 바가 크다. 갈릴레오처럼 돈을 벌기 위한 철학이 아니라 "만들어지는 과정에 신경을 쓰는" 것이기 때문이다. 돈을 벌기 위한 목적보다도 일 자체에 가치와 의미를 두기 때문에 부르주아지처럼 "63빌딩을 보고 높다"라고 낭만적으로 감탄하지 않고 "철근이 어떻게 저리 반듯하게 단련되었는가"라고 자기 노동의 체험을 바탕으로 사고하는 것이다.

공교롭게도 영국의 부즈주아혁명이 시작된 1642년은 갈릴레오가 사망한 해(뉴턴이 태어난 해이기도 하다)이다. 유럽 각국은 중세적 그리스도교의 교리로서는 변화되어가는 시대를 반영할 수 없다고 여기고 국민을 중심으로 하는 근대국가로의 길을 걷기 시작했다. 그리하여 종교개혁은 교회의 혁신운동이기도 하지만 근대국가의 성립이라는 정치 변혁까지 관계를 갖는다. 종교개혁은 신앙심이 투철한 청교도 신도들이 중심이었는데 그들은 매우 간소한 생활을 하면서 자본을 축적해 공업과 상업을 중심으로 하는 근대국가 성립의 토대가 되었다. 결국 종교개혁은 부르주아지가 주체가 되어 봉건제를 넘어뜨리고 자본주의 사회 체제를 세운 부르주아혁명을 낳았고 다시 근대과학을 기초로 한 자본주의의 성립에 기여한 것이다.

그런데 자본주의는 자기 자본의 증식을 위한 치열한 경쟁과 이기주의와 물질주의라는 어두운 그림자를 또한 거느리게 되었다. 사람들은 부익부 빈익빈이란 불평등한 사회와 자기 소외와 상대적 박탈감을 느끼면서 자본주의 사회로부터 낙오되지 않기 위해 속도를 내며 자기를 부려 끝내 자기를 상실하고 마는 것이다.

3

사람들아 미안하다 나는 푸른 트럭을 탔다 푸른 트럭에서 나는
그대들 전부를 잊기로 한다 나도 잊기로 한다

푸른 트럭에서, 나는,
오이 당근을 파느라 감자 고구마를 파느라 양파를 파느라 시금치
마늘을 파느라
푸른 트럭에서 나는 수박 참외를 파느라 토마토 사과 귤을 파느
라 배를 파느라 계란을 파느라 정신이 없다.
이면수 꽁치를 파느라 조기를 파느라 고등어를 파느라 푸른 트럭
에서
푸른 트럭을 파느라 푸른 트럭만 남기고 파느라

싱싱한 야채 있습니다 싱싱한 과일 있습니다 싱싱한 계란 있습니
다 싱싱한 생선 있습니다 녹음기에 녹음하느라
녹음기를 켜놓느라 싱싱한 야채 있습니다 싱싱한 과일 있습니다
싱싱한 계란 있습니다 싱싱한 생선 있습니다 정신이 없다.

미안하다 사람들아 나는 정신이 없다

푸른 트럭에서 나는 그대들 전부를 잊었다 나도 잊었다 푸른 트
럭으로 사라지려고 한다 푸른 트럭을 몰고 사라지려고 한다 미안하
다 사람들아 나는 푸른 트럭에 있다

정신이 없다 나는 포도주를 마신다 푸른 트럭에서 포도주를 마신
다 야채를 팔아 과일을 팔아 계란을 팔아 생선을 팔아 포도주를 마
신다 포도주만 마신다 정신이 없다

사람들아 미안하다 나는 푸른 트럭을 탔다 푸른 트럭에서 팔러
다닌다 푸른 트럭을 팔러 다닌다 푸른 트럭만 빼고 팔러 다닌다 푸
른 트럭에서 마신다 붉은 포도주를 마신다 그와 함께 붉은 포도주를
마신다 미안하다 사람들아

나는 푸른 트럭을 탔다.

— 「나는 푸른 트럭을 탔다」 전문

박찬일 시인의 작품들에서 차(지하철, 트럭, 자동차, 기차) 또한 중
요한 소재 중의 하나이다. 사회생활을 하기 위해 수없이 타고 다니면
서도 버스 운전사와 택시 기사의 얼굴을 알지 못하고 익명화되는 모습
을 통해 인간 소외를 그린 「車 · 1」, 승객들이 물건처럼 취급된 채 밀려
들고 밀려나가는 모습을 그린 「지하철을 위하여」, 정류장에 도착하니
버스가 떠난 직후라는 상황을 통해 소위 머피의 법칙을 그린 「車 · 2」,
갈릴레오의 과학적 실험을 패러디하여 별을 꿈꾸는 소시민의 삶을 그
린 「트럭 운전사의 푸른색?」, 굴러가는 바퀴를 보고 있으면 총을 쏘고
싶다고 자본주의의 속도에 다소 공격적으로 대항하고 있는 「나는 자동
차 바퀴 사냥꾼」, 국도에서 지체되고 있는 차들을 그린 「경춘 공원묘
지」 등이 그 예이다.

「나는 푸른 트럭을 탔다」 역시 "트럭"을 소재로 해서 자기 자신조차

잊은 채 물건을 팔고 있는 한 상인의 모습을 그리고 있다. 이 자본주의 사회 속에서 치열하게 살아가고 있는 한 구성원의 전형을 그리고 있는 것이다. "푸른 트럭에서, 나는,/오이 당근을 파느라 감자 고구마를 파느라 양파를 파느라 시금치 마늘을 파느라/푸른 트럭에서 나는 수박 참외를 파느라 토마토 사과 귤을 파느라 배를 파느라 계란을 파느라 정신이 없다." "푸른 트럭에서 나는 그대들 전부를 잊었다 나도 잊었다"라고 토로하고 있는 것이 그 구체적인 모습이다.

돈을 벌기 위해 푸른 트럭을 이용해서 야채나 과일, 생선, 계란 등속을 팔러 다니는 장사꾼이나 돈을 벌기 위해 망원경을 만드는 갈릴레오의 모습은 유사한 면이 있다. 돈을 벌기 위해 자기 자신조차 잊고 있기에 그들의 행동에는 여유가 없다. 쿤데라(Milan Kundera)가 『느림』에서 제시한 느림의 가치는 없고 오직 속도만 있을 뿐이다. 패자가 있어야만 승자가 존재할 수 있는데도 불구하고 오직 승자가 되기 위해 자신의 몸을 쓰고 있는 것이다. 그렇지만 트럭운전수의 행동을 일방적으로 비난할 수만은 없다. 그가 자본주의 사회의 지배계급이 아니라 지배당하고 있는 계급인 이상 사회체제가 요구하는 조건으로부터 벗어날 수는 없기 때문이다. 따라서 자기 자신조차 잊고 있는 그의 행동을 비난하기에 앞서 그를 조종하고 있는 자본주의 체제에 대한 진단과 비판이 필요하다. 자본주의 체제는 강한 힘으로 그를 조종하고 있지만, 그는 삶의 기본 조건인 경제적인 면에서 특히 약자이기 때문에 저항하지 못하고 따를 수밖에 없다. 그러한 면은 다음의 작품에서도 나타나고 있다.

포크레인 차 두 대가

양차선 도로를 꽉 틀어막고

앞으로 앞으로 가고 있다

바로 뒤의 차들

포크레인들을 추월하려 하지만

어림 반푼도 없다

더 뒤의 차들은 포크레인들을

보고만 있을 뿐

더 더 뒤의 차들은 영문도 모르고

포크레인 속도로 가고 있다

영문도 모르고 앞으로

— 「꿈길」 전문

　위의 작품에서 등장한 포크레인은 속도의 면에서 보면 일반 차들에 비해 뒤지지만 그 크기나 놓여 있는 위치로 보면 훨씬 앞선다. 따라서 포크레인을 속도의 면보다도 크기나 위치의 면에서 보아야 할 것이다. 즉 포크레인은 자본가 계급에 의해 형성된 거대한 사회체제나 유리한 위치에 있는 사회계층을 상징한다고 볼 수 있고, 그 뒤를 따르는 차들은 체제 속에서 삶을 영위하고 있는 약한 존재들로 볼 수 있다. 따라서 "바로 뒤의 차들/포크레인들을 추월하려 하지만/어림 반푼도 없"는 것이고, "더 뒤의 차들은 포크레인들을/보고만 있을 뿐"이다. 물론 "더 더 뒤의 차들은 영문도 모르고/포크레인 속도로 가고 있"다. 자신들이 왜 늦게 가야 하는지 알지 못한 채 그저 "영문도 모르고 앞으로" 나아가고 있을 뿐이다. 자본을 토대로 한 지배계급에 의해 형성된 사회체제는 너무나 거대하고 복잡하고 전문화되어 있고 또 빠르게 변하고 있어 그 중심을 파악하기란 불가능하다. 따라서 전문가 계급이 아니면서 지배계급이 아닌 사회의 약자들은 포크레인 "뒤의 차들"처럼 수동적으로 따라야 한다. 그러한 면은 다음의 작품에서도 여실하다.

> 뚱뚱한 사람 하나가 좌석의 지형도를 결정하고 여러 사람의 앉을
> 까 말까 하는 순간적 심리에 개입한다고 생각하니 뚱뚱한 것이 대단
> 하다는 생각이 든다 그리고 어느 누구도 뚱뚱함을 욕하지 않고 뚱뚱
> 한 것을 환경으로 받아들이고 있다 그리고 한 줄에 6명만 앉게 될
> 경우 다른 5명의 사람들은 뚱뚱한 사람 때문에 조금 편하게 가고 한
> 줄에 7명까지 앉을 경우 다른 6명의 사람들은 뚱뚱한 사람 때문에
> 불편하게 가는 것도 당연하게 생각한다
>
> ─「뚱뚱한 것의 힘」 부분

위의 작품에서 "뚱뚱한 사람"은 부르주아 계급을 상징하므로 그가 차지하고 있는 자리는 함부로 바꾸거나 침입하지 못한다. "뚱뚱한 사람 하나가 좌석의 지형도를 결정"하지만 "누구도 뚱뚱함을 욕하지 않고 뚱뚱한 것을 환경으로 받아들이고 있"을 뿐이다. 또한 "뚱뚱한 것이 대단하다는 생각"만을 할 뿐이다. 약자의 위치에 있는 한 개인으로서는 거대한 세력을 도저히 감당할 수 없다고 인식하고 대항할 방안을 찾지 못하고 있는 것이다. 박찬일 시인은 그 해결책으로 "1998년의 가난에게, 혹시, 이 시를 읽는 그대에게/물을 끼얹는 것. 물풍선을/원한다//물풍선을 터뜨리는 시"(「물풍선」)를 제시하고 있지만, 그것은 힘이 되지 못한다. 물풍선이 이 견고한 자본주의 사회를 개조시킬 수 있

는 힘이 되지는 못하기 때문이다.

그렇지만 시인은 대항하려는 마음을 꺾지 않고 진행해나간다. 갈릴레오가 마음속으로 참회하며 자신의 학설을 살릴 수 있는 연구를 계속해나가는 사실을 작품으로 그리고 있는 것이다. 그리하여 시인은 「갈릴레오의 철회」에서

새로 태어난다면 저는 학설을 철회하지 않을 거라 맹서합니다. 맛있는 쇠고기 오래된 포도주를 단념합니다. 연료를 뿜으며 전진하는 로켓에 올라탈 겁니다. 그들이 왼쪽으로 가라 하면 오른쪽을 생각하고 그들이 오른쪽으로 가라 하면 왼쪽을 생각하겠습니다. 이제부터는 내가 결정합니다.

라고 토로하고 있다. 과학자로서 그리고 지식인으로서 양심과 용기를 잃지 않을 것을 다짐하고 있는 것이다. 그와 같은 면은 「갈릴레오 · 7」에서도 "다시 태어난다면 불타 죽으리라. 불같이 살리라. (중략) 결코 굴하지 않으리라."고 내보이고 있다. 따라서 갈릴레오가 비오는 날 안경을 닦고 세상을 더 투명하게 내다보려는 것은 지식인으로서 정직하게 살아가려는 자세이고, 망원경을 사서 로마의 추기경에게 권하며 지구가 태양의 둘레를 돈다고 말하려는 것은 지식인으로서 용기있게 대항하는 모습의 상징이다.

이 자본주의 사회에서 살아가는 지식인들은 니장(Paul Nizan, 1905~1940)이 '집지키는 개'라고 불렀던 사이비 지식인의 모습을 경계해야 한다. 지배계급의 이데올로기를 과학적인 양 옹호해서는 안 되고, 불리한 일들을 모르는 척 회피해서도 안 되며, 자신의 양심을 돈에 팔

아서도 안 된다. 사르트르(Jean Paul Sartre, 1905~1980)가 『지식인을 위한 변명』에서 진단했듯이 사이비 지식인은 지식인처럼 지배계급의 이데올로기에 이의를 제기하고 도전하지만 스스로 무너짐으로써 결국 지식인상을 기만하고 있다. 따라서 '아니다, 하지만……' 과 같은 말을 하는 사이비 지식인 대신에 '아니다' 라고 말할 수 있는 양심과 용기 있는 지식인이 필요하다. 그러기 위해서는 피지배계급의 삶을 끌어안아야 한다. 자신의 고유성을 박탈당한 채 생산품을 만드는 도구적 존재로 전락되어 노동과정이나 다른 사회적 존재로부터는 물론이고 자신으로부터도 소외당하고 있는 피지배계급의 욕망과 좌절을 품어야 하는 것이다.

이런 점에서 박찬일 시인이 갈릴레오를 지식인으로 삼고 그의 이상과 현실, 양심과 타협, 진실과 허위, 희망과 절망 등을 그린 점은 시사하는 바가 크다. 점점 상업적 자본주의에 의해 지식인들이 사이비 지식인 내지 지식 전문가로 내몰리는 이 시대에 지식인의 본질이 무엇이고 지식인의 역할이 어떠한 것인지를 인식시켜주고 있다. 진정 '아니다' 라고 말할 수 있는 용기와 그것을 보편적인 가치로 확산시키기 위해 노력하는 지식인이 필요한 시대이다. 자본주의 체제가 내세우는 속도의 가치에 대항하는 진정성이 요구되는 것이다.

    다시는 배우지 않으리
    다시는 별을 보지 않으리
    다시는 理性을 믿지 않으리
    캄파냐의 농부가 되리
    캄파냐의 농부의 소가 되리

캄파냐의 농부의 소를 촐랑촐랑 따라다니는

개새끼가 되리

　　　　　　　　　　　　　　　—「갈릴레오·9」 전문

　"진리를 모르는 자는 바보일 뿐이나 진리를 알고도 그것을 거짓이라
고 하는 자도 범죄다."라는 브레히트(Bertolt Brecht, 1898~1956)의
말을 부제로 달고 있는 위의 작품은 브레히트의 희곡 『갈릴레이의 생
애』를 연상시킨다. 교황청의 지원 아래 천문학을 함께 연구하는 갈릴
레오와 사제 간의 대화로 이루어진 이 희곡은 과학이 인간의 삶을 지
배하는 현대사회에서 시사하는 바가 크다. 과학이 과연 인간을 진정한
행복으로 이끌 수 있느냐 하는 문제를 다루고 있는 것이다.

　캄파니아에서 소박한 농부의 아들로 태어난 사제는 천문학 연구를
그만두기로 결심하는데, 갈릴레오를 찾아와 설명하는 이유는 다음과
같다. "그들은 올리브 나무에 관해서는 모르는 게 없지만 그밖의 것들
에 관해서는 아는 게 별로 없지요. (중략) 수백 년 동안 연기로 그을린
그들 머리 위의 새까만 대들보며 밭일로 쭈글쭈글해진 손, 그 손에 쥐
어진 숟가락까지 똑똑히 떠올릴 수 있습니다. 그들이 비록 행복한 삶
을 누리진 못하지만, 그들의 삶 속에도 일정한 질서가 들어 있습니다.
땀방울을 떨어뜨리며 바구니를 끌고 돌길을 올라가는 힘, 어린애를 낳
는 힘, 그들은 어디서 그런 힘을 내는지 아십니까? 대지를 바라볼 때
해마다 새로이 푸르러지는 나무들과 작은 교회를 볼 때, 성경말씀에
귀기울일 때, 그들은 이 세계가 영원하고 필연적이라고 느끼면서 힘을
얻습니다. 배려하면서 걱정스러운 듯 보살피는 하느님의 시선이 머리
위에 머물러 있다고 그들은 확신하고 있습니다. 또한 세계의 극장이

그들을 중심으로 세워져 있어 크든 작든 맡을 배역이 보장되어 있다고 확신합니다. 그런데 만일 제가 그들이 서 있는 곳이 다른 별 주위를 끊임없이 돌고 있는 한낱 작은 돌덩이 위라고, 수많은 별들 중의 하나, 실로 아무 것도 아닌 별 위라고 말한다면, 그들은 뭐라고 할까요? 우리를 굽어보는 눈길은 없구나 하고 말하겠지요. 우리는 무식하고 늙고 착취당한, 있는 그대로의 모습을 인정해야 한다는 말인가! (중략) 제가 교황청의 법령에서 어머니와 같은 고귀한 긍휼을, 위대한 자비심을 읽어낸 까닭을 이제 아시겠습니까?"

사제의 이 말에 대해 갈릴레오는 다음과 같이 반박한다. "왜 이 땅의 질서는 텅 빈 금고의 질서뿐이며, 이 땅의 필연성은 죽도록 일하는 것뿐이오? 무성한 포도원 사이에서, 밀밭을 바로 옆에 두고서! (중략) 스페인과 독일에서 벌어지고 있는 전쟁비용을 캄파냐 농부들이 치르고 있습니다. 왜 그 대리인이 지구를 우주의 중심점에다 갖다 놓을까요? 베드로의 교권이 지구의 중심에 있도록 하기 위해서죠. 문제는 베드로의 교권이오."

갈릴레오는 과학적 진리가 민중들에게 불행을 가져다주는 것이 아니라 교권을 지키려는 교황청의 권위가 문제라고 보고 있다. 따라서 잘못된 인식을 토대로 한 삶의 평온은 진정한 평온이 아니라고 보고, 과학자와 성직자의 역할이 양자택일을 해야 하는 모순관계가 아니라고 주장한다. 그렇지만 사제나 갈릴레오나 소박한 민중의 삶이 과학적 진리 못지않게 중요하다고 보고 있다. 소박한 농부들이 느끼는 행복의 가치를 소중히 여기고 과학적 진리가 사회에 유용하지만 지나치게 추구하는 것에 대해서 경계하고 있는 것이다.

따라서 「갈릴레오 · 9」에서 갈릴레오가 "다시는 배우지 않으리/다시는 별을 보지 않으리/다시는 理性을 믿지 않으리"라고 다짐하고 있는 것은 과학적 진리를 거부하는 것처럼 보이지만, 즉 "캄파냐의 농부가 되"거나 "캄파냐의 농부의 소가 되"거나 "캄파냐의 농부의 소를 촐랑촐랑 따라다니는/개새끼가 되"겠다는 것으로 보이지만, 과학을 거부하는 것도 아니고 현실을 배제하는 것도 아니다. 농부가 되는 것이나, 농부의 소가 되는 것이나, 그 소를 따라다니는 개가 되는 것은『갈릴레이의 생애』에 등장하는 사제처럼 성직자가 되는 것과는 다르다. 현실과 동떨어진 교리를 신봉하는 존재가 되는 것이 아니라 대지와 바람과 구름과 함께하는 나무나 곡식이나 동물과 같은 생명체가 되는 것이다. 따라서 박찬일 시인이 내세우고 있는 시세계는 과학자와 성직자 중의 양자택일이 아니라 그 이상의 대안이라고 볼 수 있다. 과학의 이름으로 인한 비인간화와 치열한 경쟁으로 인한 속도의 시대에 대항하는 여유롭고 평온하고 화목한 인간 세계를 지향하고 있는 것이다. 시인의 이 대안은 실현 가능성보다도 이루어야 할 이상향이라고 볼 수 있다. 시인의 그 진정성을 계속 지켜볼 일이다.

(《시민문학》, 2003년)

대상애로 다가가는 강한 자기애

손택수, 『호랑이 발자국』(창작과비평사, 2003)

1

손택수 시인의 첫시집 『호랑이 발자국』을 지배하는 것은 자기애를 바탕으로 한 '사랑'이다. 자기를 향하는 리비도(libido)를 토대로 아버지, 어머니, 할머니, 할아버지, 외할머니 등 가족을 품고 다시 산역꾼, 해녀, 친구, 청소부, 노파, 시인, 화가, 스님 등의 대상애(對象愛)로 다가가고 있는 것이다. 시인의 이러한 사랑은 '받는' 것이 아니라 '하는' 것이기에 의미가 크다. 즉 인간으로서 겪는 아픔과 양심과 인정으로 휴머니즘을 추구하고 있는 것이다.

> 독기라면 나도 지지 않는다
> 나를 무심코 집어삼킨 세상에
> 우툴투툴한 옻독을 옮기리라
> 뚝배기 그릇 속에 코를 쥐어박고
> 아버지와 함께 옻닭을 먹는다
> 두 편에 오만원 어쩌다 받은 원고료로

삼십년 지게꾼살이 주식으로 삼아온

술담배에 속을 상한 당신

술담배보단 서른이 넘도록 빈둥대는 아들놈 때문에 더

얼굴이 까맣게 타들어가는 당신

알코올과 니코틴의 독성, 갈수록 짐만 되는 아들놈의 독성

옻이 올라 얼굴이 벌겋게 닳아오르도록

목구멍까지 차오른 가려움을 꾸욱 눌러 참는다

—「옻닭」부분

"독기라면 나도 지지 않는다"라고 속마음을 드러내고 있는 데서 볼 수 있듯이 시인의 자기애는 옻독보다도 장닭보다도 강하다. 사실 옻나무의 독은 대단한 것이다. 살이 벌겋게 부르터 오르면서 몹시 가려운 증상은 옻을 타는 사람에게는 대단히 두려운 것이다. 그런데도 시인은 그 옻독보다도 자신의 독기가 강하다고 말한다. 뿐만 아니라 한평생을 우리 안에서 보내면서 톱날처럼 뾰족한 벼슬과 부리를 내는 독한 닭보다도 강하다고 말한다. 따라서 시인에게는 옻닭이 여름철에 먹는 보신용 음식 정도가 아니라 독한 옻나무와 독한 닭이 합해진 지독한 대상을 상징하는 것일 텐데, 시인은 강한 자기애로 그 옻닭을 거뜬히 해치운다.

그렇다면 시인의 이러한 독기는 어디에서 나오는 것일까? 그것은 "두 편에 오만원 어쩌다 받은 원고료"를 쓰는 처지와 "삼십년 지게꾼살이 주식으로 살아온/술담배에 속을 상한 당신/술담배보단 서른이 넘도록 빈둥대는 아들놈 때문에 더/얼굴이 까맣게 타들어가는 당신"의 짐이 되는 처지에서 나온다. 그래도 시인은 좌절하지 않고 그 상황을

직시하며 "나를 무심코 집어삼킨 세상에/우툴투툴한 옻독을 옮기리라"고 각오하고 있다. 시인의 이 독기는 고집이나 망상이 아니라 자기애의 징표이다. 자기를 사랑하면서 아버지 역시 사랑하기 때문이다. 따라서 시인의 자기애는 이기적인 것이 아니라 지극히 이타적인 것이다.

에리히 프롬(Erich Fromm)이 『사랑의 기술』(The Art of Loving)에서 말했듯이 자기애는 이기적인 것과 다르다. 이기적인 사람은 자기 자신에게만 관심이 있어 다른 사람의 입장에 대해서는 관심을 가지지 않는다. 모든 것을 자신을 위하는 방향으로만, 자기 이익의 차원에서만 다른 사람을 대하고 평가해 다른 사람의 존엄성을 인정하지 않는 것이다. 그리하여 이기적인 사람은 자신을 사랑하는 것 같지만 실제는 자기를 돌보지도 지키지도 못하고 다른 사람을 사랑하지도 못하는 것이다.

이와 반대로 자기애가 강한 사람은 다른 사람을 사랑한다. 자신을 사랑하므로 다른 사람을 자기만큼 사랑하는 것이다. 따라서 자기애가 강한 사람은 주체적이고 능동적인 사랑을 한다. 자신이 다른 사람으로부터 사랑 '받기'를 기대하는 것이 아니라 자신이 다른 사람을 사랑 '하는' 것이다.

2

아버지는 단 한번도 아들을 데리고 목욕탕엘 가지 않았다
여덟살 무렵까지 나는 할 수 없이

누이들과 함께 어머니 손을 잡고 여탕엘 들어가야 했다

누가 물으면 어머니가 미리 일러준 대로

다섯살이라고 거짓말을 하곤 했는데

언젠가 한번은 입속에 준비해둔 다섯살 대신

일곱살이 튀어나와 곤욕을 치르기도 하였다

나이보다 실하게 여물었구나, 누가 고추를 만지기라도 하면

잔뜩 성이 나서 물속으로 텀벙 뛰어들던 목욕탕

어머니를 따라갈 수 없으리만치 커버린 뒤론

함께 와서 서로 등을 밀어주는 부자들을

은근히 부러운 눈으로 바라보곤 하였다

그때마다 혼자서 원망했고, 좀더 철이 들어서는

돈이 무서워서 목욕탕도 가지 않는 걸 거라고

아무렇게나 함부로 비난했던 아버지

등짝에 살이 시커멓게 죽은 지게자국을 본 건

당신이 쓰러지고 난 뒤의 일이다

의식을 잃고 쓰러져 병원까지 실려온 뒤의 일이다

그렇게 밀어드리고 싶었지만, 부끄러워서 차마

자식에게도 보여줄 수 없었딘 등

해 지면 달 지고, 달 지면 해를 지고 걸어온 길 끝

적막하디적막한 등짝에 낙인처럼 찍혀 지워지지 않는 지게자국

아버지는 병원 욕실에 업혀 들어와서야 비로소

자식의 소원 하나를 들어주신 것이었다

—「아버지의 등을 밀며」 전문

단 한번도 자식을 데리고 목욕탕에 가지 않은 아버지. 시인은 그 아버지를 많이 원망해 "돈이 무서워서 목욕탕도 가지 않는 걸 거라고/아무렇게나 함부로 비난"까지 했었다. 그렇지만 지게를 지는 일로 가족을 먹여살리던 아버지가 쓰러져 의식을 잃은 채 병원에 실려온 뒤에서야 비로소 아버지를 이해할 수 있었다. 지게자국으로 시커멓게 죽어 있는 아버지의 등짝을 보면서 "부끄러워서 차마/자식에게도 보여줄 수 없었던" 아버지의 아픈 심정을 이해한 것이다. 그리하여 아버지를 원망하던 자신의 경솔함을 부끄러워하고 반성한다. 결국 아버지의 삶을 사랑한 것이다.

아버지는 자식에게 이 세계의 진면목을 알려주는 사람이다. 자신이 살아온 이 세상의 길이 얼마나 험난하고 힘든가를 똑바로 알려주는 것이다. 따라서 그 험한 길을 제대로 알려주기 위해서 아버지는 자식에게 엄한 모습을 보인다. 자신이 획득한 지혜와 재산과 도리를 물려주기 위해서 자신에게도 엄격하고 자식에게도 엄하다. 그만큼 자식을 사랑하는 것이다.

따라서 자식으로서 아버지의 사랑을 깨달았다는 것은 이 세상에 발딛고 있는 자신의 사회적 존재를 비로소 인식했다는 말이다. 공자가 말한 "입"(三十而立)의 단계에까지는 못 이르렀다고 할지라도, 즉 학문이나 수양이 어느 정도 이루어져 사회적으로 자립하는 데까지는 이르지 못했다고 할지라도, 자식으로서 아버지를 이해하게 된 것이다. 이러한 자세는 주체적이고 자신의 본위성(本位性)을 지키는 것이다. "비로소/자식의 소원 하나를 들어주"셨다는 시인의 인식. 바로 아버지로부터 사랑받는 것이 아니라 자신이 아버지를 사랑함을 나타낸다.

노름꾼 아버지의 발길질 아래

피할 생각도 없이 주저앉아 울던

어머니가 그랬다

병든 사내를 버리지 못하고

버드나무처럼 쥐여뜯긴

머리를 풀어헤치고 흐느끼던 울음에도

저런 청승맞은 가락이 실려 있었다

―「소가죽북」 부분

북채에 의해 울리는 북소리를 남편으로부터 매를 맞고 우는 어머니의 울음으로 인식하고 있는 위의 작품 역시 어머니에 대한 자식의 사랑을 잘 보여주고 있다. 남편에게 매를 맞은 어머니이지만 결코 무너지지 않고 일어날 것이라고 믿고 있는 것이다. 어머니에 대한 시인의 이러한 믿음은 "습자지처럼 얇게 쌓인 숫눈 위로/소쿠리 장수 할머니가 담양 오일장을 가면//(중략)//어린 나는 창틀에 베껴 그린 그림 한 장 끼워놓고/싸륵싸륵 눈 녹는 소리를 듣는다//대나무 허리가 우지끈 부러지지 않을 만큼/꼭 그만큼씩만, 눈이 오는 소리를 듣는다"(「墨竹」)라는 모습에서도 확인된다. 소쿠리를 팔기 위해 눈길을 걸어 오일장에 간 할머니가 아무 탈없이 집으로 돌아올 것이라고, 그러므로 '대나무 허리가 우지끈 부러지지 않을 만큼/꼭 그만큼씩만, 눈이 오는 소리를 듣'고 있는 것이다.

인간에게 어머니는 따뜻한 안방이고 맛있는 음식이고 포근한 속옷이다. 그리하여 누구나 어머니와의 관계에 있어서는 사랑받는 것에만 관심이 있다. 자신이 먼저 어머니를 사랑하지 않더라도 어머니가 자신을 돌보아줄 것을 믿고 있기 때문에 사랑하기보다는 어떻게 하면 사랑을 받을 수 있을까를 생각한다. 위의 작품은 그러한 소극성을 극복하고 있다. 어머니로부터 사랑 '받는' 것을 극복하고 자신이 사랑 '하는' 주체로 나서고 있는 것이다. 이처럼 시인의 자기애는 자신에게만 국한되지 않고 대상애로 다가가 사회성을 띤다.

3

　꽃그늘 아래 구덩이가 생겼다. 구덩이 옆에 피어난 벚꽃잎은 고개를 수그린 채 하나같이 땅을 쳐다보고 있다.

　그늘 속에서 산역꾼은 털이 숭숭한 돼지비계에 막걸리를 마신다. 사내의 아내는 오늘 출산을 한다. 이 땅을 다 파야 미역줄기 고깃근이라도 사갈 수가 있다.

　꽃이 어지럽게 술잔 속으로, 구덩이 속으로 뛰어들어온다. 꽃을 받아먹으며 파르르 떠는 술잔, 잘게 저민 살점 같은 꽃을 받아먹으며 허기를 감추고

　떡 벌린 아가리를 좀처럼 다물 줄 모르는 구덩이, 깊숙이 다시 삽을 꽂는다. 헛구역질처럼 한 삽 두 삽 퍼올릴수록 시큰하게 허리를 꺾는, 우두둑 무릎 관절을 꺾는

저 육중한 꽃그늘, 꽃이 거느린 구덩이, 점점이 흩날리는 구멍 속
으로 어칠비칠 불콰한 해가 떨어진다.

—「꽃그늘」 전문

자본주의의 가장 큰 모순은 세상의 가치를 선과 악의 구도가 아니라
시장성에 의한 강자와 약자로 구분짓는 점이다. 그리하여 노동자는 자
본의 이익 창출에 기여하고 있음에도 불구하고 시장 조건에 있어서 약
자이기 때문에 자본에 일방적으로 지배당하고 만다. 살아 있는 힘과
인격과 의지가 있지만 자본에 의해 철저히 지배당하고 있는 것이다.
그리하여 자신의 경제권과 문화권과 심지어 투표권까지 자본에 의존
하고 있다. 자본은 노동자들이 자신의 명령에 순순히 따르고 자신이
생산한 물건들을 많이 소비하고 또 자신이 쉽게 부릴 수 있도록 고도
의 전술을 사용한다. 자본의 의도에 잘 맞는 음식을 먹이고 잠을 재우
고 옷을 입히고 성욕을 채워주는 것이다. 따라서 자본에 조종당하는
노동자들은 텔레비전이 시키는 대로 웃고 우는, 진정한 자아를 상실한
자들이다.

이런 점에서 자기애가 확장되어 아내의 출산을 앞두고 땅을 파는
"산역꾼"(「꽃그늘」)이나 의자공장에서 잔업을 하다가 4급 장애인이 된
친구를 "만나고 헤어질 때면, 잡아줄 수 없고/흔들어줄 수 없는 손가락
셋을 흔들며 쓸쓸히 멀어져가던 친구/나는 친구가 제 손 대신 내민/아
기의 손가락 다섯을 두 손에 감싸쥔다"(「버드나무 강변에서의 악수」)
라고 품고 있는 것은 매우 소중하다. 진정 이 자본주의 사회에서 사랑
은 철저히 상품화되어 있다. 자본화된 사랑은 유행가나 영화나 텔레비
전의 광고나 발렌타인 데이와 같은 각종 이벤트에서 기획된 상품으로

팔리고 있을 뿐이다. 그리하여 사람들은 그 사랑을 사려고 돈을 모으고 몸을 가꾸고 옷치장을 하고 유머 있는 대화술을 갖추는 데 자신의 리비도를 투자한다. 그러나 그러한 사랑은 자기애가 없으므로 허상이다. 자기애로 타인을 사랑하는 것이 아니기에 이기적인 것일 뿐이다.

시인은 사랑이 시장에서 팔리는 물건이 되어서는 안 됨을 말해야 한다. 또한 사랑이 개인만의 현상도 예외적인 상황도 아니고 지극히 사회성을 띤다는 점도 인지해야 한다. 사랑 '받는' 것을 극복하고 사랑 '하는' 것은 진정 사회성과 연대하고 협력하는 일이다. 손택수 시인의 자기애가 더 견고해지고 대상애로 더 확장되기 위해서는 자본에 의해 무너지는 사람들을 더욱 끌어안아야 할 것이다.

(《시인세계》, 2003년 여름호)

죽음을 파고드는 리비도의 시학

| 박성우, 『거미』(창작과비평사, 2002)

1

　박성우 시인의 첫시집 『거미』는 가난한 자신의 가족을 토대로 삼고 소외된 이웃들에게 관심을 보이고 있는데, 그 자세는 진실한 것이어서 죽음까지 인식하고 있다. 최서해가 「홍염」, 「박돌의 죽음」, 「기아와 살육」, 「큰물진 뒤」 등에서 죽음이라는 극한적인 행동으로 자신의 모진 가난을 절규한 것에 비해서는 약하지만, 박성우 시인 역시 가난에 대한 인식을 죽음으로까지 심화시키고 있는 것이다. 시인의 죽음 인식은 아버지의 죽음(「친전」, 「두꺼비」, 「감꽃」, 「취나물」)을 시작으로 해서 곤충이나 동물의 죽음(「악연」, 「몸에 맞는 그릇」, 「표본」)으로 확장되고 그리고 소외된 이들의 죽음(「거미」, 「굴비」)에까지 이르고 있다.

　박성우 시인의 죽음 인식은 근래에 우리 시단에 등장한 죽음을 다룬 시편들과는 사뭇 다르다. 요 몇 해 동안 우리 시단에는 20세기 말에 대한 진단을 내린다는 나름대로의 명분으로 죽음을 소재로 한 시들이 상당히 등장했는데, 작위적이라는 혐의를 벗어나기가 사실 어렵다. 시가 솔직하지 않고 명분을 위해 작위적으로 창작될 때 진정성을 갖기는 어렵다. 그리하여 그동안 신의 영역으로 여기고 접근을 금기시해온 죽음을 새롭게 인식함으로써 허위에 찬 우리들의 삶을 되돌아보는 계기를 주었다고 할지라도 진정성을 획득했다고 보기는 어려운 것이다.

그렇다면 박성우 시인의 죽음 인식은 어떤 것인가? 대체로 아버지, 곤충 및 동물들, 소외된 사람들에 대해서 안타까워하거나 측은해하고 있어 기존의 죽음관을 확인하고 있는 것인데, 보다 구체적이고 체험적이면서도 객관적으로 그 의미를 찾고 있다는 점에서 차별성을 띤다. 「굴비」 같은 작품에서 쓸쓸히 죽어간 한 노인을 제어의 자세로써 보여줘 소외된 농촌 실정을 상기시키고 있고, 「거미」 같은 작품에서 사업에 실패한 한 가장이 자살한 장면을 객관적으로 보여줌으로써 사회로부터 소외된 한 인간 존재를 더욱 환기시키고 있는 것이 그 좋은 예이다. 나아가 「몸에 맞는 그릇」 같은 작품에서는 죽음의 우주적 인과성까지 담고 있다.

저 개들은
몇 그램의 죽음을 포식한 걸까
퍼석퍼석한 사료를 먹은 개들이 목마른지
혓바닥 길게 늘려 물을 핥는다
가끔 혀끝으로 빨려들어가는 바람
개 사육장에선 바람이 소화제다
느글느글해진 졸음이 개밥그릇에 앉는다
개들은 졸음을 경계해야 할
아무런 이유가 없으므로 애써 컹컹거리지 않는다
조금 남아 있던 의심이

풍경을 한번 깜박거리게 했을 뿐이다

파리가 눈꺼풀에 앉아

잠들었다는 것을 확인해주자

위장에 있던 죽음이 살 속으로 천천히 들어간다

죽음이 모두 소화된 뒤에야 개는 깨어난다

몇 킬로의 죽음이 더 누적되어야 편안해질까

죽음은 한곳에 오래 머물지 않는다

철사줄이 목을 조이는 동안 털이 타들어가면

개는 곧 편안해질 것이다

그동안 열심히 먹은 죽음을 토해낼 것이다

거처를 잃은 죽음은

전에 살던 사육장으로 돌아갈 것이다

새로 사온 강아지에겐 물려받은 밥그릇이 크겠지만

곧 몸에 맞는 그릇으로 변할 것이다

─「몸에 맞는 그릇」 전문

"개 사육장에선 바람이 소화제다"와 같은 감각적인 표현이 눈에 띄기도 하지만 삶과 죽음 사이에 존재하는 먹이사슬을 통해 그 우주적 관계로 환기시키는 인식이 놀랍다. 개는 생존하기 위해 사료를 먹어야 하는데 그것은 죽은 대상이다. 마찬가지로 사람도 생존하기 위해 그 개를 먹어야 하는데 역시 죽은 대상이다. 이처럼 산 자는 죽음을 먹어야 하므로, 죽은 자는 소멸하는 것이 아니라 산 자의 양식이 된다는 이 우주적 인식은 삶과 죽음의 의미를 보다 심화시키고 있다. 나아가 시인은 이러한 인식을 통해 자신의 삶을 절실하게 욕망하고 있다. "새로 사온 강아지에겐 물려받은 밥그릇이 크겠지만/곧 몸에 맞는 그릇으로 변할 것이"라고 죽음 속에서도 삶의 의미를 추구하고 있는 것이다. 이처럼 시인의 인식 심층에는 리비도(libido)가 똬리를 틀고 있다.

2

박성우 시인의 『거미』에서 성(性)을 추구한 작품은 많지 않은데도 불구하고 성적인 표현이 강하게 각인되는 이유는 무엇일까? 그것은 성욕과 대조적인 죽음 인식이 배경으로 깔려 있기 때문이다. 그리하여 "건들기만 하면 젖무덤이 금세 봉긋해지는 그녀"(「달팽이가 지나간 길은 축축하다」), "치부를 드러내고 누운 여자의 봉긋한 가슴"(「마이산」), "엉덩이에 성기를 철썩철썩 박아넣는다"(「개야도 김발」), "고년이 내 볼테기에다 거시기를 해버렸네"(「오이를 씹다가」), "성우 총각 어젯밤에 뭐했어!"(「미싱 창고」), "젖꼭지 같은 죽순이 붉어져 있다"(「대나무는 나이테가 없다」)와 같은 표현들이 더욱 생력(生力)을 발휘하고 있는 것이다.

> 잘 익은 수박은 칼끝만 닿아도 쩍,
> 벌어진다 내가 사랑하는 그녀는 혀끝만 닿아도 쩍,
> 벌 어 진 다
> 수박물에 떨어져 젖은 삼각 티슈처럼
> 붉은 속살에 스민 황홀한 팬티, 입을 쩍,
> 벌려 혀끝으로 벗겨낸다

수박씨처럼 음모를 뱉어내기도 하면서

마른침만 삼키곤 했던 수음의 사춘기를 서른에 버린다

　　　　　　　　　　　　　　　　　—「황홀한 수박」 전문

"수음의 사춘기를 서른에 버린다"라는 표현에서 만족한 성을 추구하는 리비도가 확인된다. 정신분석학에서 리비도는 인간 행동의 바탕이 되는 근원적인 욕구 즉 성욕이라고 정의하고 있다. 사실 인간은 노동을 하면서 그리고 죽음을 의식하면서이기도 하지만 성행위를 부끄럽게 여기면서 동물과 다른 유적(類的) 존재가 된다.

　그렇다면 인간은 왜 자신의 성행위를 부끄러이 여기며 동물과 다른 존재가 되는 것일까? 그것은 스스로 정한 금기의 영역을 깨트리기 때문이다. 죠르쥬 바따이유(G. Bataille)가 『에로티즘』에서 고찰했듯이 금기는 외부로부터 연유한 것이 아니고 인간 스스로 부과한 것, 즉 이 세계를 영속시키기 위해 인간이 자진하여 정한 것이다. 그러면서도 인간은 자신이 정한 금기로부터 복종당하지 않고 부단히 벗어나려고 하는데, 이 점에서 인간은 동물과 구별된다. 금기에 복종당한 채 타파하려는 의지를 갖고 있지 않으면 그 실체를 의식할 수 없지만, 금기를 깨트리면서 비로소 죄의식을 가지게 되어 무엇이 진실인지를 인간답게 고뇌하는 것이다. 따라서 인간의 성행위는 금기의 영역에 있는 죽음에 대항하는 일이다. 인간이 범접할 수 없는 신성의 세계, 자연의 세계에 대항하는 노동과 같은 것이다.

　이와 같이 박성우 시인의 성적 표현들은 삶의 추동력인 리비도의 표출로 금기의 영역에 있는 죽음을 안타까워하거나 두려워하는 것이 아니라 당당히 맞서는 것이다. "무덤은 좀 무너져 있어야 무덤답지"(「미이라」)라는 자신감을 가지고 죽음까지 파고드는 것이다. 이러한 힘으로 시인은 자신의 가난에 주눅들지 않고, 그러면서도 자신의 결핍을 절실히 인식하며, 시작(詩作)하고 있다. "육신을 바삐 움직일 때가 좋은 법"(「싸라기밥풀」)이다.

《시평》, 2002년 가을호)

의인(擬人)의 시인 정신

| 임영조, 『시인의 모자』(창작과비평사, 2003)

1

임영조 시인은 의인법(擬人法)에 능한 시작법을 가지고 있다. 시인이 지금까지 간행한 시집들의 곳곳에는 인간이 아닌 대상들이 시인의 명명에 의해 인간이 되어 골목을 빠져나가기도 하고 산을 오르기도 하고 바닷가를 거닐기도 하고 수돗물을 마시기도 하고 큰소리를 치기도 한다. '수도'를 "산전수전 다 겪고 와서/이제는 부끄럼도 모르는 여자"(「수도를 틀며」)라고 의인화한 것이나, '개나리'를 "노란 영세민들"(「개나리」)이라고 의인화한 것, '춘란'을 "홀연히 내 앞에 나타난 여자"(「춘란」)라고 의인화한 것이 쉽게 찾은 예이다. '억새꽃'을 "이제는 하릴없이 심심한 노인"(「억새꽃」)이라고 의인화한 것, '12월'을 "피곤한 사나이"(「12월」)라고 의인화한 것, '비누'를 "이 시대의 희한한 聖者"(「비누」)라고 의인화한 것, '7월의 숲'을 "한창 겁 없고 혈기왕성한/在野의 사내들"(「7월의 숲」)이라고 의인화한 것도 마찬가지이다.

의인법이란 사람이 아닌 대상을 사람인 것처럼 비유하는 창작방법으로 시인이 대상의 생명력을 인식하고 있다는 점에서 중요하다. 인간

대상들은 아니지만 시인은 자신과 동일한 존재라고 여기고 동일화를 지향하는 것이다. 자신과 대상 간에 일체감을 이룰 수 있다고 생각하는 그 바탕에는 유기체적인 우주관이 깔려 있다. 인간과 이 세계의 대상이 관계가 없는 것이 아니라 서로의 생존과 종족보존을 위해서 분리될 수 없다고 보고 있는 것이다.

이성주의가 팽배하고 과학 기술이 발달하면서 인간은 자신이 이 세계의 대상들보다 우위에 있다는 자만감을 가지고 있다. 동물이나 식물이나 무생물보다 더 우월하다는 인식을 가지고 있는데, 그것으로 인해 인간은 대상들로부터 소외되고 있다. 그러한 면은 인간들 사이에서도 적용된다. 인간은 지역이나 성(性)이나 학력이나 부를 차별의 기준으로 삼고 서열을 매김으로써 비인간화를 초래하고 있는 것이다. 따라서 시인이 대상을 사물처럼 인식하지 않고 '너'라고 부르는 의인화의 정신은 점점 물신화되고 있는 현대 사회에서는 중요하다. 진정 이 세계의 대상들은 인간에 비해 열등하지 않다. 인간의 관점을 포기하고 우주적 관점에서 보면 인간이나 세계의 대상들은 서로 협력하고 살아가는 존재일 뿐이다. 인간은 개미가 없으면 존재할 수 없고, 난초꽃이 없으면 존재할 수 없다. 물고기가 없어도 존재할 수 없고, 돌멩이가 없어도 존재할 수 없다. 따라서 의인화는 성숙한 인간 정신의 표현이다. 돌멩이가 인간보다 결코 작지 않은 존재가치를 지니고 있다는 것을 인식하고 있음은 이 세계의 대상을 배척하지 않고 포용하는 성숙한 인간 정신의 모습인 것이다.

이와 같이 의인화는 시 창작의 기본정신이다. 이 세계의 대상을 자신의 감정과 지각과 사상과 상상력으로 끌어안는 것이다. 그리하여 소나무 한 그루가 시인에 의해 아버지가 되기도 하고 선생님이 되기도 하고 친구가 되기도 한다. 또 영화표 한 장이 시인의 지각에 의해 자본주의에 시달리는 샐러리맨이 되기도 하고, 봉숭아 한 포기가 시인의 기억에 의해 첫사랑이 되기도 하며, 대통령 선거를 공고하는 벽보가 시인의 사상에 의해 독재자가 되기도 한다. 의인화는 이 세계에 대한 진지한 관심의 표현인 것이다.

따라서 시인은 의인화를 통해 자신의 감정이나 지각이나 이념을 적확하게 또 개성적으로 표현하는 데 있어서 성실성이 요구된다. 기존의 규범이나 표준에 따르거나 타협하지 않고 자신을 지키려는 강한 인식 위에서 세계의 본질을 간파해야 하는 것이다. 결국 의인화는 관습이나 인습에 따르는 세계 인식이 아니라 개성적으로 창의하는 세계 인식이다.

2

소나기떼 쓸고간 동녘 하늘 끝
매봉산 형제가 줄넘기를 한다
빨 주 노 초 파 남 보
일곱 빛 색실로 꼰 동아줄 잡고
내 마음도 들썩들썩 따라 넘는다
줄을 돌려 산 너머 산 너머 가면
그 옛날 몰래 가슴만 두근대다
놓쳐버린 절반의 첫사랑이 있을까
일곱 빛 레이스로 열린 하늘 문

저 두렵고 환한 돔으로 들어가면
에덴동산 마루엔 고해소가 보일까
푸른 망토 두른 사제라도 만나면
내 당장 무릎을 꿇으리라, 아직도
까닭없이 설레는 무지갯빛 사랑을
신의 나라로 망명을 꿈꿔온 죄를
낱낱이 고백하고 사면을 받으리라
하늘로만 솟다가 지친 그리움
땅에 박고 휘영청 활처럼 휘어
팽팽하게 당기는 칠현금 소리
빨 주 노 초 파 남 보
함부로 손타거나 넘보지 말라고
천지간에 쳐놓은 화사한 禁줄이다
매봉산 형제가 친 쌍끌이 그물이다

　　　　　　　　　　　　　　　— 「무지개1」 전문

매봉산 초입 오르막길에
갓 핀 한 무리 조팝나무꽃
앙증한 웃음소리 눈이 부시다
너무 귀엽고 예뻐 넋놓고 보다
어느새 손이 가서 쓰다듬는다
아직 여리고 비린 잇바디 세듯
조심조심 어루만지자, 덥석
하얀 젖니가 손가락을 깨문다

이 얼얼하고 황홀한 촉감!

간지럽고 환한 통증이 좋다

때 탄 손은 꽃들이 먼저 아는지

고개를 살래살래 젓다가 울컥

흰 젖을 토해놓는 조팝나무꽃

너무 고와 눈 시린 갓난아기다

어서 손 치우세요!

이 멋쩍고 부끄러운 내 손은

어디에 감출까 쩔쩔매는 나이다

그래도 너를 보면 내 피도 잘 돌아

온 하루 둥둥 얼러주고 싶구나

늘마에 어디 가서 몰래 본

돌잡이 딸 안고 눈웃음을 맞추듯.

― 「조팝나무꽃」 전문

위의 인용에서 보듯이 임영조 시인의 여섯 번째 시집인 『시인의 모자』에서도 의인법의 사용은 여전하다. 소나기가 지나간 뒤 산에 걸쳐 떠 있는 '무지개'를 보고 "내봉산 형제가 줄넘기를 한다"라고 비유한 것이나, '조팝나무꽃'을 "갓난아기"가 토한 "흰 젖"이라고 비유한 것은 전형적인 의인화의 모습이다. 그리하여 무지개의 색깔과 모양은 몰래 제 가슴만 설레다가 놓쳐버린 첫사랑을 더욱 아름답게 그려주고 있고, 조팝나무꽃은 곱고도 고운 갓난아기의 모습으로서 더욱 깨끗하고 아름답게 환기되고 있다. 이밖에도 이 시집에는 '석류'를 "엿보이는 입술 사이로/붉게 물든 치아"(「석류 부처」)라고 비유하고 있고, '강물'

을 "어디론가 떠나는 남부여대/지난한 행렬의 뒷모습"(「강가에서1」)이
라고 비유하고 있으며, '지천명'을 "너도 퇴행성 관절염을 앓거나/노
인성 발기부전증은 아닌지"(「지천명」)라고 비유하고 있다. 시인은 무
지개나 조팝나무꽃이나 석류나 강물이나 지천명을 객관적인 대상으로
보지 않고 '너'라고 인식하고 있다. 백과사전에 등재된 이름을 그대로
따라 부르는 것이 아니라 친구나 식구들을 껴안듯이 친밀하게 부르고
있는 것이다.

그런데 『시인의 모자』에서는 이 세계의 대상에 생명력을 되살리는
의인화의 정신이 사람에게까지 확장되고 있다. 처조부(「오이도」), 옷
가지를 파는 중년 사내(「괄호 속의 남자」), 장기 복역하다 칠순 넘겨
출옥한 노인(「성선설」), 추어탕에 소주잔 돌리고 이차 가서 맥주 마시
는 젊은 친구들(「별똥별」), 딸기를 팔기 위해 마이크를 들고 외치는 슈
퍼마켓의 여자(「그걸 어떻게 먹나?」), 오랜만에 손을 잡고 해변을 거
니는 아내(「일월 상조」), 돌아가신 아버지와 어머니 그리고 수학여행
때 효자손을 할아버지의 선물로 사온 중학교 2학년 아들(「효자손」) 등
주위의 사람들을 인정 많게 부르고 있는 것이다. 시인 자신이 이 세계
의 인연들과 함께하는 존재라는 사실을 고마워하고 그들을 따스하게
부르고 있는 것이다. 그리하여 시인은 자신까지도 차분하게 바라보며
솔직하면서도 넉넉하고 엄격하면서도 당당하게 껴안고 있다.

> 이 다음 나 세상 뜨고 나면
> 깨끗이 태워 화장하려면
> 생나무 장작불론 타지 않으리
> 그동안 나는 너무 오래

조마조마 속 태우고 살아서

잘 마른 장작불로 태워야 하리

옹기 굽는 화력으론 안되고

백자 굽듯 관 불로 태워야 하리

안면도 야산 송림 한 채 다 태울

소나무 장작불로 태워야 하리

원하건대, 나의 다비는

건성으로 부르는 찬송가 사절

목탁만 멍이 드는 독경도 사절

내 생의 옹이마저 온전히 태워

비로소 완성되는 존재의 가벼움

내 안의 기억까지 가루가 되는.

— 「나의 다비는」 전문

　"이 다음 나 세상 뜨고 나면/깨끗이 태워 화장하려면/생나무 장작불론 타지 않"을 것이라고 시인은 말하고 있다. 그 이유는 "그동안 나는 너무 오래/조마조마 속 태우고 살"았기 때문이라고 솔직하게 고백한다. 이 치열한 경쟁 사회에서 살아가야 하는 사람들 대부분은 약자에 속하기 때문에 '조마조마 속 태우고' 사는 것이 어떤 것인지 잘 안다. 사람들은 용기 있게 자신의 얼굴을 내세우지 못하고 사회적 규범이나 윤리나 관습에 묻고 있지만, 그 불안과 아픔과 좌절과 분노가 어떠한 것인지 잘 알고 있는 것이다. 그러므로 시인이 자신의 죽음을 "생의 옹이마저 온전히 태"우는 것이고 "내 안의 기억까지 가루가 되는" 것이라고 바라보는 점에, 깊은 공감과 교감을 갖게 된다.

의인화에 근거를 둔 임영조 시인의 세계는 이처럼 대상을 고립적으로 부르지 않고 함께하고 있다. 자신의 즐거움과 슬픔과 분노와 안타까움과 호기심을 이 세계의 대상과 함께 교감하고 있는 것이다. 그것은 이 세계의 거울에 자신을 비추면서도 자신의 거울에 이 세계를 비추는 행위이다. 그 결과 시인의 거울에는 자신이 좋아하는 꽃이 의인화되어 들어 있고, 달려가고 싶은 길이 의인화되어 들어 있고, 꼭 이루고 싶은 사랑이 의인화되어 들어 있다. 그 의인화의 얼굴은 자신의 자아부터 아내와 아들과 부모와 친구들을 거쳐 배우지 못하고 근심 많고 상사의 눈치를 보며 살아가야 하는 사람들에게까지 이른다. 시인은 그 속에서 자신을 긍정하고 이 세계의 대상을 넉넉하게 이해하고 좋아하며 유대감을 갖고 있는 것이다. "살면 살수록 검불 같은 세상에/속타지 않은 자가 어디 있으랴"(「방화」).

(《시현실》, 2003년 여름호)

산업화 시대의 민중 시인들

1

민중은 국가나 사회를 이루고 있는 다수의 일반 국민 중에서 피지배 계급에 위치한다. 소수의 지배 계급에 의해 억압받는 계급이라는 성격을 띠는 것이다. 민중의 개념에는 지배 계급을 제외한 일반 대중이라는 면을 넘어 자신의 계급적 모순을 깨닫고 극복하려는 의지의 주체라는 사실이 내포되어 있다. 결국 모든 대중이 모든 민중은 아닌 것으로, 민중은 대중 가운데서도 올바른 역사인식과 지향을 지닌 존재이다.

따라서 민중시란 민중문학의 한 영역으로 민중의 현실이나 문제를 안고 극복하려는 의지를 가신 시라고 정의할 수 있다. 민중의 삶을 소재로 삼는 것에 국한되지 않고 민중을 둘러싸고 있는 왜곡된 사회구조와 현실을 개선·극복하려는 의지를 가진 것이다. 이는 민중이 억압과 고통받는 약한 존재지만 저항의 주체가 될 수 있음을, 민중이 어리석고 사리에 어둡고 속물근성이 있고 사회 전체를 바라보는 인식이 부족하지만 나름대로 지혜롭고 순박하고 의리가 있고 대담하고 성실한 존재임을 긍정함이다. 또한 민중이 피지배자이고 피억압자이지만 온갖 생산 활동의 주역이라는 역사적 주체성을 적극 부여하는 것이다.

한국의 민중시는 1960년대는 순수시에 대한 대항으로 참여시, 1970년대는 민중에 대한 포용으로 민중시, 1980년대 이후는 노동자들의 주체라는 특성으로 노동시로 불릴 정도로 그 진행에 있어서 상당한 변화를 겪었다. 이는 민중시가 작품의 형식적인 가치를 넘어 내용적인 가치를 추구함을, 즉 민중시가 독립적이고 절대적인 것이 아니라 시대와 사회 상황에 영향을 받고 또 영향을 끼치는 상호적이고 상대적임을 반증하는 것이다.

한국의 민중시는 봉건사회 체제에 대한 대항과 서구 자본주의의 침략이 시작된 18세기 후반부터 뿌리를 내려 일제 강점기의 카프(KAPF) 활동으로 이어졌고 1970년대에 이르러 한층 확장되었다. 1970년대 이후는 산업화의 시대로 규정지을 수 있는데, 정부가 추진한 경제개발정책으로 인해 경제가 급격히 성장한 시대였다. 그러나 정부의 일방적이고 수치 달성을 위한 가속적 진행은 도시와 농촌간, 노사간, 학력자와 비학력자간, 세대간, 지역간, 남녀간 등에 많은 문제를 일으켰다. 또한 경제 성장으로 인해 수반된 개인주의, 핵가족화, 물질주의 등의 풍조는 기존의 정신적 가치와 많은 갈등을 일으켰고, 독재정치, 남북간 이념의 대립, 자원 민족주의 등장 등의 긴박한 국내외 정치상황은 민중의 입지를 보다 열악하게 했다.

그러나 그 경직화된 사회 속에서도 인간다운 삶을 추구하는 민중시는 생명력을 잃지 않았다. 특히 1970년 11월 13일 평화시장 재단사였던 전태일(全泰壹)이 "근로기준법을 준수하라"고 외치며 분신 자살한 사건은 정부의 일방적인 경제정책이 안고 있는 비인간성을 널리 알려주는 계기가 되었고, 신경림, 김지하, 정희성, 조태일, 김준태, 이시영,

양성우, 김창완, 김명인, 김광규 등 지식인 시인들의 시는 그러한 사회 모순에 적극 대항했던 것이다. 김지하는 「오적(五賊)」, 「앵적가(櫻賊歌)」, 「비어(蜚語)」 등에서 민중에게 아픔을 안겨준 당대의 재벌과 정치인 및 고급공무원 등을 비판하였고, 신경림은 『농무』(農舞), 『새재』, 『가난한 사랑노래』 등에서 가난하고 소외된 농민들의 삶을 구체적으로 끌어안았다. 정희성은 『저문 강에 삽을 씻고』에서 사회의 어두운 구석에서 고통받는 민중에게 애정을 보였고, 이시영은 『만월』에서 순수한 민중을 통해 물질주의 사회를 비판하였다. 김준태는 『참깨를 털면서』에서 농촌을 궁핍화시킨 사회를 비판하였고, 양성우는 『겨울공화국』에서 민중의 의지를 그렸다. 김창완은 『인동일기』에서 소외당한 민중의 정서를 자신의 체험으로 형상화하였고, 김명인은 『동두천』에서 유년시절의 가난과 분단을 통해 민중의 아픔을 그렸다.

2

1980년대에 들어 민중시의 지평은 새롭게 열렸다. 1970년대의 민중시와 연속성을 가지면서도 엄연한 차이를 보였는데, 지식인 시인들이 '민중을 위한' 시를 창작하던 이전에 비해서 창작 주체가 '민중에 의한' 쪽으로 바뀐 것이 가장 큰 특징이었다. 이러한 변화는 소수 전문 시인만이 시 창작의 주체였던 이전과는 달리 누구나 시 창작의 장(場)에 들어갈 수 있는 시문학 대중화의 실현으로, 지배체제의 이데올로기에 대항하는 데 한계를 보였던 앞 시대의 민중시에 비해 보다 실천적이었다. 앞 시대의 민중시가 민중 현실의 문학적 형상화라는 포괄 개념에 넣을 수 있는 것과 달리 1980년대의 민중시는 민중 자신들이 작품화하는 것이 구체적 진실성을 확보하는데 유리하다는 차별성이 내재되어 있는 것이다. 그러나 1980년대의 민중시가 앞 시대의 민중시를 배척한 것이기보다는 계승에 의해 한층 심화되고 확대된 것이다.『실천문학』,『시와 경제』,『민의』,『민중시』,『5월시』,『삶의 문학』,『노동해방문학』등과 같이 지식인들이 이끌었던 동시대의 주요 무크(mook)나 동인지에서 볼 수 있듯이 지식인 시인들의 역할이 컸다. 그리하여 이전까지 문학사에서 인정받지 못하던 민중시가 당당하게 시대의 중심부에 자리잡을 수 있었던 것이다.

1980년대는 앞 시대와는 비교가 안 될 정도로 민중운동이 활발했다. 1980년 4월 21일 저임금, 장시간 노동, 어용노조, 암행독찰대 등에 시달려온 사북 동원탄좌 노동자들이 항의하고 일어난 사북 노동자들의 파업을 시초로 대구 부산 택시기사 파업(1984.5), 구로 민주노조 연대쟁의(1985.6) 등에서처럼 노동쟁의가 대형이었고, 김종태의 분신(1980.6)을 비롯해 수많은 노동자들이 목숨을 잃을 정도로 과격했다. 또 마산 창원 노동조합총연합(1988.8) 및 서울지역 노조협의회(1988.9)처럼 지역노조가 구성되었고, 사무금융노련(1988.8), 전국 언론노조연맹(1988.11), 전국 병원노조연맹(1988.12)처럼 업종별 노조가 결성되었으며, 전국교직원노동조합(1989.5)의 결성처럼 노조가 결성되지 않았던 연구소, 대학, 백화점, 공기업으로까지 확대되었다.

1980년대의 민중시는 이러한 시대상황을 적극적이고 실천적으로 반영한 산물이다. 수많은 노동자 시인들이 문단에 나왔고, 노동시집이 출간되었으며, 독자들 역시 지대한 관심을 보였다. 또 이름 없는 수많은 노동자들이 자신의 작업장에서 시를 쓰고 읽었으며, 노동조합의 소식지나 회보, 문집, 지역 문화매체, 각종 저널 등에 투고하여 자신의 작품을 실었다. 그리고 구로노동자문학회, 부천노동자문학회, 성남노동자문학회, 광주노동자문학회 등과 같이 지역 문학회를 결성하여 노동조합 운동의 한 부문 역할을 하였다. 이와 같은 흐름에 의해 1980년대의 민중시는 노동시로 불려지게 된 것이다.

1980년대의 노동시는 그 영역에 따라 산업 분야의 노동시, 지식인 노동시, 농민시 등으로 나눌 수 있는데, 지식인 노동시는 다시 정치사회 분야의 노동시와 교육 분야의 노동시로 나눌 수 있다.

산업 분야의 노동시는 생산 노동 및 서비스 노동에 종사하는 노동자들의 삶을 형상화한 것으로 1980년대 노동시의 중심이다. 농업도 산업의 한 분야이기 때문에 농민시를 산업 분야의 노동시에 포함시킬 수 있겠지만, 그 영역이 제1차산업으로 구분되는 데다가 농민시라는 고유성이 있기에 독립시킬 수 있을 것이다. 산업 분야의 노동시 시인으로는 박노해, 백무산, 박영근, 정인화, 최명자, 정명자, 김해화, 김기홍, 이소리, 김신용, 최석 등 이루 헤아릴 수 없이 많다.

1980년대는 앞 시대보다 산업화가 전면적으로 진행되어 1983년부터 도시 공장의 생산직 노동자 수가 전체 노동자 수의 반을 넘어섰고 (51.4%), 1981년부터 종업원 300인 이상의 공장에 취업한 노동자 수가 전체 노동자 수의 절반(48.8%)에 이르렀다.[1] 그러나 이러한 외형적인 성장에도 불구하고 국민소득 중 노동소득분배율은 매우 낮았고, 노동시간은 세계에서 가장 길었으며, 그에 비해 임금은 낮았다. 임금 구조도 직종별 격차가 심해 1981년 현재 관리직 100에 생산직은 27.2%였으며, 학력별에 있어서도 1981년 현재 대졸 100에 중졸은 30.7%였

---

1) 이영민, 『현단계 한국 노동운동의 과제』, 죽산, 1988, 27쪽.

다. 또 산업재해가 많아 1981년 한 해만 하더라도 11만 6,700여건의 사고에 1,295명이 사망하였다.[2]

1980년대의 산업 분야 노동시는 이러한 상황을 담아낸 것으로 버스 안내양부터 건설, 광부, 운수, 중공업, 잡부 등에 이르기까지 다양한 현장의 노동자들이 자신의 노동 체험을 시대적 문제로 담아낸 것이다. 그리하여 학맥과 인맥으로 짜여진 우리 사회의 풍토에서 고등교육을 받지 않고(대졸이 한 사람도 없다) 기존의 문단 제도를 거치지 않았으면서도 실로 놀랍게 시대의 중심에 섰다. 그만큼 산업 분야의 노동시는 시대적 지평을 여실히 반영한 것이다.

박노해는 1980년대 산업 분야 노동시의 기수이다. 그에 의해 지식인 위주의 민중시가 노동자가 창작주체가 되는 계기가 마련되었다. 아무나 시인이 될 수 없는 한국 문단의 풍토를 누구나 시인이 될 수 있는 것으로 바꾸어주었고, 좋은 시의 미학적 기준으로 여겨오던 비유, 상징, 운율 등의 형식적인 면뿐만 아니라 내용도 중요함을 인식시켜주었다. 또 시가 텍스트의 대상을 넘어 사회변혁을 위한 실천운동의 매개체로까지 유용함을 갖게 하였다.

박노해의 시는 구체적인 노동 현장성을 확보한 데다가 시대의 문제로 부각시켰기 때문에 시대인들로부터 공감대를 샀다. 「포장마차」,

---

2) ① 노동소득분배율= 인건비/제조업부가가치×100. 1980년 한국 49.9%, 미국(79년) 75.8%, 일본 67.9%, 대만 61.2%. ② 1981년 한국 노동자들의 주당 실질 노동시간 53.7시간. 미국 39.8시간, 일본 40.9시간, 이스라엘 39.0시간, 호주 38.0시간, 캐나다 38.5시간, 프랑스 40.3시간, 서독 41.1시간, 스위스 43.8시간. ③ 1980년 한국 제조업 생산노동자들의 임금 월 119,139원. 이를 100으로 했을 때 미국 871.0, 영국 678.1, 서독 863.4, 프랑스 523.3, 이탈리아 541.9, 캐나다 838.1, 스웨덴 852.8, 일본 479.7, 호주 457.6, 멕시코 162.2.(박현채, 「문학과 경제」,《실천문학》제4권, 실천문학사, 1983, 118~124쪽.)

「손무덤」, 「신혼일기」, 「지문을 부른다」 등이 그 예이다.

올 어린이날만은
안사람과 아들놈 손목 잡고
어린이 대공원에라도 가야겠다며
은하수를 빨며 웃던 정형의
손목이 날아갔다

작업복을 입었다고
사장님 그라나다 승용차도
공장장님 로얄살롱도
부장님 스텔라도 태워 주지 않아
한참 피를 흘린 후에
타이탄 짐칸에 앉아 병원을 갔다

기계 사이에 끼어 아직 팔딱거리는 손을
기름먹은 장갑 속에서 꺼내어
36년 한많은 노동자의 손을 보며 말을 잊는다
비닐봉지에 싼 손을 품에 넣고
봉천동 산동네 정형 십을 찾아
서글한 눈매의 그의 아내와 초롱한 아들놈을 보며
차마 손만은 꺼내 주질 못하였다

훤한 대낮에 산동네 구멍가게 주저앉아 쇠주병을 비우고

정형이 부탁한 산재관계 책을 찾아
종로의 크다는 책방을 둘러봐도
엠병할, 산데미 같은 책들 중에
노동자가 읽을 책은 두 눈 까뒤집어도 없고

화창한 봄날 오후의 종로거리엔
세련된 남녀들이 화사한 봄빛으로 흘러가고
영화에서 본 미국상가처럼
외국상표 찍힌 왼갖 좋은 것들이 휘황하여
작업화를 신은 내가
마치 탈출한 죄수처럼 쫄드만

고층 사우나빌딩 앞엔 자가용이 즐비하고
고급 요정 살롱 앞에도 승용차가 가득하고
거대한 백화점이 넘쳐흐르고
프로야구장엔 함성이 일고
노동자들이 칼처럼 곤두세워 좆빠져라 일할 시간에
느긋하게 즐기는 년놈들이 왜 이리 많은지
—원하는 것은 무엇이든 얻을 수 있고
 바라는 것은 무엇이든 이룰 수 있는—
선진조국의 종로거리를
나는 ET가 되어
얼나간 미친 놈처럼 헤매이다
일당 4,800원짜리 노동자로 돌아와

연장노동 도장을 찍는다

내 품속의 정형 손은
싸늘히 식어 푸르뎅뎅하고
우리는 손을 소주에 씻어 들고
양지바른 공장 담벼락 밑에 묻는다
노동자의 피땀 위에서
번영의 조국을 향락하는 누런 착취의 손들을
일 안하고 놀고먹는 하얀 손들을
묻는다
프레스로 싹둑싹둑 짓깔라
원한의 눈물로 묻는다
일하는 손들이
기쁨의 손짓으로 살아날 때까지
묻고 또 묻는다

　　　　　　　　　　　　　　　—「손 무덤」전문[3]

　박노해의 시세계는 위의 작품에서도 볼 수 있듯이 '우리'와 함께한
것이기에 특히 주목된다. 그의『노동의 새벽』(풀빛, 1984)에 실린 총42
편의 작품 중에서 '우리'라는 주체적 대명사가 나오지 않는 작품은
「한강」, 「그리움」, 「바겐세일」, 「시다의 꿈」, 「봄」, 「떠다니냐」 등 6편뿐
이다. 이 작품들이 초기의 것이라는 사실을 감안한다면 박노해의 시세

---

3) 자세한 작품론은 졸저, 『패스카드 시대의 휴머니즘 시』(모아드림, 2002, 236～252쪽) 참조.

계는 단적으로 '우리'의 삶을, 즉 노동자의 삶을 추구한 것이라고 볼 수 있다. 물론 신경림, 김지하 등 앞 시대 시인들의 민중시에도 '우리' 라는 주체는 많이 나타나지만 지식인 시인들의 동정심이 내포된 것과 박노해의 주체적인 '우리'와는 차별되는 것이다.

박노해의 시세계는 첫시집 『노동의 새벽』 단계와 1988년 《노동해방문학》 단계, 그리고 사노맹 사건 이후의 단계 등으로 구분된다. 자신의 체험을 바탕으로 열악한 노동자들의 삶을 소박하게 그린 데에서, 정치 영역으로까지 나아갔다가, 좌절을 통한 자기 반성과 새로운 모색 등의 여정을 나타내고 있다. 그 과정에서 박노해의 시는 주제의식이 확대되고 논리적으로 선명한 반면 질박한 구체성을 상실한 것도 사실이다. 『참된 시작』(창작과비평사, 1993), 『겨울이 꽃핀다』(해냄, 1999) 등에서 자기 성찰을 바탕으로 비사회주의, 탈자본주의, 친생태주의, 친여성주의를 추구하고 있는 그의 시가 얼마나 인간의 무게를 지닐지 좀더 지켜볼 일이다.

백무산은 현대중공업, 현대중기 등에서의 노동 체험을 바탕으로 노동해방사상을 지향한 시인이다. 그가 『만국의 노동자여』(풀빛, 1988)를 간행한 1988년은 박노해가 『노동의 새벽』을 쓴 시기와는 상당한 차이가 있다. 신군부의 등장으로 사회의 분위기가 경직된 초기에 비해 1980년대 후반은 민주화운동으로 민중의 주권이 상대적으로 회복된 시기였다. 특히 6 · 29선언을 이끌어낸 1987년 6월 민주화 운동과 7~8월 노동자 대투쟁은 민중의 주권을 되찾는 데 기여하였다. 백무산은 그 시대 상황을 보다 힘있게 담아낸 것이다.

남은 햇살이 잘려 비가 내리는 저녁답

시든 몇 포기 잡초만 공장 담벼락에 웅크리고

뒷산 들국화는 산마을에서 불어오는 바람에

마른 씨앗이 실려 쇳덩이 위에 앉고

기계소리에 잘린 가지들은 가을 바람에 어둡게 손짓한다

부속병원 정원에 갈꽃도 지고

떨어져 죽은 인부들의 빛바랜 초상화가 빗속 흐느꼈다

간밤에 나와 함께 짜장면을 나눠먹었는데

짜장면처럼 까맣게 타서 거적에 쌓여 가는 친구의 얼굴이

어두운 날들, 질척이는 바닥에 핏물되어 흘렀다

밤기차로 달려온 어린 누이

밤새 숨막힌 울음에 물결처럼 흔들리다

빗속 강물이 되어 있었지

그 오랜 가난과 어둠으로, 허기진 땀 같은 비를 뿌렸을

처마 밑 짜장면 그릇이 비에 젖어 흩어지는 새벽

살아남은 사람들의 망치소리가

싸늘한 새벽 공기를 가르고

돌아오지 않는 배를 끊임없이 만들지만

우리가 이제 찾아나서리라

밤새 흘린 눈물을 밟아 짓이기며

떨리는 분노의 발길로 찾아나서리라

　　　　　　　　　　　—「지옥선 · 5 —조선소」 전문

　　백무산은 1990년 두 번째 시집 『동트는 미포만의 새벽을 딛고』(노동
문학사, 1990)에서 보다 적극적으로 노동자들의 목소리를 담아내었다.

노동조합이 없던 현대그룹에 노조가 생기는 과정을 1988년 말부터 1989년 초까지 울산 현대중공업 노동자들의 파업을 통해 그린 것이다. 이 파업은 251개 업체 8만 5천여 명의 노동자들이 근무하고 있는 한국 최대의 공업단지에서 일어난 데다가, 파업의 원인이 임금 인상뿐만 아니라 민주노조의 인정을 요구하고 나선 것이어서 시대인들의 주목을 받았다. 백무산은 총 7장의 구성을 통해 그 정당성을 제기했다. 백무산은 1990년대 후반에 들어 『인간의 시간』(창작과비평사, 1996), 『길은 광야의 것이다』(창작과비평사, 1999) 등을 통해 박노해와 마찬가지로 내성적인 시세계를 보이고 있는데, 시대의 아픔에 대한 심화인지는 좀 더 두고 볼 일이다.

김신용은 동시대의 노동시 시인들이 직·간접적으로 노동운동에 참여한 것과는 달리 작품 자체에 비중을 두었다. 그 때문에 그의 시에서 분출되는 분노와 갈등은 사회의 모순과 연계되지 않는 한계점이 다소 있지만 유형화(類型化)된 주제의 추구로부터 벗어나 환기력을 준 것도 사실이다. 목적시 경향으로까지 나간 동시대 노동시의 토대를 넓히는 역할을 한 것이다. 김신용은 『버려진 사람들』(고려원, 1988), 『개 같은 날들의 기록』(세계사, 1990) 등에서 연작시 「잡부일기」, 「개 같은 날」, 「겨울 함바에서」 등의 작품을 통해 우리 사회의 허기진 구석을 날카롭게 포착해냈다.

이밖에 박영근, 정인화, 최명자, 정명자, 김해화, 김기홍, 최석, 이소리 등도 1980년대의 노동시를 활성화시킨 시인들이다. 박영근은 박노해보다 먼저 『취업 공고판 앞에서』(청사,1984), 『대열』(풀빛,1987) 등으로 노동세계를 그렸다. 최명자는 『우리들 소원』(풀빛,1985)에서 버스 안내양으로서 겪은 고통을 그렸고, 정명자는 『동지여 가슴 맞대고』

(풀빛,1986)에서 동일방직과 경동산업의 노동조합 결성을 알렸다. 김해화는 『인부수첩』(실천문학사,1986)에서 철근공으로 겪은 공사현장을 그렸고, 김기홍 역시 같은 인부로서 『공친 날』(실천문학사,1987)을 통해 사회 구조를 비판하였다. 정인화는 1988년 제1회 전태일문학상 수상 시인으로 수상작 「불매가」(경상남도 울산 울주 지역에서 풀무질의 고단함을 이기기 위해 불렀던 노동요)를 통하여 1987년 울산 현대조선소 노조를 중심으로 일어난 노동자 대투쟁의 모습을 그렸다. 최석은 『작업일지』(청하,1990)에서 긴장감 있는 노동시를 보였고, 이소리는 『노동의 불꽃으로』(황토,1990)에서 노동자 신분이 만들어지는 사회과정을 고발하였다.

한편 1980년대 지식인들의 노동시는 관심 영역에 따라 정치사회 분야의 노동시와 교육 분야의 노동시로 나눌 수 있다. 사르트르가 정의했듯이 지식인은 자기계급이 결국 객관적 모순의 한 특수한 형태임을 깨닫고 그 모순에 대항하는 사람들과 연대한다. 지배계급에 비해 '칼라를 단 프롤레타리아'임을 깨닫고 민중처럼 자신의 근본 모순을 타파하는 것이다.

지식인 노동시는 1960년대의 김수영, 신동엽, 신동문 등에서 시작되어 1970년대의 김지하, 신경림 등으로 확장되었고, 다시 1980년대에 들어 김남주, 김명수, 곽재구, 고정희, 김정환, 채광석, 하종오, 김사인, 이영진, 최두석, 나종영, 강형철, 니헤철, 박몽구, 고형렬, 이은봉, 최영철, 기형도 등으로 이어졌다. 이들은 동시대의 노동문제, 정치문제, 남북문제, 제국주의문제 등에 다양한 관심을 보였다.

1980년대의 지식인 노동시 시인으로는 우선 김남주를 들 수 있는데, 그는 『진혼가』(청사, 1984), 『나의 칼 나의 피』(인동, 1987), 『조국은

하나다』(남풍, 1988) 등 10권의 시집을 발간할 정도로 왕성한 작품활
동을 했다.

나는 지금 어디에 있는가
입만 살아서 중구난방인 참새떼에게 물어본다

나는 지금 어디로 가고 있는가
다리만 살아서 갈팡질팡인 책상다리에게 물어본다

천 갈래 만 갈래로 갈라져
난마처럼 어지러운 이 거리에서
나는 무엇이고
마침내 이르러야 할 길은 어디인가

갈 길 몰라 네거리에 서 있는 나를 보고
웬 사내가 인사를 한다
그의 옷차림과 말투와 손등에는 계급의 낙인이 찍혀 있었다
틀림없이 그는 노동자일 터이다

지금 어디로 가고 있어요 선생님은
그의 물음에 나는 건성으로 대답한다 마땅히 갈 곳이 없습니다
그러자 그는 집회에 가는 길이라며 함께 가자 한다
나는 그 집회가 어떤 집회냐고 묻지 않았다 그냥 따라갔다

집회장은 밤의 노천극장이었다
삼월의 끝인데도 눈보라가 쳤고
하얗게 야산을 뒤덮었다 그러나 그곳에는
추위를 이기는 뜨거운 가슴과 입김이 있었고
어둠을 밝히는 수만 개의 눈빛이 반짝이고 있었고
한입으로 터지는 아우성과 함께
일제히 치켜든 수천 수만 개의 주먹이 있었다

나는 알았다 그날 밤 눈보라 속에서
수천 수만의 팔과 다리 입술과 눈동자가
살아 숨쉬고 살아 꿈틀거리며 빛나는
존재의 거대한 율동 속에서 나는 알았다
사상의 거처는
한두 놈이 얼굴을 빛내며 밝히는 상아탑의 서재가 아니라는 것을
한두 놈이 머리 자랑하며 먹물로 그리는 현학의 미로가 아니라는 것을
그곳은 노동의 대지이고 거리와 광장의 인파 속이고
지상의 별처럼 빛나는 반딧불의 풀밭이라는 것을
사상의 닻은 그 뿌리를 인민의 바다에 내려야
파도에 아니 흔들리고 사상의 나무는 그 가지를
노동의 팔에 감아야 힘차게 뻗어나간다는 것을
그리고 잡화상들이 판을 치는 자본의 시장에서
사상은 그 저울이 계급의 눈금을 가져야 적과
동지를 바르게 식별한다는 것을

—「사상의 거처」 전문

김남주의 시세계는 1979년 남민전 사건을 중심으로 세 단계로 구분할 수 있다. 사건 이전의 시들은 1970년대의 민중시 범주에 드는 소박한 것들이고, 남민전 사건으로 15년형을 선고받고 옥중생활을 하는 동안 씌어진 시들은 '시는 혁명의 무기로 복무해야 한다'라는 계급적 인식이 강한 것들이고, 그리고 세 번째 단계는 시인이 출소하여 1994년 타계하기까지 쓴 시들로 투쟁의 미학이 약한 것들이다. 1990년대에 들어 동구 사회주의의 몰락으로 인해 유물론의 전망이 어두운 데다가 바깥 세상이 그가 감옥에서 생각했던 것보다 훨씬 복잡하고 극변(劇變)했기 때문에 신중했던 것으로 보인다.

김명수는 『월식』(민음사, 1980), 『하급반 교과서』(창작과비평사, 1983), 『피뢰침과 심장』(창작과비평사, 1986) 등에서 자신의 가족과 평범하고 가난한 이웃, 그리고 목장갑, 못, 볼트, 단추 등과 같은 하찮은 물건들을 통해 사회적 모순과 시대의 아픔을 발견하였다. 노동해방과 같은 강하고 직접적인 메시지를 내보이지는 않았지만 정제된 시어로 시대와 사회를 깊게 고민한 것이다. 압축된 시어로 소아마비에 걸린 누이를 따스하게 그린 「세우」(細雨)나, 말못할 충격을 당한 누님을 통해 팍스 아메리카를 담아낸 「월식」, 한 켤레의 목장갑을 통해 쓸쓸히 죽어간 노동자의 삶을 그린 「목장갑 한 켤레」가 그 좋은 예이다.

곽재구는 『사평역에서』(창작과비평사, 1983), 『전장포 아리랑』(민음사, 1985) 등에서 미장이, 배관공, 맞벌이 부부, 약장수, 간호원, 교사, 회사원, 안내양, 창녀 등 주위의 약한 자들을 따스하게 감싸안았다. 그리고 민중은 "별들의 종소리를 들을 수 있다"(「별들의 노동」)라고 확신하고, 최루탄 터지는 거리에서 기침을 하고 눈물을 흘리지만 "당신을 위하여 싸우는 이 순간이 우리에게는 제일 행복한 시간"(「평화축복인사」)이라고 당당했다.

최두석은 『대꽃』(문학과지성사, 1984), 『성에꽃』(문학과지성사, 1990) 등에서 산문시 형태로 가난하고 힘없는 이웃사람들의 고통과 어려움을 그렸다. 시인의 작품에는 등장인물들의 죽음이 많이 나타나는데, 소시민의 그 죽음이 무슨 원인에서 발생한 것이고 또 사회적으로 어떤 의미를 갖는지를 고민하였다.

김정환은 『지울 수 없는 노래』(창작과비평사,1982), 『황색 예수전』 1 · 2 · 3(실천문학사,1983~86), 『우리, 노동자』(동광출판사,1989) 등에서 노동자들의 역사적 사회적 고통을 담아내었다. 다소 관념적이고 작위적인 면이 있지만, 『우리, 노동자』에서는 노동해방에 대한 선명한 주제의식을 내보였다. 고정희는 『초혼제』(창작과비평사,1983), 『이 시대의 아벨』(문학과지성사,1983) 등에서 기독교적 인식을 바탕으로 핍박받는 민중의 구원을 활달하게 추구했고, 고형렬은 『대청봉 수박밭』(청사,1985), 『해청』(창작과비평사,1987) 등에서 어머니를 위시해 가난한 사람들을, 김사인은 『밤에 쓰는 편지』(청사,1987)에서 가족과 이웃을, 하종오는 『벼는 벼끼리 피는 피끼리』(창작과비평사,1981), 『넋이야, 넋이로다』(창작과비평사,1984) 등에서 소외된 민중을 전통 가락으로, 이영진은 『6 · 25와 참외씨』(청사,1986)에서 분단문제와 노동자들의 어려운 삶을, 최영철은 『아직도 쭈그리고 남은 사람이 있다』(열음사,1987)에서 민중의 삶을, 채광석은 『밧줄을 티며』(풀빛,1985)에서 민중운동을 그렸다.

1980년대의 지식인 노동시에는 또한 교육 분야의 시가 있다. 1980년대에 들어 교육 상황은 상당히 변모하여 학령 인구 대부분이 의무교육을 받게 되었고, 고등교육을 받을 수 있는 기회가 확대되어 학생수가

1,000만 명이나 되었다. 그러나 양적 성장에도 불구하고 교육 전체는 많은 문제점을 안고 있어 학급당 학생수와 교원 1인당 학생수가 지나치게 많았고,[4] 진학 위주의 수업으로 인해 인격적이고 창의적인 교육이 이루어지지 못했다.

1980년대의 교육노동시는 이러한 열악한 교육환경을 극복하고자 한 실천행동이었다. 1982년 1월 'YMCA 중등 교육자 협의회'가 발족되어 교사운동이 전국적으로 확대되었는데, 1983년 교사들은 도덕, 사회, 역사, 지리 등 소위 정책과목들에서 통일문제를 어떻게 다루는가를 분석하였고, 1985년 학교 교육을 비판한 《교육현장》,《민중교육》등을 간행하였으며, 1986년 민주교육실천협의회(민교협)로 개편되었다가 1987년 전국교사협의회(전교협)로 다시 확대하여 교육법 개정 운동, 사학비리 척결 운동, 민주적 실천교육 활동, 교사의 권익옹호 등을 추진해 나갔다. 그리고 1989년 5월 28일 전국교직원노동조합(전교조) 결성대회를 가졌는데, 이로 인해 1,500명 이상의 교사가 구속, 파면, 직위해제 등을 당했다. 이러한 일련의 과정에서 도종환, 이광웅, 배창환, 김종인, 조재도, 정영상, 윤재철, 고광헌, 임길택, 김진경, 정일근, 최성수, 안도현 등은 참교육과 교육 민주화를 외치며 교육 노동시를 창작하였다.

도종환은 『접시꽃 당신』(실천문학사, 1986)이라는 베스트 셀러 시

---

4) ① 학급당 학생수(=총학생수/총학급수). 1980년/1996년 현재 중학교 65.5/46.5명. 1996년 현재 일본 31명, 미국 23명, 캐나다 25명, 영국 22명, 프랑스 25명, 독일 27명, 뉴질랜드 16명, 이스라엘 32명. ② 교원 1인당 학생수(=총학생수/총교원수) 1980/1996년 현재 중학교 45.1/23.8명. 1996년 현재 일본 17.8명, 미국 16.8명, 대만 20.1.(『한국교육연감』,대한교육연합회 새한신문사,1986,118~133쪽.)

집을 통해 연시(戀詩) 시인으로 널리 알려져 있지만, 그의 시세계의 본령은 교육 노동시이다. 「어릴 때 내 꿈은」, 「오월 편지」, 「목감기」 등에서 잘 나타나 있듯이 모순된 학교 교육과 교사로서의 참다운 길을 추구하였다. 도종환의 시는 산문적 진술로 시적 긴장미가 다소 떨어지는 면이 있지만 적절한 이음의 형식으로 호소력을 갖고 있다.

윤재철은 민중에 대한 사랑을 진지하면서도 끈끈하게 그린 『아메리카 들소』(청사, 1987)를 거쳐 『그래 우리가 만난다면』(창작과비평사, 1992)에서 제자들에 대한 사랑을 진솔하게 그렸다. 그리고 그 사랑을 이루기 위해 민주교육의 실현과 교원노조의 정당성을 우직하게 추구하였다.

이광웅은 1982년 소위 '오송회사건'을 겪은 뒤 『대밭』(풀빛,1985), 『목숨 걸고』(창작과비평사,1989), 『수선화』(두리,1992) 등을 통하여 교사도 노동자라는 사실을 누구보다도 먼저 제창하였다. 고광헌은 『신중산층 교실에서』(청사,1990)를 통해 세계에서 제일 많은 수업시간과[5] 시험에 시달리는 학생들의 모습을 그렸고, 정일근은 『바다가 보이는 교실』(창작과비평사,1987)에서 열악한 교육현장을, 임길택은 『탄광마을 아이들』(실천문학사,1990)에서 티없이 살아가는 가난한 탄광마을 아이들을 동시(童詩)로 그렸다. 소재도는 『교사일기』(실천문학사,1988), 『침묵의 바다 파도가 되어』(푸른나무,1990) 등에서 교원노조의 당위성을, 정영상은 『행복은 성적순이 아니다』(실천문학사,1989), 『슬픈 눈』(제3문학사,1990) 등에서 모순된 교육현실을, 김진경은 『광화문을 지나며』(풀빛,1986)에서 교육현장에서 겪은 안타까움

---

5) 연간 법정 수업시간 수: 1985년 한국 고등학교 1,156시간. 그리스 569시간. 미국 943시간. 노르웨이 476시간. 스웨덴 528시간.(『한국의 교육지표』,한국교육개발원,1996,107쪽)

과 부끄러움을, 배창환은 『다시 사랑하는 제자에게』(실천문학사,1988)에서 진정한 교육이란 무엇인가를, 김종인은 『아이들은 내게 한송이 꽃이 되라하네』(실천문학사,1990)에서 참교육을 위한 사회 변혁을, 최성수는 『장다리꽃 같은 우리 아이들』(실천문학사,1990)에서 제자 사랑과 민주 교육을 위한 투쟁을 그렸다.

1980년대의 노동시 영역에는 또한 농민시가 있다. 농촌시가 농촌이라는 공간적 배경을 근간으로 하지만 유한계급이 향유하는 전원시든 소박한 민중주의에 이끌린 농촌계몽시든 상관없는 것에 비해, 농민시는 보다 주체적이다. 농촌시에 존재하는 소극적이고 수동적인 농민이 아니라 역사적 운명과 사회적 존재를 자각하는 농민인 것이다.

1980년대의 농촌은 가난과 소외의 현장으로 요약할 수 있을 것이다. 정부는 수출 주도형 경제개발 정책을 위해 열악한 자본과 기술 조건을 제품 생산비를 낮춰 대신하려고 했다. 그에 따라 제품 생산비의 큰 요소인 노동자들의 임금을 낮추었고, 노동자들이 그 저임금으로 살아갈 수 있도록 저곡가 정책을 폈다. 정부는 저곡가 정책과 수출 정책을 위해 결국 외국 농산물을 수입해야만 되었는데, 그 결과 농민들이 제일 많이 희생된 것이었다.

1980년대의 농민시는 이러한 상황을 그려낸 것으로 해당 시인으로는 김용택, 고재종, 김영안, 김용락, 이재무, 정동주, 김희수, 이병훈, 홍일선, 박운식, 정동주, 이상국, 이동순, 또 《삶의 문학》에 참가한 시인들을 들 수 있다.

이동순은 『개밥풀』(창작과비평사, 1980), 『물의 노래』(실천문학사, 1983), 『지금 그리운 사람은』(창작과비평사, 1986) 등에서 농촌의 역사적 현실에 깊은 관심을 가졌다. 특히 『지금 그리운 사람은』에서는 잊

혀져 가는 농구(農具)들에 대한 세세한 소개로 농민들의 끈질긴 생명력과 삶을 지키고자 했다. 이재무는 『온다던 사람 오지 않고』(문학과지성사, 1991) 등에서 가난한 가족사를 바탕으로 유년기의 농촌 정서를 살려내었다. 김용택은 『섬진강』(창작과비평사, 1985), 『맑은 날』(창작과비평사, 1986) 등을 통해 1980년대의 농민시에 물줄기를 틔워주었다. 고재종은 『바람 부는 솔숲에 사랑은 머물고』(실천문학사, 1987), 『새벽들』(창작과비평사, 1989) 등에서 농촌의 가난과 소외를 정치사회의 문제와 연관시켰다. 박운식은 『모두 모두 즐거워서 술도 먹고 떡도 먹고』(실천문학사, 1989)에서 농사를 천직으로 삼는 농민들의 넉넉함을, 김희수는 『뱀딸기의 노래』(청사, 1984)에서 허물어져 가는 농촌을, 이병훈은 『달무리의 작인들』(청사, 1986)에서 산업화로 황폐해진 농촌을 절제된 어법으로 그렸다. 김영안은 『나는 작은 영토에』(풀빛, 1985)에서 사회구조 속에 있는 농민들을, 홍일선은 『농토의 역사』(실천문학사, 1986)에서 허구적인 낭만에서 벗어난 농촌을, 정동주는 『논두렁에 서서』(문학세계사, 1987)에서 농촌 현실의 절망과 고발을, 이상국은 『내일로 가는 소』(황토, 1992)에서 어려운 농촌을 그렸다. 또 대전에 근거를 둔 『삶의 문학』 동인들은 「옹매듭두 풀구유」와 같은 농민시를 공동으로 창작해 농민들의 자기 표현의 가능성을 보여주었다.

3

1990년내에 들어 한국의 노동시는 큰 변화를 겪었다. 동구 사회주의의 몰락으로 인한 냉전시대의 종식과 그로 인한 전지구적 자본주의의 지배는 앞 시대와는 비교할 수 없을 정도였다. 이러한 과정에서 팽배해진 개인주의와 물질주의는 상대적 빈곤, 환경오염, 실업, 소외, 비인간화 등의 문제와 뒤섞여 더욱 사회를 뒤흔들었다. 노동시는 이 타락한 자본주의 사회의 풍조나 이데올로기를 반성시키는 역할을 제대로 하지 못했는데, 그만큼 사회는 복잡하고 빠르게 변한 것이다.

1990년대에 들어 노동시의 위기뿐만 아니라 문학 자체에 대한 위기의 논의도 많았다. 문학의 위기란 일반적으로 영상매체나 전자매체의 확장에 따라 문자매체인 문학이 상대적으로 약화된 것을 말한다. 영상매체나 전자매체의 등장으로 독자들이 책을 읽지 않는다거나, 본격문학보다는 질이 담보되지 않은 대중문학이 판을 친다는 것이다. 물론 그러한 면이 없는 것은 아니다. 그러나 문학의 위기란 외부적 현상이기보다도 문학 자체의 문제이다. 문학이 자본주의의 속성을 벗어나지 못한 것, 다시 말해 문학이 주체에 대한 인식을 끊임없이 상기시켜 인간의 삶에 대한 근본적인 반성과 아울러 이 세계를 정직하게 바라보는 역할을 제대로 못하는 것이 문제인 것이다. 자본주의 사회의 가장 큰 문제는 자본의 잣대로 모든 가치를 평가하는 것이다. 자본의 잣대로 악을 선이라고 하고, 허위를 진실이라고 하고, 폭군을 휴머니스트로 평가하는 등 가치가 전도되는 것이다. 따라서 노동시는 인간의 가치를 시장 가치에 의해 평가하고 조종하는 이 자본주의의 흐름에 진정 대항해야 할 것이다.

1990년대의 노동시는 앞 시대와 마찬가지로 산업 분야의 노동시, 지식인 노동시, 농민시 등으로 나눌 수 있다. 그러나 지식인 노동시 중에서 정치사회 분야의 노동시는 찾을 수 없다. 대통령 직선제 실현, 문민정부의 출현, 지방자치제 실시, 시민단체의 성장, 반세기만의 정권교체 등 국내 상황이 지식인 노동시 시인들의 관심을 한층 줄인 것이다.

그만큼 한국 지식인들의 토대가 약한 것을 반증하는 것이기도 하다.

산업 분야의 노동시 시인으로는 공광규, 김명환, 김영환, 김주대, 서규정, 서정홍, 오도엽, 성희직, 오철수, 유용주, 이대흠, 이승철, 이원규, 정세훈, 정종목, 맹문재, 조기조, 이효윤, 윤해석, 박관서, 육봉수, 이면우, 송태웅, 〈일과시〉 동인, 〈객토〉 동인, 〈해방글터〉 동인 등을 들 수 있다.

정세훈은 『맑은 하늘을 보면』(창작과비평사,1990), 『저 별을 버리지 말아야지』(하늘땅,1992), 『그 옛날 별들이 생각났다』(내일을 여는 책,1998) 등에서 영세업체 전자석선 제조 기능공으로 겪은 아픔들을 그렸다. 유용주는 『오늘의 운수』(문학마을,1990), 『가장 가벼운 집』(창작과비평사,1993), 『크나큰 침묵』(솔,1996) 등에서 절망과 배반과 안타까움으로 얼룩진 노동자의 삶을 그러나 활달하게 그렸다. 성희직은 채탄선산부로 시창작뿐만 아니라 광산노동자들의 작업조건 개선을 위한 단식농성, 손가락 절단, 강원도의원, '배밀이' 캠페인, 갱목 시위 등 실천활동도 열정적이었다. 이원규는 『빨치산 편지』(청사,1990), 『지푸라기로 다가와 어느덧 섬이 된 그대에게』(실천문학사,1993), 『돌아보면 그가 있다』(창작과비평사,1997) 등에서 좌익운동에 참가했다가 비참하게 생을 마감한 아버지를 중심으로 가족사와 광산노동의 체험을 그렸다. 공광규는 『지독한 불륜』(실천문학사,1996)에서 자본주의의 힘에 허물어지는 한 소시민의 모습을 적나라하게 드러냈다. 소기조는 『낡은 기계』(실천문학사,1997)에서 작업현장을 따스한 시선으로 바라보았다. 오철수는 『아버지의 손』(작은책,1990), 『먼길 가는 그대 꽃신은 신었는가』(하늘땅,1991), 『아름다운 변명』(내일을 여는 책,1998) 등에서 노동자였던 아버지의 삶을 토대로 노동자계급에 애정을 보였다. 한평생 노동자의 삶을 살다간 아버지의 생애를 통해 근대화 과정에서 희생당한 노동자계급의 시대성을 찾은 것이다. 서정홍은『윗몸일으키기』(현암사,1995),『58년 개띠』(보리,1995),『아내에게 미안하다』(실천문학사,1997) 등을 통해 노동의 진정한 가치를 추구하였다. 정종목은『어머니의 달』(실천문학사,1991),『복숭아뼈에 대한 회상』(창작과비평사,1995)에서 노동자계급을 긍정하였다. 이밖에 서규정은『황야의 정거장』(문학세계사,1992)에서 계급인식은 부족했지만 노동 현장에 대한 환기력을 주었고, 이승철은『세월아, 삶아』(두리,1992)에서 의리심으로 소시민을 그렸고, 김영환은 의과 대학생, 학생운동, 노동운동, 투옥과 수배, 치과의사, 국회의원 등 특이한 경력을 가진 시인으로『지난날의 꿈이 나를 밀어간다』(실천문학사,1994)에서 그러한 삶을 그렸다.

한편 1990년대의 교육 노동시는 1980년대 전교조 가입 교사들이 이끌었던 시세계를 계속 이어갔다. 1990년대에 들어 해직교사 원상복직 추진위원회가 결성되어 1994년 해직교사 중 1,294명이 복직한 것을 비롯하여, 1996년 노사관계개혁위에서 교원단체의 복수화가 추진되었고 또 전교조가 합법화되는 등 교육상황이 변했는데, 교육 노동시는 그 상황을 반영해 교육환경의 개선과 민주교육을 추구한 것이다. 1990년대의 교육 노동시 시인으로는 김시천, 신현수, 오인태, 이기주, 정세기, 조향미, 조현설, 양정자 등을 들 수 있다.

김시천은『청풍에 살던 나무』(제3문학사,1990),『지금 우리들의 사랑이라는 것이』(온누리,1993),『떠나는 것이 어찌 아름답기만 하랴』(내일을 여는 책,1995),『마침내 그리운 하늘에 별이 될 때까지』(문학동네,1988) 등에서 가난하고 소외된 아이들에게 진정한 교사의 손길을 내밀었다. 신현수는『처음처럼』(내일을 여는 책,1994)에서 교사로서의 양심을 잃지 않으려고 했다. 오인태는『그곳인들 바람 불지 않겠나』(살림터,1992)에서 획일적인 학교 교육에 대해, 특히 기울 대로 기운 농촌의 학교 교육에 대해 비판했다. 정세기는『어린 민중』(푸른나무,1992),『그 곳을 노래하지 못하리』(내일을 여는 책,1994)에서 어린 아이의 눈을 통해 왜곡된 교육 현장을 고발했고, 조현설은『꽃씨 뿌리는 사람』(내일을 여는 책,1995)에서 자기 반성을 토대로 참교육을 지향하였다.

1990년대 농민시 시인으로는 안용산, 이재금, 박형진, 박미숙, 송창욱, 이진호, 정기복 등을 들 수 있다. 1990년대의 우리 농촌은 우루과이 라운드(UR)의 타결에 따라 세계 시장과 무한 경쟁에 놓이게 되었다. 1980년대의 미국은 군사력 증강에 따른 쌍둥이 적자(무역 적자와 재정 적자)가 누적되어 세계 최대의 채무국으로 전락하였다. 이에 미국은 쌍무협상과 다자간협상을 통해 자국의 취약 산업인 철강, 섬유, 자동차, 전자산업 등에 대해서는 수입 규제를 강화하고, 자국이 국제 경쟁력을 지니고 있는 농산물, 지적 소유권, 서비스 등에 대해서는 타국에 시장 개방을 요구하고 나섰다. 결국 미국은 자국의 농산물 과잉과 농업 재정의 부담을 다른 국가들에게 전가시킬 목적으로 우루과이 라운드 농산물 협상을 이끌어낸 것이다. 우리 정부는 농업의 비교역적 기능을 내세워 반대하고 나섰지만 대외 의존도가 높아 후퇴할 수밖에 없었고, 그 결과 농산물 시장이 전면 개방되고 만 것이다.

이재금은『부끄리움을 팝니다』(시인사,1988),『말뚱 굴러가는 날』(창작과비평사1994),『나는 어디 있는가』(실천문학사,1998) 등에서 무너져 가는 농촌에 대한 안타까움을 그렸다. 장가가기 힘든 농촌 총각

들, 젊은이들이 모두 빠져나간 텅 빈 마을, 제대로 매겨지지 않는 농산물 가격, 늘어나는 농가 부채 등 오늘의 농촌 문제를 그린 것이다. 안용산은 『메나리아리랑』(실천문학사, 1995)에서 도시화로 인해 무너져 가는 농촌을 극복하려고 애썼다. 시인이 몸담고 있고 또 앞으로도 몸담아야 할 소중한 농촌을 기꺼이 껴안은 것이다. 박형진은 『바구니 속 감자싹은 시들어가고』(창작과비평사, 1994)에서 정부의 잘못된 농촌정책으로 인해 황폐화되어 가는 농촌을 고발했다. 특히 제6공화국 때에 불기 시작한 서해안 개발 바람에 따른 무분별한 관광사업과 외지인들의 투기 현상을 대상으로 삼았다. 박미숙은 『흙집에서 사흘을 보내다』(내일을 여는 책, 1998)에서 한치의 가난도 벗어나지 못하는 가족과 이웃을 그렸다. 풍요와 화려한 도시에 비해 상대적으로 빈곤하고 구차하고 썰렁한 농촌. 시인은 그 모습을 감상이나 연민으로 그리지 않고 구체적인 대상을 통해 묘사하였다. 정기복은 『어떤 청혼』(실천문학사, 1999)에서 상일꾼인 아버지, 수몰된 고향에 남아 있는 어머니, 가난한 이웃 등에 대한 그리움을 신산(辛酸)한 세상살이에 직조하였다. 이 밖에 이진호는 『농사꾼의 명함』(한겨레신문사, 1994)에서 가난한 농민들을 속이는 위정자들을 비판하였고, 송창욱은 땀 흘려 일하는 자만이 대접받아야 한다는 신념으로 농사를 짓고 농민회 활동을 한 시인으로 유고시집 『길은 찾아가는 것이 아니다』(동녘, 1997)에서 그 옹골찬 정신을 담았다.

(『한국 현대 대표시선』, 이진, 2000)

후기 자본주의 사회의 페미니즘 시

1. 페미니즘 시가 필요한 시대

> 노라: 저의 신성한 의무라니, 그게 뭔데요?
>
> 헬머: 내가 그걸 당신한테 말해줘야 하오? 당신 남편과 아이들에
> 대한 의무지, 뭐겠소?
>
> 노라: 저에게도 그와 똑같은 신성한 의무가 있어요.
>
> 헬머: 그런 건 있을 수 없소. 대체 무슨 의무가 있다는 거요?
>
> 노라: 제 자신에 대한 의무이지요.

입센(Henrik Ibsen)의 『인형의 집』에서 노라가 집을 나가기 직전의 장면인데 아내로서 가져야 되었던 의무로부터 벗어나고자 하는 모습이 역력하다. 이러한 인식이 후기 자본주의 사회의 페미니즘 시 입장일 것이다. 산업사회 이전의 여성들은 자신의 삶에 대한 결정권이 없었다. 사랑 때문에 결혼하는 일은 극히 드물었고 오직 가족과 가문의 번성을 위하는 일을 가장 큰 의무로 여겼고 또 그것을 행복이라고 인

식했다. 자신의 정체성을 찾으려는 욕구는 가족이나 씨족의 결합을 위해 가슴속에 묻어야 했던 것이다.

그러나 오늘의 여성들은 남성들과 동등하게 자신을 자각하고 가족보다도 자신에게 우선적으로 삶의 계획을 세우고 있다. 그렇지만 자신의 욕망을 이루려고 하면 할수록 충족될 수 없는 현실에 부딪혀 갈등과 실망을 느끼고 최종에는 이혼까지 선택하게 된다. 『인형의 집』의 노라가 자신의 결혼 생활이 기대했던 것에 비해 실망스럽자 가정을 떠난 것처럼 오늘의 여성들 역시 자신의 결혼 생활이 실망스럽다고 여겨지면 가정을 버린다. 과거의 여성들은 가족이나 도의를 위해 자신의 희망을 포기했지만 오늘의 여성들은 자기의 희망을 버리지 않고 그 대신 가정을 버리는 것이다. 그리하여 상당수의 여성들이 결혼 생활을 버리고 혼자 살아가고 있고 설령 함께 산다고 할지라도 진정한 결혼이라고 인정하지 않고 있다.

이처럼 후기 자본주의 사회의 여성들의 사랑은 위험한데 그것이 종교적이거나 어떤 운명적인 것이 아니라 지극히 사회적이기 때문이다. 환경오염, 가스 폭발, 교통사고, 전쟁, 건물 붕괴, 화재, 실직, 살인, 마약, 강도, 에이즈, 성범죄, 윤락 등 하루도 빠지지 않는 뉴스 속에서 살아가고 있고 또 살아가야만 하기 때문에 여성들의 사랑은 오염될 수밖에 없는 것이다.

그렇다면 여성들의 사랑이 위협받는 구체적 원인은 무엇일까? 울리히 벡과 그의 부인인 엘리자베트 벡 게른샤임이 『사랑은 지독한, 그러나 너무나 정상적인 혼란』[1]에서 진단했듯이 산업사회의 도래 때문이

---

1) Ulrich Beck and Elizabeth Beck-Gernsheim, 강수영 · 권기돈 · 배은경 역, 『사랑은 지독한, 그러나 너무나 정상적인 혼란』, 새물결, 1999.

다. 산업사회의 도래로 인해 사람들은 전통적인 규율이나 관습으로부터 해방되었지만 동시에 노동시장에 의해 구속당하게 되었다. 여성으로서 갖는 신분 제약으로부터 해방되어 스스로 원하는 직업을 갖고 결혼과 주거와 양육과 심지어 이혼에 이르기까지 자기가 의사결정을 하지만 자본주의의 제약으로부터 해방된 것은 아니다. 따라서 여성들의 삶은 완전한 자유를 획득한 것이 아니고 부분적인 것으로, 자기의 경제적 생존을 확보하기 위해서는 노동시장의 요구에 부응해야만 된다. 노동시장을 위해서는 언제라도 이동할 수 있는 무자녀까지 수용하는 것이다.

오늘의 여성들은 자신의 어머니에 비해 더 많은 교육을 받았고 사생활에 있어서도 더 많은 선택권을 가지고 있고 의사결정에 있어서도 더 많은 권리를 가지고 있다. 그렇지만 집안에서는 무보수 노동이 강요되고 있고 집밖에서는 중요한 직위나 보수나 결정권으로부터 배제되어 있어 사랑의 균열을 겪는다. 그리하여 텔레비전의 드라마를 비롯하여 영화, 연극, 소설 등에서 다투는 소리가 그치지 않고, 가정법원이 북적거리고, 각종 간행물에 이혼율이 점점 높게 발표되고, 여성과 관련된 각종 불행한 사건들이 연일 뉴스로 보도되고 있다. 따라서 후기 자본주의 사회에 살아가는 여성들의 사랑은 결코 유행가의 가사처럼 달콤하지 않고 불안하고 위협받는 것이다.

한국의 페미니즘 시는 이러한 사회 상황에 영향을 받으면서 극복해 나가려는 모습으로 볼 수 있다. 1960년대 미국에서는 시민들이 자신들의 합법적인 권리를 얻기 위해 정치적 시위를 벌였고, 프랑스에서는 학생과 노동자들이 혁명의 열정을 높여 마침내 드골 정부를 내려 앉혔는데, 당시 여러 정치운동에 적극적으로 가담했던 여성들은 자유와 평등을 구사하던 남성 동료들이 여전히 남녀차별의 틀에 박힌 것을 발견하고는 실망했다.[2) 남성들은 선언문을 작성하는 데에 비해 여성들은 차나 끓이는 정도로 인정하자 여성들이 정치적 실천으로 대항하고 나선 것이다.

한국의 페미니즘 시 역시 여성의 사회적, 법적, 경제적, 정치적 지위를 남성과 평등하게 획득하려는 의도에서 출발한 것이다. 모성이나 에로티시즘을 시적 세계로 추구한 시인들은 페미니즘 운동과 직접적으로 관련이 있는 것은 아니지만 그렇다고 전혀 관심이 없는 것도 아니다. 그만큼 여성들은 사회 현실에서 자신이 단지 여성이기 때문에 불리하고 열악하다는 것을 절실히 체험한 것이다. 따라서 페미니즘 시의 영역을 협의적으로 한정하기보다는 여성성의 추구에 반하지 않는다면 광의적으로 인정하는 것이 필요하다. 해당 시인으로는 강은교, 고정희, 신달자, 유안진, 김승희, 김정란, 김혜순, 최승자, 천양희, 문정희, 노향림, 한영옥, 최문자, 나희덕, 이연주, 김언희, 이진명, 신현림, 최영미, 황인숙, 안정옥, 이상희, 석영희, 양선희, 이경림, 최정례, 정끝별, 이선영, 노혜경, 박서원, 허혜정, 김상미, 허수경, 조은, 김소연, 김선우 등을 들 수 있을 것이다.

2. '제2의 성' 인식

보부아르의 『제2의 성』[3)은 페미니즘 연구에 있어서 고전이다. 보부아르는 이 저서에서 여성들은 왜 '제2의 성'이 되어야 하는가를 여러

---

2) Pam Morris, Literature and Feminism; 강희원 역,『문학과 페미니즘』, 문예출판사, 1997, 31쪽.

3) Simone de Beauvoir, 조흥식 역, 『제2의 성』,을유문화사, 1998.

문화와 역사적인 차원에서 설명하고 있다. 그녀는 여자란 무엇인가에 대해 자궁이라고 대답하는 것은 잘못이라고 했다. 생물학적으로 남녀는 생식의 목적 때문에 구별되는 유형일 뿐 남녀 자체의 성차(性差)를 구별하는 기준은 아니라는 것이다. 그리하여 인류 역사가 어떻게 여자를 만들었는가를 살피고 여성이 단순히 생물학적인 성을 가진 존재에 머무르는 것이 아니라 역사적 조건 속에서 반응하고 실천하는 존재로 보았다.

그 결과 보부아르는 "여자는 태어나는 것이 아니라 만들어지는 것" (392쪽)이라는 페미니즘의 핵심을 세웠다. 여성스러움이란 본래 존재하지 않는 것인데 사회의 환경, 관습, 교육 등에 의해 만들어진다는 것으로, 여성이 주체적인 존재로 자신을 인식하지 못하고 남성의 타자에 불과하게 길들여진다는 것이다. 여성은 출산과 헌신적인 양육으로 세대의 지속을 가져다주면서도 주체적인 인식이 부족해 남성에 비해 평등하거나 우월한 지위를 확보하지 못한다는 것이다. 이러한 인식을 우선 고정희의 작품에서 볼 수 있다.

> 어린 딸들이 받아쓰는 훈육 노트에는
> 여자가 되어라
> 여자가 되어라…… 씌어 있다
> 어린 딸들이 여자가 되기 위해
> 손발에 돋은 날개를 자르는 동안
> 여자 아닌 모든 것은 사자의 발톱이 된다
>
> 일하는 여자들이 받아쓰는 교양강좌 노트에는

직장의 꽃이 되어라
일터의 꽃이 되어라…… 씌어 있다
일터의 여자들이 꽃이 되기 위해
손톱을 자르고 리본을 꽂고
얼굴에 지분을 바르는 동안
꽃 아닌 모든 것은 사자의 이빨이 된다

신부들이 받아쓰는 주부교실 가훈에는
사랑의 여신이 되어라
일부종신의 여신이 되어라…… 씌어 있다
신부들이 사랑의 여신이 되기 위해
콩나물을 다듬고 새우튀김을 만들고 저잣거리를 헤매는 동안
사랑 아닌 모든 것은 사자의 기상이 된다
철학이 여자를 불러 사자가 되고
권력이 여자를 불러 사자가 되고
종교가 여자를 불러 사자로 둔갑한다

그리하여 여자가 되는 것은
한 마리 살진 사자와 사는 일이다?
여자가 되는 것은
두 마리 으르렁거리는 사자 옆에 잠들고
여자가 되는 것은
세 마리 네 마리 으르렁거리는 사자의 새끼를 낳는 일이다?

그러니 여자여

그대는 여자 되는 것을 거부한다면

사자의 발톱은 평화?

사자의 이빨은 고요?

사자의 기상은 열반?

　　　― 고정희, 「여자가 되는 것은 사자와 사는 일인가」 전문

　이처럼 여성은 가부장적 가정에서부터 "여자가 되어라"라고 교육받
고 자신의 "손발에 돋은 날개를 자"른다. 만약 그렇지 않을 때 "여자가
아닌 모든 것은 사자의 발톱"으로 취급당한다. "여자 아닌 것은" 당연
히 가부장 제도에서 바라지 않는 것으로 마치 "사자의 발톱"과 같다고
즉 큰일 낼 아이라고 여겨지는 것이다. 이와 같이 가부장 제도에서 딸
들은 순종적으로 길들여지고 아들에 비해 관심이나 교육을 적게 받아
왔다.

　그리하여 최승자는

일찍이 나는 아무 것도 아니었다.

마른 빵에 핀 곰팡이

벽에다 누고 또 눈 지린 오줌 자국

아직도 구더기에 뒤덮인 천년 전에 죽은 시체.

아무 부모도 나를 키워주지 않았다

쥐구멍에서 잠들고 벼룩의 간을 내먹고

아무 데서나 하염없이 죽어가면서

일찍이 나는 아무것도 아니었다
떨어지는 유성처럼 우리가
잠시 스쳐갈 때 그러므로,
나를 안다고 말하지 말라.
나는너를모른다 나는너를모른다.
너당신그대, 행복
너, 당신, 그대, 사랑

내가 살아있다는 것,
그것은 영원한 루머에 지나지 않는다.(「일찍이 나는」 전문)

라고 했다. 또 「자화상」에서 "나는 아무 제자도 아니며/누구의 친구도
못 된다./잡초나 늪 속에서 나쁜 꿈을 꾸는/어둠의 자손, 암시에 걸린
육신"이라고 했다. 딸을 아들과 같은 자식으로 인정하고 기대하기보다
는 처리해야 할 일거리처럼 여기고 사회생활을 하는 데에 어려움이 없
을 정도로만 공부시키고 얼른 직장을 구해 살림을 돕거나 적당한 곳에
시집가길 바랐다. 그리하여 시인은 나는 아무것도 아니었다라고 즉 여
성이기 때문에 동등한 대우를 받지 못했다고 고발하고 있는 것이다.

　김상미 시인이 「나의 적」에서 "나는 그들을 좋아했으므로/그들의 넓
은 머리 속에 잔디를 깔고/집을 짓고 그들의 아이들을 낳고 싶었다//
그러나 이제 나 스스로 그들을 적으로 만들려"고 한다라는 인식도 마
찬가지이다. 시인은 생물학적인 차원을 넘어 사회적으로 여성이기 때
문에 받은 불이익을 더 이상 감내할 수 없어 마침내 자신을 지키려고
하는 것이다.

한국 사회에서 여성에 대한 차별대우는 직장에서도 일반적이다. 여성은 자신의 전공과 업무 능력과 상관없이 "직장의 꽃이 되"길 요구받고 있다. 그리하여 직장 여성들은 일터의 "꽃이 되기 위해/손톱을 자르고 리본을 꽂고/얼굴에 지분을 바"른다. 그렇지 않을 때 "꽃 아닌 모든 것은 사자의 이빨이 된다." 가부장적 우월주의가 몸에 배어 있는 남성들은 자신의 요구에 따르지 않거나 기대에 못 미친다고 생각되는 여직원을 나무라거나 흠잡고 불이익을 주는 것이다. 이처럼 여성들은 직장의 업무와 관련된 주요 정책을 판단하고 결정하는 것이 아니라 "직장의 꽃이 되"는 존재에 불과하다. 손님 접대나 하고 사무실의 분위기나 돋우고 단순한 문서나 정리하는 존재로 머무르고 있는 것이다.

1970년대 이후 한국 여성들의 경제활동은 상당히 확대되었지만 그 내막을 들여다보면 비례해서 발전이 이루어지지 않았음을 알 수 있다. 1998년 9월의 통계청 발표에 따르면 남성의 경제활동 참가율은 75%인데 비해 여성의 경제활동 참가율은 46.7%에 그치고 있다. 또 여성의 상용직 비율은 29.5%로 취업하는 여성의 70%가 고용이 불안한 비정규직에 종사하고 있으며, 여성 노동자의 71%가 4인 이하의 사업장에 종사하고 있다. 다시 말해 여성 노동자의 71%가 근로기준법을 제대로 적용받지 못하고 있는 것이다.

여성의 경제활동에는 또 다른 우려점이 있다. 1980년대 이전에 단순노동인 의류 및 봉제 등의 섬유산업이나 전자산업에 취입했던 여성들이 점차 서비스업으로 일자리를 옮기고 있는데, 그들의 상당수가 유흥업과 향락산업에 발을 들여놓고 있는 것이다. 이연주의 「매음녀 4」는 그 상황을 여실하게 보여주고 있다.

함박눈 내린다.
소요산 기슭 하얀 벽돌집으로
그녀는 관공서 지프에 실려서 간다.

달아오른 한 대의 석유 난로를 지나
진찰대 옆에서 익숙하게 아랫도리를 벗는다.
양다리가 벌려지고
고름 섞인 누런 체액이 면봉에 둘둘 감겨
유리관 속에 담아진다.
꽝꽝 얼어붙은 창 바깥에서
흠뻑 눈을 뒤집어쓴 나무 잔가지들이 키들키들
그녀를 웃는다.

반쯤 부서진 문짝을 박살내고 아버지가 집을 나가던 날
그날도 함박눈 내렸다.

검진실, 이층 계단을 오르며
그녀의 마르고 주린 손가락들은 호주머니 속에서
부지런히 무엇인가를 찾아 꼬물거린다.
한때는 검은 머리칼 찰지던 그녀,
몇 번의 마른기침 뒤 뱉어내는
된가래에 추억들이 엉겨붙는다.
지독한 삶의 냄새로부터
쉬고 싶다.

원하는 방향으로 삶이 흘러가는 사람들은

어떤 사람들일까……

함박눈 내린다.(「매음녀 4」 전문)

라고 관공서의 지프에 실려가 성병검진을 받는 매춘 여성의 상황을 사실적으로 보여주고 있는 것이다. 윤락의 불법성 여부를 떠나 인권이 유린당한 채 노예 같은 생활을 하는 그 여성들의 삶이 매우 안타까운데, 그녀도 "한때"는 "검은 머리칼 찰"지게 살아보려고 했었다. 자신에게 주어진 여건 속에서 최선을 다해 삶을 개척하려고 한 것이었다. 그러나 그녀의 열심이란 한계를 느낄 수밖에 없는 담보물이었다. 점점 경쟁화되어가는 이 자본주의 사회에서 조건이 열악한 그녀로서는 한계를 느낄 수밖에 없는 것이었다. 그래서 그녀는 밤마다 도시의 가등에 나가 "쉬었다 가세요, 네?"(「매음녀 5」) 하며 행인들을 유혹한다. 그러면서도 자신의 몸을 팔 때마다 "마음 착한 남자, 등짝 맞대 살으라"(「매음녀 6」)고 하신 어머니의 말씀을 떠올리고, "지독한 삶의 냄새로부터/쉬고 싶다"고 눈물을 흘리며 중얼거리고, "원하는 방향으로 삶이 흘러가는 사람들은/어떤 사람들일까" 하고 원망도 해보는 것이다.

1970년대 이후 성과 관련된 산업이 급속히 팽창되어 현재는 신문이나 텔레비전의 주요 소재로 등장하고 있고 문학이나 영화, 연극, 심지어 각종 이벤트 사업에서 빼놓을 수 없는 소재가 되고 있다. 성은 이제 장롱 깊숙이 숨겨둔 인간의 고유한 영역이 아니라 자본으로 매매할 수 있는 전형적인 상품의 하나이다. 성의 윤리가 기존의 도덕 고리로 얽매여서는 안 되겠지만, 자본의 자기 이익 창출의 대상으로 철저히 이용당하고 있는 것이다. 원조교제, 중절수술, 사이버 섹스, 포르노 비디오, 도색 잡지, 정력제, 윤락 등 성산업과 관련된 용어들이 각종 저널에서 난무하고 있는 현상에서 보듯이 성은 타락한 자본주의 사회에 의해 타락되고 있는 것이다.

성의 상품화는 도덕적인 차원에서 해결될 수 있는 것이 아니고 후기 자본주의 사회에서는 경제적인 차원에서 이루어질 수 있다. 여성이 남성과 마찬가지로 경제활동을 할 수 있는 기회가 많고 또 지위가 있다면 스스로 성을 상품화하는 일은 없을 것이다. 따라서 후기 자본주의 사회의 여성 윤락이 과거처럼 전적으로 경제적인 면 때문에 이루어지는 것이 아니라고 하더라도 성의 상품화에 동원되는 여성들 대부분은 경제적으로 약자에 속하므로 사회구조가 우선 변해야 한다.

한편 여성들은 결혼 후에도 주체성을 갖지 못한다. 신부들은 결혼 후 친정이나 시댁으로부터 "사랑의 여신이 되어라/일부종신의 여신이 되어라"라고 요구받는다. 그리하여 결혼한 여성은 남성들이 요구하는 사랑의 "여신이 되기 위해/콩나물을 다듬고 새우튀김을 만들고 저잣거리를 헤"맨다. 그렇지 않을 때 "사자의 기상"으로 즉 위험한 아내, 위험한 며느리, 위험한 엄마로 여겨진다. 정끝별 시인이 「인디언 전사처럼」에서 "인디언 전사처럼/달릴 줄밖에 모르는 말 위에서/전생을 탕진코만 싶은데/달리면 달릴수록/더 세게 내 허리를 붙잡는 다급한 소리/엄마 천천히 위험해 여보"라고 불안해 한다는 것도 그 모습이다.

가부장제에서의 남편은 경제활동을 하는 역할을 맡고 아내는 집안에서 정서적 역할을 담당한다. 그리하여 남편은 밖에서 성공하는 모습이 요구되고 아내는 집안에서 사랑받는 모습이 요구되는데, 그 결과 남편은 가장으로서의 권위가 더욱 높아지고 아내는 현모양처라는 수동적 존재로 전락하고 만다. 따라서 부부유별, 부창부수 등과 같은 유교 이념이 사회의 가치로 뿌리깊게 박혀 있는 한국 사회에서 여성들이 주체성을 획득하기는 실제로 어려운 것이다.

특히 직장생활을 하고 있는 경우는 더 많은 어려움이 따른다. 유아 복지가 거의 이루어지지 않고 있는 우리의 형편에서 직업 여성들은 자녀의 양육문제에 대해 심각한 고민을 할 수밖에 없다. 직장생활을 충실히 하면서도 전통적인 유교사회에서 바라는 사랑스러운 아내, 정성스러운 어머니, 착한 아내로서의 역할도 잘할 것이 요구되지만 그것은 결코 쉽지 않은 것이다. 따라서 직장 생활을 하는 여성들은 이 양편에 대하여 심한 갈등을 느끼고 있다.

김승희의 「쌍봉낙타」는 직업 여성으로서의 어려움이 여실히 담기지는 않았지만 그것을 이기려는 모성이 잘 드러나 있다.

> 나는 힘센 쌍봉낙타가 되어
> 뜨거운 사막 속을 가고 있다.
> 다락처럼 무거워도
> 야근처럼 피로해도
> 엄마는 낙타.
> 쌍봉낙타는 더 힘이 세다. (「쌍봉낙타」 부분)

라고 어머니로서 자식을 돌보아야 하는 자신의 삶이 마치 사막을 걷는 낙타와 같이 힘들지만 극복하려고 한다. 그 결과 어머니의 발은 낙타의 발처럼 견고하다. "엄마의 발은 크지만/사랑의 노동처럼 크고 넓지만/딸아, 보았니,/엄마의 발은 안쪽으로 안쪽으로/근육이 밀려/꼽추의 혹처럼/문둥이의 콧잔등처럼/밉게 비틀려 뭉그러진 전족의/기형의 발"(「엄마의 발」)인 것이다.

　이러한 면은 신달자가

　　엄마는 모순의 여성학자였어요
　　똑똑해라 배워라 바로 서라
　　남에게 폐를 끼치지 마라
　　여자의 이름으로 참지 말아라
　　아들 아들 노래를 하시면서
　　여자로 우뚝 서길
　　하늘에 빌었어요(「여성학자」 전문)

라고 여성상을 내세우고 있는 데서도 확인된다.

　보부아르는 여성은 남성의 섹스 대가로 살아가는 것이 아니라 주체적인 삶을 영위해 나가는 존재라고 했다. 그리하여 결혼은 당사자들이 필요할 때는 언제든지 해약할 수 있는 자유계약으로 성립되어야 하고, 산아제한과 인공유산이 인정되어야 하며, 또 각자 나름대로의 생활수단을 확보해야 한다고 보았다. 경제, 문화, 사회, 정치 등의 면에서 남성들이 만들어낸 규범을 여성 스스로 극복해낼 때 성의 평등화가 이루어진다고 본 것이다.

　이런 점에서 고정희 시인이 "여자가 되어라/여자가 되어라," "직장의 꽃이 되어라/일터의 꽃이 되어라" 그리고 "사랑의 여신이 되어라/일부종신의 여신이 되어라" 등으로 남성들이 요구하는 것에 대항하고 있는 모습은 의미가 크다. 한국 사회를 지배하고 있는 "철학"과 "권력"과 "종교" 역시 남성을 옹호하고 있으므로 여성이 주체적으로 대항할 능력을 가져야 함을 내세우고 있는 것도 그러하다.

여성의 신분이 점점 향상되고 있지만 남성 중심으로 이루어진 사회 구조가 쉽게 바뀌지 않을 것이므로, 사실 남성들은 아직도 정치적인 면에서 높은 지위를 차지하고 있고 경제적인 면에서 더 많은 보수와 승진 기회를 갖고 있으므로, 여성 스스로 개척해 나가야 한다. 남성으로부터 칭찬 듣는 것에 만족하는 수동성을 거부하고 남성과 같이 행동하고 판단하고 노동하는 적극성을 가져야 하는 것이다. 물론 이러한 지향의 성취는 남성들의 협조가 필요하므로 사회 전체적인 변화가 있어야 할 것이다.

3. 차이의 페미니즘

이리가라이는 『나, 너, 우리 : 차이의 문화를 위하여』[4]에서 기존의 페미니즘과 방법상 차이를 보이고 있다. 보부아르가 『제2의 성』을 통하여 여자는 태어나는 것이 아니라 만들어지는 것이라고 주장한 것에 비해 이리가라이는 "나는 여성으로 태어났지만 나는 나이다"(118쪽)라고 주장하고 있다. 남녀의 성차를 부정하고 성을 중성화시키는 것을 여성 해방으로 인식하는 극단적 페미니즘에 비해 이리가라이는 여성의 성차별을 인정하는 것만이 진정한 페미니즘의 방향이라고 주장한 것이다. 이리가라이는 진정한 페미니즘은 양성간의 평등을 추구하는 것 이상을 추구해야 한다고 보고, 따라서 성차를 극복하기 위해서는 일방적으로 투쟁하는 것보다도 성차를 인정하는 것이 더 중요하다고

---

4) L. Irigaray, 박정오 역, 『나, 너, 우리 : 차이의 문화를 위하여』, 동문선, 1996.

했다. 남성과 여성은 엄연히 다른 특성을 가지고 있기 때문에 차별성을 인정하고 그 토대를 바탕으로 각각 다른 사회적 권리와 의무를 적용해야 한다는 것이다. 기존의 법률은 여성과의 차이를 인정하지 않고 남성의 일방적 기준으로 만들어진 것이므로 거부하고 여성에게 맞는 것으로 고쳐야 한다고, 곧 여성이 남성과 다른 점을 인정받고 대등한 관계를 이룰 수 있도록 고쳐야 한다고 주장한 것이다.

또한 인간에게 있어 성의 차이는 종족보존과 같은 생산을 위해서도 필요한 것이므로 무시하거나 배제할 것이 아니라 인정하고 존중하는 것이 필요하다고 보았다. 성차를 긍정하고 창조적인 관계를 형성하는 것이 필요하다는 것이다. 진정 여성은 자기 안에 타자의 생명이 자라날 수 있는 생물학적 특수성을 지니고 있다. 초도로우의 지적처럼 여성의 모성 능력과 그로부터 만족을 얻을 수 있는 능력은 강하게 내면화된 것이며 심리적으로 강화된 것으로서 발달론적으로 여성의 정신 구조 속에서 성장한 것이며 여성 자신이 어느 정도 어머니로서 해야 하는 역할에 대한 능력과 정체감을 가지고 있는 것이다.[5]

　　　날이 저문다
　　　먼 곳에서 빈 뜰이 넘어진다
　　　무한천공(無限天空) 바람 겹겹이
　　　사람은 혼자 펄럭이고
　　　조금씩 파도치는 거리의 집들
　　　끝까지 남아 있는 햇빛 하나가

---

5) Chodorow, 김현자, 「적극적·창조적 모성과 삶 본능의 에너지」, 『한국 여성시학』, 깊은샘, 1999, 14쪽.

어딜까 어딜까 도시(都市)를 끌고 간다.

날이 저문다
날마다 우리 나라에
아름다운 여자(女子)들은 떨어져 쌓인다
잠 속에서도 빨리빨리 걸으며
침상(寢牀) 밖으로 흩어지는
모래는 끝없고
한겹씩 벗겨지는 생사(生死)의
저 캄캄한 수세기(數世紀)를 향하여 아무도
자기의 살을 감출 수는 없다.
집이 흐느낀다
날이 저문다
바람에 갇혀
일평생(一平生)이 낙과(落果)처럼 흔들린다
높은 지붕마다 남몰래 하늘의 넓은 시계소리를 걸어놓으며
광야(曠野)에 쌓이는
아, 아름다운 모래의 여자(女子)들
부서지면서 우리는 가장 긴 그림자를 뒤에 남겼다

강은교, 「자전(自轉) I」 전문

날이 저물면 "먼 곳에 빈 뜰이 넘어진다"라는 것은 시인의 상상력에
의한 표현이다. 과학적 지식으로 지구가 자전한다는 것은 모두 알고
있지만 중력에 의해 실제로는 느낄 수 없다. 하지만 시인은 상상력으

로 그 시간대에 지평선이 기우는 것을 느껴 사람이 "펄럭이고," 거리의 집들이 "조금씩 파도치"고, "남아 있는 햇빛 하나가/어딜까 어딜까 도시를 끌고" 가는 상황을 그리고 있다.

그 시간이 지나면 하루의 일과를 마친 아내는 침상에 "떨어져 쌓인다." 그것은 "날마다" 이루어지는 일상의 모습인데 시인은 그것을 "아름다운" 것으로 보고 있다. 왜 시인은 잠자리에 든 아내를 아름답다고 보고 있을까? 그것은 "잠속에서도 빨리빨리 걸어"다니기 때문이다. 하루종일 일을 위해 바삐 움직였는데 "잠속에서도" 즉 "~도"라는 조사에서 보듯이 잠을 자면서도 빨리빨리 걸으며 일을 하기에 찬미하고 있는 것이다.

아내의 그 걸음걸이는 "침상 밖으로 흩어지는/모래"와 같이 하찮고 보잘것없는 것들이다. 식구들의 식사를 차리고 빨래하고 청소하고 은행에 가 세금을 내고 집안의 대소사를 챙기고……. 남편이 하는 일은 마치 발자국을 남기는 일과 같이 중대한 것인데 비해 아내가 하는 일이란 교환가치가 없는 보조적이고 부수적인 것이다. 아내는 그 일을 단 하루나 한 달이 아니라 "수세기" 동안 즉 자기의 살이 "한겹씩 벗겨지는 생사"와 같이 한다. 여성으로서의 운명을 거부하지 않는다면 아무도 "자기의 살을 감출 수 없"듯 그 과정을 벗어날 수 없다. 그리하여 시인은 하찮고 보조적이고 부수적인 일에 운명적으로 시달리고 있는 아내의 모습을 아름답다고 보고 있는 것이다.

언뜻 보면 이러한 인식은 페미니즘에 반하는 것처럼 여겨지기도 한다. 하지만 성차의 극복은 남성과 여성의 특성을 절대적 기준으로 보지 않고 차이를 인정하는 데서 이루어질 수 있는 것이므로, 여성이 자신의 운명을 사랑하는 것은 페미니즘의 필수 조건이 된다. 아내가 기존의 제도나 관습으로부터 벗어나야 하겠지만 감당해야 하는 운명은 "바람에 갇혀/일평생이 낙과처럼 흔들"리는 것이므로 피해의식에 갇히지 않고 오히려 "높은 지붕마다 남몰래 하늘의 넓은 시계소리를 걸어 놓"는 적극성을 띨 필요가 있는 것이다. 시인은 그 모습을 "부서지면서 우리는 가장 긴 그림자를 뒤에 남"기는 것이기에 위대하다고 본다. 여성은 아이를 잉태하고 출산하고 헌신하며 양육해 집안을 잇는 존재, 즉 사회의 기초 단위를 지속시켜 인류 역사를 잇는 존재이다. 여성은 외면적으로 보기에는 모래알과 같이 하찮은 일을 담당하지만 인간 사회를 영위시키는 위대한 존재인 것이다.

나희덕의 「누에」 역시 그 모성을 잘 나타내고 있다. "내 몸도 휘감겨 따라가면서/나는 만삭의 배를 가만히 쓸어안는다"라는 행동은 생명체를 잉태하고 보호하는 여성의 인식을 고스란히 나타낸 것이다. 그리하여 「허공 한줌」에서와 같이 지극한 모성을 낳는다. "아기를 살려야 한다는 생각 말고는 아무 생각도 할 수 없었지. 얼마 지나지 않아 아기는 울음을 그치고 잠이 들었어. 죽은 엄마는 아기를 안고 집으로 돌아와 아랫목에 뉘었어. 아기를 토닥거리면서 곁에 누운 엄마는 그후로 다시는 깨어나지 못했지. 죽은 엄마는 그제서야 마음놓고 죽을 수 있었던 거야."

강은교는 여성의 위대함을 강조하기 위해 「자전 Ⅰ」의 끝에서 관찰자적 태도를 바꿔 "우리"라고 지칭하고 있다. 남성 위주의 이데올로기나 윤리, 법, 관습 등에 주체적으로 지힝하고 있는 모습이다. 여성은 남성과 분명 다른 존재이지만 결코 열등한 존재가 아니고 오히려 인류 역사의 모태이다. 그리하여 시인은 남성과 여성의 차이를 인정하고 그 속에서 여성성을 발견하고 있는데, 이러한 면은 김정란의 시에서도 나타난다.

우리는 구분(區分)하지, 범벅인 건 질색이야, 라고
깔끔하게 둘로 구분된 바지를 입은 그들이 말했다
우리는 분화(分化)의 왕국에서 다스리지

그들은 〈있음〉이라는 문명의 근처에서 분주히
오락가락 일을 벌였다 흥 재미도 있겠다

나는 통치마에 모든 걸 범벅으로 싸안고 있다가
가만히 머리를 흔들었다 딱하구나 얕은 흔들이여
어두운 두께가, 역사 속에서 언제나 구박당한
가여운 콩쥐의 유령이 엄마…… 하고 내 치마폭을 파고들었다

오냐 내 새끼 내가 너를 살려내마

나는 지옥으로 내려간다 아무것도 보이지 않아
오 지독한 무게, 깜깜한 무정형의 덩어리
나는 두께의 피부를 저며내고 뼈다귀를 들어내고
그리고 뿌리 뿌리 하고 미친 듯이 파냈다
연장이 있을 턱이 있어 직관이라는 내 갈고리 손뿐이지
우아하고 깔끔한 구분의 신사들이
에비 지지라고 말했다
(난 모른다구, 하고 수많은 빌라도들이 손을 씻었어)
온통 피로 뒤범벅이 되어 근원의 어느 뻘밭에
죽어라 박혀 있는 존재의 내장 속에 코를 박고

그것들의 끈적이는 분비물로 엉망이 되어
고약한 냄새를 풍풍 풍기며 나는 자랑스럽게
통치마폭을 흔들었다 봐 난 이걸 별로 만들 거야
그리고 나는 지금은 엉거주춤 일어선다
아직은 피 흘리는 고통의 핏물 위에서
아직은 혼돈인 영혼의 뻘밭을 마저 다 후벼파지 못한 채로
언젠가 샅샅이 파낸 존재의 내장을 기어이 은하수에 비끄러매려고
제가 낳은 새끼의 죽음을 지켜보는 여신처럼
세계의 곳곳에 스산히 메아리치는 울음을 어홍어홍 울며

냄새나는 내 육체를 꼭 껴안고 내가 죽으리라 죽으리라고
죽어서 너를 살리리라고 천 번씩 만 번씩 되뇌이며
— 김정란,「여자의 말— 존재의 내장(內臟) 속으로」전문

"깔끔하게 둘로 구분된 바지를 입은" 남성들은 "우리는 구분하지, 범벅인 건 질색이야, 라고" 내세운다. 남성들은 항상 〈있음〉을 즉 인간 존재를 합리적이고 이성적인 것으로 보고 지향해야 할 확실한 가치를 제시하고 있다. 그러나 시인은 남성들의 그러한 주장에 동의하지 않고 오히려 "분화의 왕국에서 다스리"는 일이 "홍 재미도 있겠다"라며 야유하고 있다. 남성들의 일이란 진정 〈있음〉에 이르지 못하고 기껏 "문명의 근처에서 분주히/오락가락"하는 데에 불과하다는 것이다.

그리하여 시인은 여성의 우월함을 내세우고 "통치마에 모든 걸 범벅으로 싸안"는다. "역사 속에서 언제나 구박당한/가여운 콩쥐의 유령" 같은 혼들이 "엄마…… 하고 내 치마폭을 파고"드는 것을 회피하지 않

고 "오냐 내 새끼 내가 너를 살려내마" 하고 껴안는 것이다.

그런데 그 모성의 힘은 현실세계에 그치지 않고 "지옥으로"까지 내려간다. "아무 것도 보이지 않"는 지옥에 내려가 "뼈다귀를 들어내고/ 그리고 뿌리 뿌리 하고 미친 듯이 파"내는 것이다. 결국 시인은 이 세계에서 온갖 고통을 당하다가 그곳에 묻힌 억울한 존재들을 회생시키려고 하는 것으로 그들이 "온통 피로 뒤범벅이 되어" 있고, "끈적이는 분비물로 엉망이 되어" 있으며, "고약한 냄새를 풍풍 풍기"지만 싫어하지도 두려워하지도 않고 "자랑스럽게/통치마폭을 흔들"며 감싼다. 그리고 "별로 만들"겠다고 다짐한다. "별"이란 당연히 지옥에 있는 존재들이 회생된 생명체를 상징하는 것이다.

이승에서뿐만 아니라 저승에까지 내려가 모성애를 발휘하는 시인의 이러한 인식은 여성이 남성보다 우월한 면이 있다는 것을 내세움이다. 곧 "나는 여성으로 태어났지만 나는 나이다"라는 이리가라이의 주체성을 여실히 드러낸 것이다. 이러한 인식은 김혜순이

　　물동이 인 여자들의 가랑이 아래 눕고 싶다
　　저 아래 우물에서 동이 가득 물을 이고
　　언덕을 오르는 여자들의 가랑이 아래 눕고 싶다(「환한 걸레」 부분)

라고 지향하고 있는 데서도 여실히 나타나고 있다. 또한 박서원이 「소명 · 1」에서 "그래, 더 큰 고통을 가지고 와. 내 사랑"이라고 한 것이나 「낫을 든 남자에게」에서 "자, 이리 온//내 귀여운 노새"라고 칭하고 있는 것, 그리고 「産苦」에서 "백 살까지 아기를 낳으리라//(중략)/쭈글쭈글해진 내 모습을 지켜보리라/주름진 얼굴과 육체로/백 살까지 아기를

낳는 산고를 치르리라"고 다짐하고 있는 데서 나타난다. 이경림이 「한국 여자」에서 "오늘 나는 화냥질이 하고 싶었다/오늘 나는 독한 술을 마시고 싶었다/오늘 나는 옷을 활활 벗어 던지고 햇볕 쨍한 거리를 어슬렁거리고 싶었다"와 같은 과감한 행동을 보이고 있는 데서도 여실하다.

정끝별이 「나도 음악소리를 낸다」에서 "나 딸 나 애인 나 아내 나 주부 나 며느리 나 학생 나 선생"으로 늙어가지만 쉬지 않고 음악소리를 낸다는 것이나 「속 좋은 떡갈나무」에서 "한세월 잘 썩어내는/세상 모든 어미들 속"을 노래하고 있는 것, 최정례가 「햇빛 속에 호랑이」에서 증조할머니의 강한 생활력을 그리고 있는 것이나 「늙은 여자」에서 "한때 배꽃이었고 종달새였다가 풀잎이었기에/그녀는 이제 늙은 여자다/징그러운/추악하기에 아름다운/늙은 주머니다"라고 대하고 있는 것, 이선영이 「오, 가엾은 비눗갑들」에서 비눗갑이 비누에 대해 "몸에 잘 맞는 아내를 얻"었다는 "순진한 기대와 어리석은 집념을 품"지 않기를 전하고 있는 것, 그리고 노혜경이 「부부관계」에서 "내가 배가 고플 때 그도 고프고, 그가 먹을 땐 나도 먹을 것을 믿었기 때문에. 우리 둘의 더불은 생존이 따로따로의 사랑보다 소중함을 믿었기 때문에"라고 경제적 약자인 남편을 포용하고 있는 것도 주체성 있는 인식이다. 천양희가

아무도 물 속에 있는
내 속을 모른다. 몰라준다
내 심장의 고랑
내 늑골 밑의 습지
내 머릿속 웅덩이 그리고 나의 무덤
나에게는 다시 써야 할 생이 있다(「아침마다 거울을」(부분)

라고 다짐하고 있는 것도 마찬가지이다.

　한편 허수경이 "사내"를 품는 것은 보다 사회적이고 역사적인 차원의 행동으로 볼 수 있다. 특히 급속히 형성된 후기 자본주의 사회는 분배 정의를 여지없이 무너뜨렸는데, 시인의 모성은 성차의 극복을 넘어 주체적인 성의 결합을 통해 바람직한 사회를 지향하는 것이기에 의미가 깊은 것이다.

　　그 사내 내가 스물 갓 넘어 만났던 사내 몰골만 겨우 사람꼴 갖춰
　밤 어두운 길에서 만났더라면 지레 도망질이라도 쳤을 터이지만 눈
　매만은 미친 듯 타오르는 유월 숲 속 같아 내라도 턱하니 피기침 늘
　막에 차오르는 물 거두어 주고 싶었네
　　산가시내 되어 독오른 뱀을 잡고
　　백정집 칼잽이 되어 개를 잡아
　　청솔가지 분질러 진국으로만 고아다가 후 후 불며 먹이고 싶었네
　저 미친 듯 타오르는 눈빛을 재워 선한 물같이 맛깔 데인 잎차같이
　눕히고 싶었네 끝내 일어서게 하고 싶었네
　　그 사내 내가 스물 갓 넘어 만났던 사내
　　내 할미 어미가 대처에서 돌아온 지친 남정들 머리맡 지킬 때 허
　벅살 선지피라도 다투어 먹인 것처럼
　　어디 내 사내 뿐이랴
　　　　　　　　　　　　　　　　　　　　　　―「폐병쟁이 내 사내」 전문

　　　　　　　　　　　　　(『에로티즘과 페미니즘 문학』, 월인, 2002)

몸과 영혼의 불을 '켜는' 사랑

| 김상미, 『잡히지 않는 나비』(천년의 시작, 2003)

1

에로스와 결혼한 프쉬케를 뜻하는 나비를 표제의 대상으로 삼고 있는 김상미 시인의 세 번째 시집『잡히지 않는 나비』는 사랑을 구(求)하는 면이 여실하다. 시인의 사랑은 고전적이고 너무 착해 정태적인 면을 극복하지 못하고 있지만, 현대적인 것으로 전이되고 있어 그 변화와 역동성이 기대된다. 현대적인 사랑은 푸코가 「성적 욕망의 장치」[1]에서 언급한 '권력'과 같은 특성을 지닌다. 푸코가 인식한 권력이란 특정한 국가에서 시민들이 복종하도록 만드는 제도와 기구 또는 정권을 뜻하지 않는다. 또한 하나의 구성요소나 십단에 의해 다른 구성요소나 집단에 행사되고, 효과가 연속적으로 파생되어 사회구성원 전체에 영향을 끼치는 지배체제를 의미하지도 않는다. 그러한 체제나 형태는 권력의 말단적인 면에 지나지 않는다. 권력은 손에 넣거나 빼앗거나 서로 나눠 갖거나 놓치는 어떤 것이 아니라 무수한 요소들로부터 그리고

---

1) Michel Foucault, 이규현 역, 『성의 역사』, 나남, 2001.

불평등하고 유동적인 관계들의 상호작용을 통해서 행사된다. 권력은 조직을 구성하는 세력들간의 다양성이다. 단순히 금지의 역할을 지닌 상부구조의 위치에 있는 것이 아니라, 작용하는 데에서 직접적인 영향이 발생한다. 따라서 권력은 여러 곳에 존재하는데 모든 것을 포괄하기 때문이 아니라 도처에서 발생하기 때문이다. 권력은 제도도 아니고 구조도 아니고 일부 사람들에게 부여되어 있는 특정한 권세도 아니다. 오히려 권력은 주어진 복잡한 사회에 부여되는 전략이다.

　현대적인 사랑도 푸코가 내세운 권력과 같다. 고전적인 사랑은 손에 넣어야 하는 것이고 간직해야 하는 것이고 놓치면 안 되는 것이다. 사회적인 면에서든 성적인 면에서든 경제적인 면에서든 표면에 드러나는 것으로 금지가 있고 영속적인 가치가 있다고 믿는 대상이다. 고전적인 사랑은 지배 세력이 작용되는 관습이고 제도이고 구조이고 권세이다. 이에 비해 현대적인 사랑은 끊임없이 투쟁과 충돌을 거쳐 당사자 자신을 변화시키고 강화시키고 역전시키는 전략이다. 현대적인 사랑은 한정되지 않고 반복적이지 않고 무기력하지 않고 고정되지 않고 수동적인 것이 아니다. 마치 서양 속담에 나오는 아홉 개의 생명을 품고 있는 고양이를 아홉 마리나 품고 있는 여성처럼 다양한 관계들의 작용이다.

　　　어리석게도 한 남자 때문에
　　　삶을 다시 시작하고 싶었던 적 있었다
　　　다 늦은 저녁,
　　　가슴에선 끊임없이 겁에 질린 희망들이 쏟아지고
　　　걸어도 걸어도 언덕길은 끝이 없었다

골목길 접어들 때마다 두둥실 둥근달 따라오고
나는 담벼락에 쪼그려 앉아
가슴 속에 쌓이는 희망들을 토해내고 토해내고⋯⋯

지금도 그때만 생각하면
그게 과거인지 현재인지 미래인지
나는 그만 아득해지지만

그날 밤 나는 모르는 집 담장에 기대어
하얗게 한밤을 꼬박 샜었다
달빛에 젖어⋯⋯
달빛에 젖어⋯⋯
그때 나는 알았다
달빛에 젖는다는 게 어떤 건지
왜 둥근달만 보면 그렇게 개들이 짖어대는지를
그때 알았다

달빛에 흠뻑 젖은 내 몸에서 주르르
배고픈 푸른 달의 입술
흘러내리고 흘러내리던 그때⋯⋯

　　　　　　　　　　　　　　　　—「월광 소나타」 전문

　김상미 시인의 두 번째 시집인 『검은, 소나기떼』에 들어있는 작품으로 사랑의 절실함이 여실하다. 사랑하지만 이룰 수 없는 사람에 대한 원망과 그리움과 쓸쓸함이 애틋하게 고백되고 있다. 종족보존의 욕망이 있는 한 인간은 다른 생물들과 마찬가지로 본능적으로 사랑의 짝을 구한다. 인간의 그 사랑은 고유한 것이고 보편적인 것이고 오랜 역사성을 내포한 것이다. 일회적이거나 충동적인 것이 아니라 고유성과 역사성이 있기에 그 사랑은 무겁기만 하다. 따라서 인간의 사랑은 전통적인데, 전통의 계승은 단순히 반복에 의해서가 아니라 그 시대와 사회를 반영해서 재창조되어야 비로소 가능한 것이다.

그런 차원에서 위의 시는 창조적인 데에까지는 이르지 못하고 있다. 고전적인 사랑으로서 다양한 관계가 없고 주체적인 갈등이 없다. 시인의 사랑 인식은 단선적이고 순종적이고 관습에 젖어 있어 소외와 갈등이 존재하지만 저항 없이 보편성에 따르고 있다. 주어진 환경에 수없이 충돌하면서 자신을 변화시키고 갱신시키는 전략이 부재한다. 육체적 정절을 목숨처럼 지키는 것으로 이도령에 대한 사랑을 간직하려고 한 춘향과 같이 당대의 관습에 굴복하는 자세이고, 자신을 보기가 역겹다고 떠나가는 님은 말없이 보내드리겠다는 「진달래꽃」(김소월)과 같은 체념의 정서이다. 그리하여 "다 늦은 저녁,/가슴에선 끊임없이 겁에 질린 희망들이 쏟아지"는 절실함이 변주의 폭을 넓히고 있지만 적극적인 의지로까지 나아가지 못하고 있다. "담벼락에 쪼그려 앉아/가슴 속에 쌓이는 희망들을 토해내"는 모습 역시 주체성이 약하다. 따라서 "그때 나는 알았다/달빛에 젖는다는 게 어떤 건지"라는 토로는 수동적이고 종속적이다. 이러한 면은 시인의 첫 시집 『모자는 인간을 만든다』이후 세 번째로 출간한 『잡히지 않는 나비』에서 다소 변화를 보이고 있다.

2

그는 남쪽에 있다
남쪽 창을 열어놓고 있으면
그가 보인다
햇빛으로 꽉 찬 그가 보인다

나는 젖혀진다
남쪽으로 남쪽으로 젖혀진 내 목에서
붉은 꽃들이 피어난다
붉은 꽃들은 피어나면서 사방으로 퍼진다
그의 힘이다

그는 남쪽에 있다
그에게로 가는 수많은 작은 길들이
내 몸으로 들어온다
몸에 난 길을 닦는 건 사랑이다
붉은 꽃들이 그 길을 덮는다
새와 바람과 짐승들이 그 위를 지나다닌다

시작과 끝은 어디에도 없다
그는 남쪽에 있다

―「사랑」 전문

참으로 잘 짜여진 연시이지만 사랑이 "그의 힘"에 의해서 생겨난다는 토로에서 볼 수 있듯이 고전적인 인식을 못 벗어나고 있다. "내"가 주체적이지 못한 것이기에 진정한 사랑으로까지 확대되지 못하고 있는 것이다. "햇빛으로 꽉 찬 그가 보인다"라고 할지라도, "남쪽으로 남쪽으로 젖혀진 내 목에서/붉은 꽃들이 피어난다"라고 할지라도, 그 사랑은 종속적이다. 따라서 사랑의 지점으로 삼고 있는 "남쪽"은 의지의 상징체로서 구체적이지 못하다.

그러나 시인은 그 길이 전부는 아니라고, "시작과 끝은 어디에도 없다"라고 말하고 있다. "그에게로 가는 수많은 작은 길들이/내 몸으로 들어"오지만 그 길은 운명처럼 정해진 것이 아니기에 출발점으로도 종착점으로도 고정시키지 않겠다는 것이다. 따라서 "몸에 난 길을 닦는" 것을 진정한 사랑으로 실행하겠다는 다짐은, 시작과 끝이 어디에도 없으므로 그 어디에서도 시작하겠다는 자세는, 적극성을 띤다. 그 결과 "붉은 꽃들이 그 길을 덮"을 것이고 서로의 사랑을 축복해주기 위해 "새와 바람과 짐승들"까지 지나다닐 것이라고 시인은 희망한다. 따라서 "붉은 꽃들"은 육체적이면서 정신적인 표상이고, 결과이면서 과정의 표상으로 수용자의 의지가 강렬하게 내포되어 있다. 그러한 강렬함은

꽃 먹듯이 나를 먹어치우는 사자의 이빨에 끼여
아아, 나는 햄릿과 오필리아의 마지막 세계를 바라봅니다
연인들의 꽃밭에서 딴 알몸의 꽃 한 송이,
그 핏물 섞인 일심동체의 잔혹함을!(「자화상」 전문)

과 같은 표출에서 더욱 여실하다. 마조히즘적 에로티시즘으로 자신의

내적 욕망을 대상에 일체화하려는 이 용기는 금기라는 이름으로 구속해온 고전적 사랑에 대항함이다. "핏물 섞인 일심동체의 잔혹함"은 바타이유가 『에로티즘』[2]에서 나타내었듯이 폐쇄적인 존재의 구조를 와해시키며 새로운 세계로 자아를 개방시키는 행동이다. 인간의 로고스적 사유체계에 의한 금기와 제도와 문화를 존재의 가장 내밀한 곳까지 파고들며 부정하는 것이다.

적극적 사랑이란 "불타는 심장"(「자화상」)으로 죽음까지 파고드는 용기이다. 자기의 손에 움켜쥐거나 타인으로부터 빼앗거나 표면으로 드러내는 권세가 아니라 그 이상의 욕망을 추구함이다. 결코 고정된 가치나 분배의 물건이 아니라 변모의 모체라는 것을 깨닫고 끊임없는 변화와 피할 수 없는 반전을 기하는 것이다. 자신의 욕망이 결코 채워질 수 없다는 것을 알고 있으면서도 포기하지 않는 것이다.

이러한 인식은 김상미 시인이 첫 시집부터 줄곧 비쳐온 것인데, 앞에서 예로든 「월광 소나타」의 경우에도 나타나고 있다. 이 작품에서 시인은 자신의 수동적인 사랑을 "어리석"은 것으로 파악하고 있다. 자신의 행동을 어리석다고 자성(自省)하고 있는 데에는 변화의 가능성이 다분히 내포되어 있다. "달빛에 흠뻑 젖은 내 몸"으로 지배받는 사랑에 대하여 저항하는 것이다. 사랑은 다양한 저항에 의해서만 존재할 수 있다. 사랑은 단 하나의 처소가 아니라 다양한 저항의 관계망이다. 필요한 것이나 쓸모없는 것, 자발적인 것이나 우연적인 것, 화해할 수 없거나 타협할 수 있는 것, 외로운 것이나 즐거운 것, 빼앗는 것이나 양보하는 것, 격렬한 것이나 수줍은 것 등 복합적인 것이다. 사랑은 기적

---

2) G. Bataille, 조한경 역, 『에로티즘』, 민음사, 1989.

이 아니지만 그 이상의 것이다. 사랑은 어디에도 부재하지만 분명 존재해서 피어나는 꽃이다.

나는 네 이야기를 듣는다. 치명적인 상처가 시간을 뚫고 지나간다. 주의력을 빼앗긴 이야기는 다시 사랑과 미움을 토해낸다. 나는 네 페니스를 이야기 속으로 집어넣는다. 페니스를 삼킨 이야기는 역사가 되고 무일푼이 된 이야기는 사랑과 미움의 바깥에서 또 구걸을 시작한다.

(나는 너를 사랑하다. 나는 너를 사랑하지 않는다. 나는 너를 미워한다. 나는 너를 미워하지 않는다. 나는 너다. 나는 네가 아니다……)

— 「사랑과 미움의 볼레로」 부분

시인은 폐쇄적인 에로스를 "네 페니스를 이야기 속으로 집어 넣"을 만큼 와해시키고 있다. 또한 "사랑과 미움의 바깥에서 또 구걸을 시작"할 정도로 개방성을 띤다. 사랑이 종교의 교리처럼 영속적일 수 없음을 자각하고 지극히 세속적인 면을 수용하고도 있다. 그리하여 시인의 사랑은 전략이 되고 이데올로기가 되고 자기애가 발휘된다. 불안정하지만 지향을 포기하지 않고 복잡하지만 자신의 선택에 망설이지 않고 대립하지만 굴복하지 않고 난해하지만 폄하시키는 경향을 막는다. 그리하여 고전적 사랑에 대항하여

참으로 먼 길 걸어왔지만

히스 토리, 그곳엔 내가 없다

남자인 그는 있지만
여자인 나는 없다 (「히스-토리 (His-tory)」 부분)

라는 사회적이며 역사적인 발언까지 하는 것이다.

　남성들에 의해 위협받는 여성들의 사랑은 현대에도 지속되고 있다. 울리히 백과 그의 부인인 엘리자베트 벡 게른샤임이 『사랑은 지독한, 그러나 너무나 정상적인 혼란』에서 진단했듯이, 그것은 산업사회의 도래 때문이다. 후기 산업사회가 지배하고 있는 오늘의 여성들은 자신의 어머니에 비해 더 많은 교육기회와 권리와 의사결정권을 가지고 있지만, 남성들이 이끄는 노동시장에 지배받고 있기 때문에 자신의 사랑은 위협받는다. 중요한 직위나 보수나 결정권으로부터 밀려나고 있어 주체적인 사랑을 이루지 못하고 있는 것이다. 따라서 후기 자본주의 사회에 지배당하는 오늘날 여성들에게는 스스로 대응하는 사랑이, 적극적으로 넓히는 사랑이, 앞서서 간파하는 사랑이, 남성들의 '함께'와 더불어 필요한 것이다.

3

나는 벌거숭이
너는 꽉 죄는 거들처럼 내 몸에 착 달라붙어 있다
흐느끼면서 온몸 파고드는 환희의 빛가루들은

우리들 내부에서 퍼지는 날개들처럼
안으로 안으로 훨훨 날아오르고 있다

보라
우리는 아직도 서로의 감은 눈 속에 있다
눈 속 태양 아래 있다
우리가 이토록 불타오르는 건 그 때문이다

헛되이 숨바꼭질하려 하지 마라
사랑은 몸과 영혼을 이어주는 다리
다가가면 갈수록 존재의 빛나는 신방이 보인다

더 가까이, 더 가까이
순환의 잎사귀를 활짝 펼쳐라
우리는 커지고
세상은 작아진다
우리가 승리하는 건
몸과 영혼의 불을 함께 켰기 때문이다

누구도 이 불을 꺼뜨리진 못하리라
우리는 신이 초대한 식탁 위의 빛과 어둠
인생의 모든 머리카락들이
불타는 우리들의 집 앞에서
그 뜨거운 바람을 탐하며 집어삼키고 있다

너는 벌거숭이

나는 꽉 죄는 거들처럼 네 몸에 착 달라붙어 있다

—「연인들」 전문

　사랑이 "몸과 영혼을 이어주는 다리"라는 인식은 관념의 절충이나 종합이 아니라 실천적 방향일 때 의미가 크다. "다가가면 갈수록 존재의 빛나는 신방이 보인다"라는 희망이 그것이다. 진정 사랑은 한 쪽만의 선택도 아니고 다른 한 쪽만의 희생도 아니다. 오히려 "나는 벌거숭이/너는 꽉 죄는 거들처럼 내 몸에 착 달라붙어 있"고 "너는 벌거숭이/나는 꽉 죄는 거들처럼 네 몸에 착 달라붙어 있"는 일체화이다. 이러한 "우리"의 인식은 한 쪽의 지배로도 다른 한 쪽의 순응으로도 이루어질 수 없다. 미워하고 갈등하고 상처를 받고 심지어 포기하면서까지 밀어를 채워 넣는 전략이 필요하다. 때로는 그 욕망이 허세임을 깨닫거나 존재의 운명에 의탁하고 싶은 유혹을 받기도 하지만 주체적 의지로 극복해야 한다.

　짐멜(Georg Simmel)은 「사랑에 관하여」[3]라는 논문에서 사랑이라는 현상은 인간의 삶에 본래적으로 있지 않았다고 했다. 본래적으로 있었던 것은 종족보존을 위한 성적 욕구였기 때문에 모든 이성(異性)을 대상으로 삼았다. 그러나 욕구를 가진 인간이 점점 복잡해지고 분화되어감에 따라 욕구도 대상을 점점 개별화시켜 한 사람의 이성으로 국한시켰다. 그리하여 사랑의 핵심으로 배타성이 생겨났다. 사랑하는 연인이 이 세상의 전부이며 연인 외에는 아무것도 존재하지 않는다라는 열광

---

3) Guy Oakes 역편, 김희 역, 『게오르그 짐멜: 여성문화와 남성문화』, 이화여자대학교 출판부, 1993.

적인 선언들은 사랑의 배타성을 긍정적으로 표현한다. 종족보존이라는 삶의 목적에서 배태된 사랑은 이제 더 이상 영위될 수 없다. 도구적인 목적으로 생겨나서 목적 그 자체가 되어버린 화폐와 마찬가지로 사랑은 물상화된 것이다.

그렇다고 하더라도 인류 역사가 존재하는 한 인간의 고유한 사랑은 필요하고 또 지속적으로 진행된다. 사랑의 대상은 사랑하기 이전에 존재하는 것이 아니라 사랑으로 인해서 생겨나는 것이다. 사랑이 기존의 다른 요소들의 결합이 아니라 완전히 통합이란 점은 이런 점에서 분명해진다. 사랑은 삶의 전체성과 함수관계에 있다. 로미오와 줄리엣의 비극은 그들의 사랑의 크기 때문인데 그 세계는 지상에서 희박한 것이지만 분명 경험세계에 근거를 두고 있다. 진정한 사랑은 이 경험세계에서 이루어질 수 있는 것이다. 사랑이란 설명될 수 없지만 경험할 수 있는 대상이다. 사랑의 핵심은 종(種)의 보존이나 발전, 또는 상대에 순종하는 것이 아니라 오직 그 자신이 주체적으로 포용하는 데에 있는 것이다.

김상미 시인의 세 번째 시집 『잡히지 않는 나비』에는 이러한 의지가 상당히 들어 있다. 그리스 로마 신화에 나오는 프쉬케는 그리스어로 나비 또는 영혼을 의미한다. 프쉬케는 에로스와의 사랑을 위해 숱한 고난과 위험을 겪는다. 프쉬케는 자신의 사랑을 신뢰하지 않는다고 오해하고 떠나가버린 에로스를 찾아 신전으로 간다. 그곳의 여왕이자 에로스의 어머니인 아프로디테에게 용서를 빌려는 것이었다. 하지만 아프로디테는 인간인 프쉬케가 자신의 아들과 몰래 결혼했다는 사실에 매우 화가 나 있어 불가능한 일들을 시험으로 내어 푸쉬케를 쫓아내려고 한다. 많은 밀과 보리와 기장과 완두콩이 창고에 섞여 있는 것을 하루 내에 골라내도록 시키고, 다음으로 냇물 건너편에서 풀을 뜯고 있는 양들로부터 양모를 가져오라고 시킨다. 그렇지만 예상했던 것과는 달리 프쉬케가 그 모든 것을 해내자 아프로디테는 아예 프쉬케를 없애기로 작정하고 명계(冥界)에 가서 페르세포네로부터 미(美)를 조금 얻어오라고 시킨다. 프쉬케는 자신이 명부에 내려가는 것은 죽음이라는 것을 알고 있지만 에로스를 사랑하기 때문에 피하지 않고 기꺼이 몸을 맡긴다. 그 결과 프쉬케는 신의 도움을 받아 명부에 다녀올 수 있었고, 결국 제우스와 아프로디테와 여러 신들의 축복을 받으며 결혼을 이룰 수 있었다.

프쉬케의 사랑도 엄격히 말하면 에로스에 의해 지배받은 것이다. 그렇지만 그 사랑의 과정은 주체적인 것이었다. 프쉬케(나비)는 사랑의 영혼을 엄혹한 시련을 속에서도 잃어버리지 않았다. 주체적인 사랑을 목적으로 자기를 희생하는 것은 종속적인 것이 아니라 전략적인 것이다. 김상미 시인의 '잡히지 않는 나비' 역시 주체적인 사랑을 위해 몸과 영혼의 불을 '켜고' 지상을 훨훨 날아다닐 것이다.

(《문학과의식》, 2003년 가을호)

가족의 집, 존재의 집

| 손한옥의 시

1

가족(家族)이란 한 집(家屋)에서 의식주를 함께 해결해가는 혈연집 단(族)이다. 그런데 한국인들에게는 가족의 의미가 아주 특별해 혈연 관계와 상관없이 주거와 생계를 같이하는 가구(household)와는 다르 다. 그리하여 자신의 입장보다도 가족 전체를 먼저 생각한다. 부모의 경우 자신보다도 자식이 그저 잘되기를 바라고 걱정하고 안쓰럽게 여 긴다. 자식이 큰일을 해내었을 때에도 자신의 노고를 생각하지 않고 오히려 잘해주지 못했는데도 용하게 해내었다고 미안해하고 고마워한 다. 또한 가문을 위해 큰일을 했다고 대견해하고 자랑스러워한다. 자 식이 일을 잘하지 못했을 때에도 일방적으로 탓하기보다는 오히려 자 신이 제대로 보살펴주지 못하고 올바로 가르치지 못해서 그렇게 되었 다고 여긴다.

근래에 출간된 최상진의 『한국인 심리학』(중앙대학교출판부, 2000) 은 한국인의 가족의식이 보다 구체적으로 나타나고 있다. 가족이란 말 을 들었을 때 무엇이 생각나느냐는 질문에 '같은 피로 맺어진 사람들의 모임'이라고 응답한 경우가 다른 나라보다 높았고(한국 48.8%, 미국 9.4%, 일본 34.3%), 성인이 된 자녀가 진 부채에 대하여 부모가 모두 갚아주어야 한다는 응답도 한국의 부모가 가장 높았으며(한국 50.8%, 미국 23.7%, 일본 30.3%), 부부가 이혼을 하고 싶어도 자녀의 장래를 생각해서 그냥 같이 사는 것이 좋다는 의견도 가장 높았다(한국 91.6%, 미국 30.4%, 영국 21.8%). 자식을 키우는 의미에 있어서도 자신의 소망을 추구해줄 후계자를 갖고 싶다거나(32.1%), 가문의 대를 잇게 하기 위해(62.8%)라는 대답이 가장 높았다.

한국인들의 가족의식은 자식들의 경우에도 마찬가지이다. 자신이 잘못하거나 사업에 실패했을 때는 무엇보다도 부모 뵐 낯이 없음을 걱정한다. 일을 잘했을 때에도 부모의 고마움에 조금이나마 보답해드릴 수 있음을 기뻐한다. 그리하여 부모의 원수에게는 기꺼이 복수를 해야만 자식된 도리를 다한다고까지 생각하는 것이다.

이러한 면의 구체적인 예는 전국에 거주하는 중고생 1,621명을 대상으로 실시한 설문조사에서 성적 하락으로 가장 우려하는 것은 '부모의 실망'(동아일보,1994.9.7; 최상진,앞의 책)이라는 사실에서 잘 반증된다. 그리고 MIT공대에서 공부하는 아들이 보낸 다음의 편지 역시 잘 보여준다.

어머니 요즘 서울 날씨가 무척이나 쌀쌀해졌다는 소식을 접하곤 하는데 어디 불편한 데는 없이 잘 지내시는지요. 어머니가 그동안 보여주셨던 활기찬 생활 모습에 대한 기억 덕분에 다소 걱정이 덜하긴 하지만 그래도 옆에서 아들된 도리도 못하는 것에 항상 죄송한 마음뿐입니다.

— 차갑수, 『MIT공대로 보내기까지』, 건강신문사, 2003, 10쪽

  어머니가 자신에 대해 큰 기대를 가지고 있다는 것을 알고 그에 부응해야 된다고 생각하고 있는 것이다.
  이와 같이 한국인들의 가족의식은 아주 친밀한 것이어서 동일체 (oneness)로 인식하고 있을 정도이다. 부모는 자식의 고통이나 기쁨을 자신의 고통이나 기쁨으로 여기고 있고, 자식 역시 같은 태도를 지니고 있다. 부모는 자신의 몸과 마음을 헌신해서라도 자식을 보살피고 교육시키고, 자식 또한 그 고마움을 가슴속 깊이 새기고 있는 것이다. 이러한 한국인들의 가족인식이 손한옥 시인의 작품에 여실히 나타나 있다.

> 가도가도 마사토 깔린
> 산길을 내가 달린다
> 캡슐처럼 싸인 감꽃을 찢어
> 떫은 한입 가득 넣고 언제나 조급했다
> 올밤나무 아래서도 풋밤을 깠다
> 밤가시 박힌 고무신을 신고
> 길들지 않은 망아지처럼 산을 탔다
> 너무 일찍 나를 쫓던 남자 아이가 있었고
> 열두 살 그 아이는 얄궂게도
> 왕고모댁 손자였다
> 긴 강변 이따리목에서 수통미 강변까지
> 부농의 땅콩밭 지주였었다

생땅콩처럼 비린내 나던 풋정

그래도 난 땅콩이 익어가는 강변을 갔다

어른이 될 때까지

늘 어머니의 적(敵)은 나였고

말없이 나만 지켰다

그 어머니 지금 가고

나의 과거만 남은 빈집

오늘 스크린 속으로 달려간다

나의 미래가 있을지 모를

어머니의 그 집으로

— 「그 영화 속 집으로」 전문

　2002년에 개봉되어 많은 관객들로부터 사랑받은 이정향 감독의 「집으로」를 관람하고 난 뒤 쓴 것으로 보여지는 작품인데, 시인은 "어른이 될 때까지/늘 어머니의 적(敵)은 나였"다라고 실토하고 있다. 이 실토는 어머니(부모)에 대한 죄송함의 표시이다. 즉 자신의 어린 날들을 되돌아볼 때 어머니에게 죄송하다고, 그리하여 어머니라는 거울 앞에서 자신의 잘못을 빌고 있는 것이다.

　그렇다면 시인이 잘못했다고 투로하고 있는 내용은 어떤 것인가? 작품에서 그것은 특별히 나타나 있지 않지만 굳이 들어보자면 다름 아닌 "왕고모댁 손자"를 좋아했던 일이다. 그것도 더 엄격히 따져보면 자신이 먼저 좋아한 것이 아니라 열두 살이 된 그 아이가 "나를 쫓던" 것을 싫어하지 않은 일이다. 그러므로 그 아이의 관심을 거절하지 못하고 호의를 보인 것이 죄라는 것이다.

그 일이 진정 죄가 되는 것일까? 당연히 죄가 되지 않는다. 아직 세상에 대한 판단능력이 없는 미성년의 상황이기 때문에, 즉 열 살 무렵의 아이들에게는 흔히 있을 수 있는 일이고 또 그러한 경험이 필요하기 때문에 정당한 것이다. 인간은 부모의 품을 벗어나 이성에 대한 관심과 교류가 있어야만 주체적으로 이 세계를 바라볼 수 있고 또 자신의 존재를 비로소 인식할 수 있는 것이다. 따라서 시인이 그 일을 가지고 어머니에게 죄스러워하고 있는 것은 달리 생각해야 한다. 시인의 판단상 오류라기보다는 한국인들이 보편적으로 가지고 있는 가족의식을 드러낸 것으로 보아야 하는 것이다. 자식으로서 부모에 효(孝)를 다해야 하는데, 그 어머니는 "지금 가고" 없으니, 다소간이라도 걱정을 끼쳐드린 것을 뉘우치고 있음이다. 따라서 시인의 부모에 대한 죄스러움은 곧 효의 정신이고 조상 숭배사상인 것이다.

영화 「집으로」가 관객들에게 많은 사랑을 받은 것은 이 효사상 때문으로 보인다. 도시에서 바쁘게 살아가는 자식들 누구나 입신출세를 해 부모를 봉양하고 마음을 기쁘게 하고 또 가문을 자랑스럽게 하고 싶은 욕망을 가지고 있다. 그러나 이 치열한 경쟁사회에서 그러한 목표를 이루기는 너무나 어렵고 실제 이룰 수도 거의 없다. 따라서 자식들은 부모에 효를 다하지 못함으로 주눅들어 있는데, 시골의 외딴집에서 혼자 쓸쓸히 살아가고 있는 영화 속의 늙은 어머니를 통해 새삼 자신을 발견한 것이다.

이처럼 자식들에게 있어 어머니는 엄청난 존재이다. 인질 사건이 일어났을 때 경찰은 총을 쏘는 대신 인질범의 어머니를 데려와 종종 설득시키는데, 그만큼 어머니의 힘은 강하다. 어머니는 경찰의 총이나 칼보다도 무서우면서 동시에 영원히 편안하게 안길 수 있는 대상이다. 그리하여 군부대에 면회간 어머니의 품에서 자식은 엄격한 훈련을 이 겨냈음에도 불구하고 눈물을 흘리고 만다. 큰 시합에서 승리한 운동선 수 또한 기쁨의 눈물을 흘리면서 어머니를 찾는다. 이와 같은 것이 한 국인들의 가족의식이다. 어떤 계약으로 성립되는 것이 아니라 가슴속 에 흐르는 진한 유대감이다.

여덟 개의 어린 별을 지고 오르던
어머니의 잔등에는
할미꽃 검게 피고
수액이 빠져나간 뼛골마다
수숫대 울음소리 들린다

나, 그늘 아래 쉬고 있어
그 여름 모르고
내가 맨발로 밟아본 맨땅 없어
어머니 가슴으로 흐르던 빙하를 볼 수 없었다

오늘 밤
내 무릎 위에 얹힌 어머니의 손은
언 낙엽처럼 차가워
힘없는 손끝에서
깎은 손톱 하나
서쪽 하늘에 걸려 있다　　　　　　　　—「초승달」부분

어머니의 손톱을 보고 서쪽 하늘에 걸려 있는 초승달로 착상한 면이 뛰어난 작품인데, 부모에 대한 부채의식이 여전히 나타나고 있다. 그것은 "나, 그늘 아래 쉬고 있어/그 여름 모르고/내가 맨발로 밟아본 맨 땅 없어/어머니 가슴으로 흐르던 빙하를 볼 수 없었다"라는 토로에서 여실하다. 어머니의 헌신적인 보살핌을 알지도 못하고 그저 편안하게만 지내온 자신의 어린 날을 반성하고 있는 것이다. 어머니는 진정 "여 덟 개의 어린 별을 지고" 이 세상의 고갯길을 오르시느라 "잔등에는/할미꽃이 검게 피고/수액이 빠"지고 말았다. 그리하여 "내 무릎 위에 얹힌 어머니의 손은/언 낙엽처럼 차"기만 하다. 시인은 그 어머니의 몸을 회피하거나 싫어하지 않고 자식된 도리로서 품고 있는 것이다.

2

그런데 한국인들의 가족의식은 급격히 변화하고 있다. 그것은 다름 아니라 핵가족(nuclear family)의 확산 때문이다. 핵가족은 가족의 형태 중에서 가장 토대가 되는 것으로 부부 또는 부부와 그들의 미혼 자녀로 구성된다. 핵가족이 형성되는 배경은 이미 널리 알려져 있듯이 산업사회의 도래로 인해서이다. 산업사회로 인한 공업화 및 도시화는 개방성을 전제로 하고 있기 때문에 사람들의 지역적 이동이나 직업적 이동을 촉진시킨다. 사람들은 더 좋은 고용 기회와 삶의 조건 그리고 사회적 지위를 찾아 나서는 것이다. 따라서 가족 전체가 구성원인 확대가족(extended family)보다는 부부 중심인 핵가족이 현대사회에 있어서 유리하다.

핵가족화로 인해서 사람들은 가족관계에 대해서도 새로운 가치관을 갖는다. 도시적 특성이 체화(體化)되어 있는 사람들은 전통의 가족관으로부터 벗어나 부부의 필요에 의해 거주지를 옮기고 자녀의 출산과 교육을 결정한다. 따라서 기존의 가계(家系)가 지녔던 권위는 상실되고, 친척이나 인척의 영향도 줄어든다. 가족문제에 있어서 집안의 의견보다도 당사자들의 의사가 더 중요성을 갖는다. 그러므로 여성이나 자식들의 지위가 높아진다. 여성의 사회활동 기회가 증가함에 따라 부부간에 평등의식이 높아지고, 자식들도 부모에 절대적으로 복종하는 것으로부터 벗어나 가족문제에 의사결정권을 갖는 것이다.

따라서 전통사회에서 형성된 가족의식과 공업화 및 도시화된 사회에서 형성된 가족의식과는 상당한 괴리가 발생한다. 후자는 대단히 빠른 변화의 속도를 갖는데 비해 전자는 안정성을 지향하고 있기 때문에 서로간에 갈등이 일어날 수밖에 없다. 기존의 가족의식에서 형성된 질서 및 규범의식은 현대의 가족의식에서 추구하는 업적주의 및 물질주의와 조화를 이룰 수 없는 것이다.

> 그 문은 도구가 없어도 열 수 있는 곳
> 선이 없어 언제든지 넘나들 수 있고
> 밤이 없어 늘 환한 곳
> 그러나 그건 모서리다
> 휘몰아치던 바람도 숨을 멈추고
> 작고 앙증맞은 베일이 내려진 곳이다
> 물안개 같기도 하고
> 잘 가꾸어진 공원의 잔디 같은 것

쏜살같이 달려가던
발자국소리 낮추고
앞장서서 펄럭이던 치맛자락
슬그머니 여미고 머리만 빗는다
웬일인지
자꾸 서풍이 부는 밤
타래에 감긴 실끝을 마저 놓으며
오래오래 독대한 지위를 철수한다

그건
선명한 안심이다
또한 내 자유의 시작이다

—「아들의 집」전문

　한국의 부모에게 있어 "아들의 집"은 "도구가 없어도 열 수 있는 곳"이고 "선이 없어 언제든지 넘나들 수 있"는 곳이고 "밤이 없어 늘 환한 곳"이다. 그런데 시인은 그 아들의 집을 "모서리"로 여긴다. "쏜살같이 달려가던/발자국소리 낮추고/앞장서서 펄럭이던 치맛자락/슬그머니 여미고 머리만 빗"고 마는 것이다. 왜 이렇게 시인은 아들의 집 앞에서 망설이며 조심스러워하고 있는가? 그것은 바로 부모의 자격이 있지만 아들의 집을 소유할 수 없기 때문이다. 작품에서 명확하게 드러나지는 않았지만 "아들의 집"은 자식의 집이라기보다는 며느리의 집이기 때문에, 마음대로 할 수 없는 것이다. 그러므로 "오래오래 독대한 지위를 철수"할 수밖에 없다고 시인은 인정하고 있다.

이러한 모습이 핵가족으로 인해 생긴 상황이다. 핵가족은 자녀의 혼인으로 인해서 생긴다. 자녀들은 혼인을 계기로 해서 자신이 태어난 가족으로부터 독립해 나가 새로운 가족을 형성하는 것이다. 자식이 결혼한 뒤 부거제(patrilocal residence)를 취한다고 할지라도 확대가족이 아니므로 부모와의 거리는 멀어지게 되고 따라서 부모의 권위는 약화될 수밖에 없다. 확대가족에서는 아들이 혼인을 해도 분가하지 않고 함께 살기 때문에 며느리는 남편의 아내로서보다도 시부모의 며느리라는 지위를 갖는다. 한국에서 흔히 아들의 혼인을 일컬어 '며느리본다' 라고 말하고 있는 것이 그러한 상황의 반영이다. 딸의 혼인을 '시집보낸다' 라고 말하고 있는 것 역시 남편의 집으로 들어가 사는 것을 나타냄이다.

핵가족은 이러한 가족의식을 바꾸어 놓았다. 물론 철저한 개인주의에 입각한 서구와는 달리 부모와 자식간의 협력관계가 계속 유지되고 있지만 종래와는 비교할 수 없는 것이다. 따라서 그 사실을 인정하는 것이 옳고 또 필요하다. "그건/선명한 안심이"고 "또한 내 자유의 시작이"라는 인식이 필요한 것이다. 이러한 인식은 시대를 정확하게 이해하고 수용해서 적극적으로 적응하는 모습이다. 자신의 주체적인 삶을 위해서 그리고 자식을 진정으로 사랑하기 위해서 필요한 것이다.

세상에서 가장 큰 소원 하나 목에 걸고
징검다리 건너건너
옥수수 대궁 같은 등에 업은
새끼 부엉새 한 마리
내려놓는다

고운 파랑새 날갯짓하는

　보리밭 푸른 들판에

—「부엉새 둥지」 부분

　자식이 독립할 때가 되었음을 인정하고 "세상에서 가장 큰 소원 하나 목에 걸고" "새끼 부엉새 한 마리/내려놓는" 부모의 이 마음. "세상에서 가장 큰 소원 하나"는 당연히 세상의 모든 부모들이 바라는 것과 마찬가지로 자식이 잘 살기를 바라는 것이다. 그러나 그 마음으로 자식을 소유하려는 것은 곤란하다.

　근래에 부모와 자식간의 불화로 인해 반윤리적인 사건이 많이 발생하고 있는 것은 이러한 기대치의 차이가 지나쳐서이다. 유교주의에 젖어 있는 부모는 자식들에게 위계질서와 복종을 기대하지만 서구화된 자식은 자신의 의지와 자유를 더 중시한다. 그리하여 서로간의 기대치가 큰 차이가 나기 때문에 문제가 발생한다. 이런 점에서 부모로서의 기대치를 끊고 "보리밭 푸른 들판에" 자식을 내려놓는 시인의 행동은 용기 있는 모습이다.

　3

　이제 시인이 나아가야 할 방향은 어떤 것일까? 핵가족 사회에서 부모는 자식에 비해 새로운 환경에 대한 적응과 활용이 떨어질 수밖에 없다. 따라서 자식을 자신의 권위로 복종시키지 못한다고 개탄해서는 안 된다. 오히려 「아들의 집」에서 보여준 것처럼 "그건/선명한 안심이"고 "또한 내 자유의 시작이"라고 인식해야 하는 것이다. 그것이 자신과

자식 모두를 살리는 길이다. 그런 점에서 다음의 시가 의미하는 바는
크다.

　　그건 끌어당기는 것이 아니라
　　스스로 뛰어드는 것처럼 보인다
　　빨간 불을 켠 자동차들이
　　싸늘한 가로 속으로 묻혀
　　흰 무명 옷자락만 펄럭인다

　　이 운무 속
　　깊은 숲은 가지를 접어
　　늘 겪는 일처럼 고요히 가라앉고
　　숲을 지키던 가시나무새도
　　길들은 것처럼
　　날개를 접고 있다

　　마지막 어제까지
　　열매를 익힌 가을도
　　거대한 안개 대열에
　　의무처럼 떠밀려 가고

　　지경을 가다듬고 서 있는 내 응신은
　　귀기 어린 이 침몰을 거부하며
　　퇴각의 장소에 서서

안개의 심장부를 겨냥하여

시위를 당긴다

—「안개」 전문

"귀기 어린 이 침몰을 거부하며/퇴각의 장소에 서서/안개의 심장부를 겨냥하여/시위를 당기"는 시인의 이 자세는 자신의 가치관보다 빠르게 변화하는 사회를 탓하거나 제대로 적응하지 못하는 자신을 책망하는 것이 아니라 자신을 지키려는 것이기에 의미가 크다.

현대를 흔히 위기의 시대라고 일컫는데, 자신의 가치관에 비추어보았을 때 비인간적인 삶의 조건들이 팽배하다고 여기기 때문이다. 실제 과학기술의 발달로 인해 물질문명이 속도를 내고 있지만 인간의 도덕 질서는 흐트러지고 있고, 인간의 생활은 편리하지만 환경은 점점 황폐해지고 있고, 인간이 모일 수 있는 기회는 많아지고 있지만 개인은 점점 소외감을 느끼고 있다.

그러나 이러한 시대에 대한 책임은 다름 아닌 자신이 져야 한다. 자신에게 인간의 위기가 있음을 인식해야 하는 것이다. 그러므로 세속적인 이해관계로 떠도는 평판이나 소문이나 뉴스에 귀기울이는 것보다 자신의 존재를 사유하는 것이 필요하다. 시인들이 이 핵가족화의 시대에 필요한 이유는 이 때문이다. 시인들은 자신의 존재에 귀를 기울이는 자세를 가져야 한다. 하이데거(M.Heidegger)가 말했듯이 언어를 통해 자기 존재의 집을 지어야 하는 것이다.

실존분석학의 거장 롤로 메이(Rollo May)는 『자아를 잃어버린 현대인』(백상창 역, 문예출판사)에서 연극 〈오레스테스〉를 들어 자아에 대해 진단했다. 어린애는 탄생 후 탯줄을 끊었을 때에 하나의 육체적인 개체가 되지만, 적당한 시기에 심리적인 탯줄을 끊지 못하면 항상 부모의 슬하를 떠나지 못하는 존재가 된다고. 진정한 사랑은 확대해 나가는 것이지 결코 다른 사람을 배제하는 것이 아니라고. 배제의 사랑은 어머니와 아내 중에서 택일해야 된다는 결론이 나온다. 어머니에게 얽매여 있어 어머니를 즐겁게 해줌으로써 어떤 보상을 받는 자식은 병적인 사랑을 할 뿐이다. 자식이 어머니의 자궁에서 자라나고 어머니의 젖을 먹고 자라났기 때문에 친밀하지만, 심리적 탯줄을 끊지 못한다면 과거 지향성을 띠고 만다. 오레스테스가 어머니의 자궁 속으로 돌아가고 싶은 유혹을 거절하지 못한 것과 같은 것이다.

미케네의 왕 아가멤논이 트로이와의 전쟁에서 희랍군을 지휘하고 있는 동안 그의 부인인 클리템네스트라는 숙부인 에기스투스와 사랑을 나눈다. 그리고 아가멤논이 전쟁터에서 돌아오자 죽여버리고 어린 아들 오레스테스를 추방한다. 그 후 성장한 오레스테스는 어머니에게 복수하려고 나타난다. 클리템네스트라는 칼을 든 아들을 보자 "나의 저주가 오죽했겠는가. 내 아들아 알아다오." 하며 지난날의 남편을 저주하면서 오레스테스의 동정을 산다. 그리고 아들을 껴안고 정열적으로 키스를 한다. 그 바람에 오레스테스는 "나는 모르겠습니다." 하고 칼을 떨어뜨리고 만다. 그 틈을 타서 클리템네스트라는 병사들을 불러 반격을 가해, 오레스테스는 다시 쫓겨나고 만다. 그 후 오레스테스는 아테네 사람들이 주재하는 법정에서 재판을 받게 되는데 지혜의 여신인 아테네는 "만약 인류가 하나의 사람으로 발전하기 위해서 증오하는 부모의 쇠사슬을 풀 것이 필요하다면 부모의 살생도 불사한다."라고 선언한다. 오레스테스는 결국 용서를 받는 것이다.

그렇다면 이 연극에서 부모를 죽인다는 것은 무엇을 의미하는가?

그것은 다름아니라 자신의 성장과 자유를 가로막는 권위주의적 힘에 대항하는 것이다. 이런 점에서 자기 성장과 발전을 향해 나아갈 것인가, 아니면 탯줄에 얽매여 부모의 보호를 받으며 머무를 것인가를 시인들은 고민해야 한다.

이런 점에서 손한옥 시인의 가족인식은 보다 주체적이고 변화적이고 미래적일 필요가 있다. "저 언덕의 도도한 침묵을 향하여/내 생의 오선지 중에서 가장 높은 음의/노래를 남기려고"(「높은음자리표」) 해야 하는 것이다. 그것은 신화의 세계에서 이루어지는 것이 아니라 "불린 흰콩을 갈아 불을 가장 낮추어 걸쭉한 죽을 끓"(「가장 낮은 불이」)이는 가족의 집에서, 존재의 집에서, 가능한 일이다.

(《미네르바》, 2003년 봄호)

시의 비유
인유(引喩)의 의미와 기능

1. 인유의 정의

인유(allusion)란 널리 알려진 말이나 글, 고사(故事), 격언, 역사적 사건, 인명 등을 작품에 인용함으로써 글의 의미를 보다 효과화하는 비유법의 한 가지이다. 인유는 과거의 문화적·역사적 자산을 현대의 작품에 활용함으로써 전통성을 되살리면서 새로운 의미를 창출한다는 데에 의의가 있다. 인유는 역사가 아주 오래된 것이어서 서기 500년경에 씌어진 유협(劉勰)의 『문심조룡(文心雕龍)』 사류(事類) 편에서 이미 잘 설명하고 있다. 문학의 창작원리와 수사를 뛰어나게 논한 이 『문심조룡』에서 사류란 "여러 사례들을 원용하여 글의 의미를 증명하고, 옛일들을 인용하여 현재의 의미를 증명하기 위한 문장"[1]이라고 규정하고 있다. 유협은 재능과 학식을 구별되는 것으로 파악하고, 재능은 선천적으로 타고나는 섯임에 비해 학문은 밖에서 읽어지는 것이라고 보았다. 그리하여 학식이 적은 사람은 의미를 확증할 수 있는 사실을 구하기가 어렵고, 재능이 부족한 사람은 감정을 표현하기 위한 적당한

---

1) 유협, 최동호 역, 『문심조룡』, 민음사, 1994, 445쪽.

말을 찾기가 어려우므로 생각이 떠올라 붓을 움직여 문장을 창작할 때 재능이 주역이 되고 학식이 이를 보좌한다면 문장은 능히 생동감을 얻을 수 있다고 했다.

인유에 대해서는 유약우(劉若愚)의 『중국시학』에서도 강조되고 있다. "인유의 사용은 현학의 전시가 아니라 전체 시 구도의 한 유기적 부분으로서 그것들은 준비되었으므로 하나의 정당한 시적 기교가 된다. 심상이나 상징들과 같이 인유들은 효과적이고 경제적으로 어떤 감정이나 장면을 구체화하고 다양한 연상을 불러일으키며, 시에 관계되는 말들을 확장시킬 수가 있다"²⁾고 본 것이다.

우리의 한시 창작기법의 하나인 용사(用事)도 인유의 한 유형이라고 볼 수 있다. 용사는 "고사를 인용한다는 뜻을 지닌 말이며… (중략) …시문을 지을 때 역사적 사실과 같은 前代에 있었던 일이나 前人의 말 또는 글을 이끌어다 씀으로 자신의 논리를 보완하는 작법"³⁾이다. 용사 없이도 참신한 문장을 나타낼 수 있겠지만 자신의 논리를 보완하고 보다 알차고 남다른 새로운 뜻을 만들기 위하여 고사를 적절히 인용하는 것이 필요하다는 것이다.

서양의 창작기법인 패러디(parody)도 인유의 한 유형이다. 패러디를 넓은 의미로 파악하면 텍스트와 텍스트간의 '반복과 다름'이라고 파악할 수 있는데, 과거의 문학작품이나 관습에 되비춰봄으로써 문학 형식의 새로운 가능성을 찾고자 하는 데에 기반하고 있다.⁴⁾ 따라서 패

---

2) 유약우, 이장우 역, 『중국시학』, 명문당, 1994, 250쪽.
3) 정요일, 「용사(用事)와 신의(新意)가 오해된 이유」, 정요일 외, 『고전비평연구』, 태학사, 1998, 175쪽.
4) 정끝별 , 『패러디 시학』, 문학세계사, 1997, 30쪽.

러디는 상호텍스트성(intertextuality)이나 메타픽션(metafiction), 혼성 모방 등의 포괄적 의미로도 사용될 수 있는데, 기존 작품의 형식이나 특정한 문제를 존속시키면서 새로운 주제나 내용을 창의하는 문학 양식인 것이다. 따라서 패러디와 표절은 구별된다. 그 구별은 자신의 글이 기존의 글을 차용하고 있음을 드러내고 있는가 아니면 은폐하고 있는가에 일차적으로 달려 있다. 패러디는 차용의 사실과 동기를 드러내어 윤리적으로나 예술적으로 용납될 수 없는 표절과는 다른 것으로 기존의 작품을 답습(pashtich 또는 plagiarism)하는 것이 아니라 창의성을 추구한다는 점에서 궁극적으로 차이가 있는 것이다.

유종호는 영시(英詩)에서 인유를 가장 많이 활용한 시인은 엘리엇(T.S.Eliot)이라고 했다.[5] 엘리엇은 자신의 시적 위엄이 확립되기 이전에는 빈번히 표절시인이라는 오명을 받았지만 인유를 통해 과거와 현재를 대조함으로써 중층적 효과를 내었고 역사의식이 견고한 전통 시인으로 성숙해나갔다는 것이다. 엘리엇은 새로운 작품은 기존의 문학 질서에 변화를 가하여 또 다른 균형을 낳게 마련이라고 했는데, 문학의 전통을 의식하고 쓰는 시인은 부지중에 과거의 문학을 패러디하므로 인유가 적절하면 문학적 성취가 이루어진다고 본 것이다.

이와 같이 인유는 시 창작에 있어서 중요한 비유법의 하나이다. 창작자가 역사적이거나 허구적인 사건, 인물, 선인들의 문장을 단순히 인용하는 데에 그치지 않고 작품의 전통을 수용함으로써 의미를 보다 풍부하게 하면서도 독자들과 함께하는 데에 유용하다. 인유의 사항은 그 사회의 구성원들 모두가 잘 알고 있는 것인 만큼 창작자와 독자 사

---

5) 유종호, 『문학이란 무엇인가』, 민음사, 1989, 331쪽.

이에 친밀한 공감대를 살 수 있는 것이다.

시인 역시 사회적인 존재여서 선인들이 이룩한 거대한 문화의 적층 더미 위에서 그 업적을 정리·해석·평가하며 재창조하는 자들이라고 볼 수 있다. 따라서 한 시인의 시작품은 고유한 성과물이지만 시간과 공간을 넘어 끊임없이 반복되는 재창작 행위의 산물이기도 하다. 그러므로 인유는 이전 텍스트에 대한 단순한 모방이나 추종이 아니라 그것을 비판하고 수용하며 문학의 전통에 대한 확인과 새로운 가능성을 제시하는 창작의 한 방법인 것이다.

2. 인유의 기능

그 어떤 시인도 자신이 살아가는 시대와 사회로부터 자유로울 수는 없다. 따라서 창작의 수단으로 사용하는 언어에는 그 사회의 가치와 이념이 내포되어 있고, 시인이 창의성을 발휘하여 나타내는 아이러니, 역설, 직유, 상징, 의인화 등의 표현 기법 또한 마찬가지이다. 특히 인유는 역사적 사건이나 글을 통해 독자와의 공감대를 친밀하게 형성하는 데에 유리하다. 시인과 독자는 지식과 경험을 공유함으로써 역사인식 및 사회인식을 고양하게 되는 것이다. 그 예를 김수영의 다음 시에서 여실히 볼 수 있다.

　나는 아직도 앉는 법을 모른다
　어쩌다 셋이서 술을 마신다 둘은 한 발을 무릎 위에 얹고
　도사리지 않는다 나는 어느새 남(南)쪽식으로
　도사리고 앉았다 그럴 때는 이 둘은 반드시

이북(以北) 친구들이기 때문에 나는 나의 앉음새를 고친다

팔·일오(八·一五) 후에 김병욱이란 시인(詩人)은 두 발을 뒤로
꼬고

언제나 일본여자처럼 앉아서 변론을 일삼았지만

그는 일본대학에 다니면서 사년(四年) 동안을 제철회사에서

노동을 한 강자(強者)다

나는 이사벨 버드 비숍여사(女史)와 연애하고 있다 그녀는

일팔구삼(一八九三)년에 조선을 처음 방문한 영국왕립지학협회

회원(英國王立地學協會會員)이다

그녀는 인경전의 종소리가 울리면 장안의

남자들이 사라지고 갑자기 부녀자의 세계(世界)로

화하는 극적(劇的)인 서울을 보았다 이 아름다운 시간에는

남자로서 거리를 무단통행(無斷通行)할 수 있는 것은 교군꾼,

내시, 외국인(外國人)의 종놈, 관리(官吏)들뿐이다 그리고

심야(深夜)에는 여자는 사라지고 남자가 다시 오입을 하러

활보(闊步)하고 나선다고 이런 기이(奇異)한 관습(慣習)을 가진
나라를

세계 다른 곳에서는 본 일이 없다고

천하(天下)를 호령한 민비(閔妃)는 한번도 장안 외출(外出)을 하
지 못했다고……

전통(傳統)은 아무리 더러운 전통(傳統)이라도 좋다 나는 광화문

(光化門)

　　네거리에서 시구문 진창을 연상하고 인환(寅煥)네

　　처갓집 옆의 지금은 매립(埋立)한 개울에서 아낙네들이

　　양잿물 솥에 불을 지피며 빨래하던 시절을 생각하고

　　이 우울한 시대를 패러다이스처럼 생각한다

　　버드 비숍여사(女史)를 안 뒤부터는 썩어빠진 대한민국이

　　괴롭지 않다 오히려 황송하다 역사(歷史)는 아무리

　　더러운 역사(歷史)라도 좋다

　　진창은 아무리 더러운 진창이라도 좋다

　　나에게 놋주발보다도 더 쨍쨍 울리는 추억(追憶)이

　　있는 한 인간(人間)은 영원하고 사랑도 그렇다

　　비숍여사(女史)와 연애를 하고 있는 동안에는 진보주의자(進步
主義者)와

　　사회주의자(社會主義者)는 네에미 씹이다 통일(統一)도 중립(中
立)도 개좆이다

　　은밀(隱密)도 심오(深奧)도 학구(學究)도 체면(體面)도 인습(因
習)도 치안국(治安局)

　　으로 가라 동양척식회사(東洋拓殖會社), 일본영사관(日本領事
館), 대한민국관리(大韓民國官吏),

　　아이스크림은 미국놈 좆대강이나 빨아라 그러나

　　요강, 망건, 장죽, 종묘상(種苗商), 장전, 구리개 약방, 신전,

　　피혁점, 곰보, 애꾸, 애 못 낳는 여자, 무식(無識)쟁이,

　　이 모든 무수(無數)한 반동(反動)이 좋다

이 땅에 발을 붙이기 위해서는

제삼인도교(第三人道橋)의 물 속에 박은 철근(鐵筋)기둥도 내가 내 땅에

박는 거대한 뿌리에 비하면 좀벌레의 솜털

내가 내 땅에 박는 거대한 뿌리에 비하면

괴기영화(怪奇映畵)의 맘모스를 연상시키는

까치도 까마귀도 응접을 못하는 시꺼먼 가지를 가진

나도 감히 상상(想像)을 못하는 거대한 거대한 뿌리에 비하면……

— 김수영, 「거대(巨大)한 뿌리」전문

이사벨라 버드 비숍(Isabella Bird Bishop,1831~1904)은 영국 왕립 지학협회 최초의 여성 회원으로 1894년부터 1897년까지 네 차례에 걸쳐 조선을 방문한 뒤 『한국과 그 이웃 나라들(Korea and Her Neighbours)』(이인화 역,살림,1994)을 저술했다. 이 책에서 비숍 여사는 고종과 민비의 왕실부터 최하층 빈민에 이르기까지 조선인들의 삶의 면면을 아주 세밀하고 정확하게 그렸는데, 그 방대한 자료와 생생한 현장감이 책의 가치를 높여주고 있다.

비숍 여사는 조선에 대한 첫인상을 "별로 없는 2월에는 섬뜩하고 험악하게만 보일 뿐인 부산의 헐벗은 고동색 언덕"(31쪽)으로 묘사한 것에서부터 "때묻은 흰옷을 입고 늘 무언가를 운반하고 있는 똑같은 짐꾼들, 빈민가의 귀퉁이에서 삶을 흘려보내고 있는 똑같이 활기 없고 더러운 아이들, 고기 토막에 힘없이 꼬리를 흔드는 똑같은 다갈색 개

들"(67쪽)이라고 서울의 모습을 묘사했듯이 호감을 갖지 않았다. "빛 바래가는 왕조의 광휘와 필설로 형용할 수 없이 궁핍한 삶"(49쪽)과 "목적 없이 빈둥거리는 군중들과 그들의 중세적인 행렬"(49쪽)을 본 것이었다. 그러나 비숍 여사는 조선에서 1년을 보내고 나서는 조선이 세계의 그 어떠한 나라보다도 아름답다는 것을 깨닫고 조선 민중들의 풍속과 삶을 이해하고 깊은 애정을 가졌다.

김수영이 역사인식을 바꾼 것은 비숍 여사의 『한국과 그 이웃 나라 들』을 읽고 나서였다고 보인다. 「거대한 뿌리」에서 "인경전의 종소리 가 울리면 장안의/남자들이 사라지고 갑자기 부녀자의 세계로/화하는 극적인 서울"의 모습이나 "천하를 호령한 민비는 한번도 장안 외출을 하지 못했다"고 그리고 있는 것은 비숍 여사의 저서(63쪽)에 나오는 내용이다. 결국 김수영은 비숍 여사가 한국에 대해서 부정적으로 인식 하다가 긍정적으로 바꾼 사실을 이 글을 통해서 깨닫고, 4·19혁명 후 의 정치 사회적 혼란에 대해 실망하던 자세를 바꾸어 한국의 상황과 그 속에서 살아가는 민중들을 긍정적으로 받아들인 것이다.

김수영은 4·19혁명 직후의 온갖 분분한 정치 논쟁, 통일 논의, 여 전히 부패한 관리, 미국과 일본의 교활한 식민지 정책 등에 실망하고 있었다. 그러나 비숍 여사가 더럽고 궁핍한 삶의 조건 속에서도 그 나 름대로 살아가는 조선 민중들을 발견했듯이 김수영은 "더러운 진창"에 박힌 민중들의 힘을 인식했다. "이 우울한 시대"며 "썩어빠진 대한민 국" 속에서도 뿌리박고 살아가는 민중들의 존재성을 발견한 것이다. 역사는 강대국이나 관리들에 의해서가 아니라 민중들에 의해서 그 토 대가 만들어지기 때문에 김수영이 민중들을 발견한 것은 매우 중요한 사실이다. 그리하여 김수영은 "전통은 아무리 더러운 전통이라도 좋다", "역사는 아무리/더러운 역사라도 좋다", "진창은 아무리 더러운 진창이라도 좋다"라고 당당히 말하고 있는 것이다. 이러한 김수영의 역사인식은 붓으로 그릴 수 없을 만큼 빈곤한 삶 속에서도 꿋꿋이 살아가는 조선 민중들을 발견한 "이사벨 버드 비숍여사"를 인유하고 있어 보다 굳건하게 여겨진다.

인유의 예는 황지우의 다음 시에서도 확인된다.

張萬燮氏(34세,普聖物産株式會社 종로 지점 근무)는 1983년 2월 24일 18 : 52 #26, 7, 8, 9……, 화신 앞 17번 좌석버스 정류장으로 걸어간다. 귀에 꽂은 산요 레시바는 엠비시에프엠 "빌보드 탑텐"이 잠시 쉬고, "중간에 전해드리는 말씀", 시엠을 그의 귀에 퍼붓기 시작한다.

쪼옥 빠라서 씨버주세요. 해태 봉봉 오렌지 쥬스 삼배권!
더욱 커졌씁니다. 롯데 아이스콘 배권임다!
뜨거운 가슴 타는 갈증 마시자 코카콜라!
오 머신는 남자 캐주얼 슈즈 만나줄까 빼빼로네 에스에스 패션!

보성물산주식회사 종로 지점 근무, 34세의 장만섭 씨는 산요 레시바를 벗는다. 최근 그는 머리가 벗겨진다. 배가 나오고, 그리고 최근 그는 피혁 의류 수출부 차장이 되었다. 간밤에도 그는 외국 바이어들을 만났고, "그년"들을 대주고 그도 "그년들 중의 한 년"의 그것을 주물럭거리고 집으로 와서 또 아내의 그것을 더욱 힘차게, 더욱 전투적이고 더욱 야만적으로, 주물러주었다. 이것은 그의 수법이

다. 이 수법을 보성물산주식회사 차장 장만섭 씨의 아내 김민자 씨
(31세, 주부, 강남구 반포동 주공아파트 11325동 5502호)가 낌새챌 리 없
지만, 혹은 챘으면서도 모른 체해 주는 김민자 씨의 한 수 위인 수법
에 그의 그것이, 그가 즐겨 쓰는 말로, "갸꾸로, 물린 것"인지도 모
르지만, 그가 그의 아내의 배 위에서, "그년"과 놀아난 "표"를 지우
려 하면 할수록, 보성물산주식회사 차장 장만섭 씨는 영동의 룸쌀롱
"겨울바다"(제목이 참 고상하지. 시적이야. 그지?)의 미스 췬가 챈가 하
는 "그년"을 더욱더 실감으로 만지고 있는 것이다.

　아저씨 아저씨 잇짜나요 내일 나제 아저씨 사무실 아프로 나갈께
나 마신는 거 사 줄래

　커 죠티(보성물산주식회사 장만섭 차장은 '일간스포츠'의 고우영 만화
에 대한 지독한 팬이다)

　잇짜나요, 그리구,

　어쩌구 저쩌구 해서 오늘 장만섭 씨는 미스 췬가 챈가 하는 여자
를 낮에 만났고, 대낮에 여관으로 갔다. 그리고 1983년 2월 24일
19 : 08 #36, 7, 8, 9……, 그 장만섭씨는 화신 앞 17번 좌석버스 정류
장에 늘어선 열의 맨 끝에 서 있다. 1983년 2월 24일 19 : 10 #51, 2,
3, 4……, 장만섭 씨는 열의 중간쯤에 서 있다. 1983년 2월 24일
19 : 15 #27, 8, 9…… 先進祖國의 서울 시민들을 태운 17번 좌석버
스는 안국동 방향으로 떠나고 장만섭 씨는 그 열의 맨 앞에 서 있다.
그의 손에는 아들, 장일석(6세)과 딸, 장혜란(4세)에게 줄 이 티 장
난감이 들려져 있다. 보성물산주식회사 장만섭 차장은 무료했다. 그
는 거리에까지 들려 나오는 전자 오락실의 우주 전쟁놀이 굉음을 무
심히 듣고 있다.

슝슝슝슝슝슝슝슝슝슝슝슝슝슝슝슝슝

띠리릭 띠리릭 띠리리리리리리릭

피웅피웅 피웅피웅 피웅피웅피웅피웅

꽝! ㄲㅗㅏㅇ!

PLEASE DEPOSIT COIN

AND TRY THIS GAME!

또르르르륵

그리고 또 다른 동전들과 바뀌어지는

슝슝과 피웅피웅과 꽝!

그리고 슝슝과 피웅피웅과 꽝! 을 바꾸어주는, 자물쇠 채위진 동전통의 주입구(이건 꼭 그것 같애, 끊임없이 넣고 싶다는 의미에서 말야)에서,

그러나 정말로 갤러그 우주선들이 튀어나와, 보성물산주식회사 장만섭 차장이 서 있는 버스 정류장을 기총 소사하고, 그 옆의 신문대를 폭파하고, 불쌍한 아줌마 꽥 쓰러지고, 그 뒤의 고구마 튀김 청년은 끓는 기름 속에 머리를 처박고 피를 흘리고, 종로 2가 지하철 입구의 戰警버스도 폭삭, 안국동 화방 유리창은 와장창, 방사능이 지하 다방 "88올림픽"의 계단으로 흘러내려가고, 화신 일대가 정전되고, 화염에 휩싸인 채 사람들은 아비규환, 혼비백산, 조계사 쪽으로, 종로예식장 쪽으로, 중소기업협동조합중앙회 쪽으로, 우미관 뒷골목 쪽으로, 보신각 쪽으로

그러나 그 위로 다시 갤러그 3개 편대가 내려와 5천 메가톤급 고성능 핵미사일을 집중 투하, 집중 투하!

짜 자 잔

GAME OVER

한다면,

— 황지우, 「徐伐, 셔볼, 셔울, 서울, SEOUL」 전문

　이 작품을 시라고 할 수 있을까 하는 의문이 언뜻 들기도 하지만, 시적 밀도를 충분히 갖추고 있으므로 당연히 시라고 볼 수 있다. 시가 무엇이라고 규정된 인습을 깨트리는 것이야말로 중요한 시 정신이다. 1980년대에 가장 비시적인 시를 쓴 시인은, 즉 기존의 시와는 다른 창의적인 시를 쓴 시인은 박노해와 황지우일 것이다. 황지우의 해체시 형식과 박노해의 산문시 형식은 기존의 시 기준으로 보면 아주 비시적인 것이었지만, 치열한 시 정신에 의해 시가 아닌 것도 시가 될 수 있음을 여실하게 반증시켜 시의 의미를 보다 확대시킨 것이다.

　「徐伐, 셔볼, 셔울, 서울, SEOUL」에 등장하는 "장만섭 씨"는 이중인격자이다. 그는 퇴근하면서 "아들, 장일석(6세)과 딸, 장혜란(4세)에게 줄 이 · 티 장난감"을 사 가지고 갈 정도로 자식들에게 자상한 아버지이고, 부부관계에 있어서도 갈등이 보이지 않는 성실한 남편이다. 또한 직장에서도 능력을 인정받아 "최근 그는 피혁 의류 수출부 차장이" 되었다. 그리고 한 시민으로서도 모범인이어서 "1983년 2월 24일 18 : 52"분에 퇴근해서 "19 : 15"분까지 약 23분간을 줄을 서서 "17번 좌석

버스"를 기다리는 동안 새치기 따위를 하지 않을 정도로 공중도덕을 잘 지키고 있다.

그런데 그는 외국 바이어들을 접대하면서 "그년들 중의 한 년의 그것을 주물럭거리고" 또 "미스 츤가 챈가 하는 여자를 낮에 만났고 대낮에 여관으로" 갈 정도로 성도덕이 타락한 인물이다. 그는 또한 직장에서도 외국 바이어들과 정당하고 합리적인 방법으로 계약을 맺지 않고 "그년들을 대"줄 정도로 목적을 달성하기 위해서는 수단과 방법을 가리지 않는다. 그리고 집으로 갈 버스를 기다리는 동안 "거리에까지 들려 나오는 전자오락실의 우주 전쟁놀이 굉음을 무심히" 들으면서 갤러그 우주선들이 튀어나와 세상을 기총 소사하고 폭파하는 것을 가상할 정도로 불건전한 사고를 하고 있다.

그런데 이 작품을 읽고 나면 "장만섭 씨"를 전적으로 미워하기보다는 측은한 마음이 들고 나아가 그를 그렇게 만든 사회 역시 책임을 져야 한다는 생각이 든다. 이런 점에서 위의 작품의 '서울' 표기가 "徐伐"로부터 알파벳 "SEOUL"로 옮겨진 것은 상징하는 바가 크다. 타락한 서구식 자본주의가 판을 치는 오늘의 도시 상황을 여실히 상징하고 있는 것이다. 그 "SEOUL"은 시엠 방송이 난무하고 매춘행위가 공공연하고 전자오락실이 성행하고 생존 경쟁이 치열한 곳이어서 한 개인이 적응해서 살아가려면 타락할 수밖에 없다. 황지우 시인은 이 타락한 사회를 "엠비시에프엠"의 "시엠" 방송이며, "겨울바다"리는 룸살롱이며, "일간스포츠의 고우영 만화" 등의 각종 문화를 인유해서 효과적으로 비판하고 있는 것이다.

어네스트 레먼,

스포트라이트를 받으며
느리게 아주 느리게 노구를 끌고 나온다

-누가 버지니아 울프를 울렸나
-북북서로 진로를 돌려라
-왕과 나
-사운드 오브 뮤직
-웨스트 사이드 스토리
-사브리나

옷이 헐거워진 그의 발자국들이
멀리서부터 빛난다
불거진 혹이 유난하다

객석이 술렁술렁 파도를 치고
모두 일어서서
박수를 보낸다
오스카상 공로상을 주고 있는
저 바닷물의 박수
늙은 낙타 발자국에 넘쳐흐른다

— 허청미, 「기립 박수」 전문

어네스트 레먼(Ernest Lehman)은 미국작가협회로부터 다섯 번의 최
고 각본상과 명예상, 제73회 아카데미 공로상까지 받은 화려한 수상경

력이 말해주듯이 할리우드가 배출한 최고의 시나리오 작가이다. 그는 1954년 「사브리나」를 필두로 1959년 「북북서로 진로를 돌려라」, 1961년 「웨스트 사이드 스토리」, 1966년 「누가 버지니아 울프를 울렸나」 등의 명작을 썼다.

위의 작품은 그 어네스트 레먼이 공로상을 받는 장면을 그린 것인데, 단순히 시상식을 그리는 데 머무르지 않고 한 인간의 진정한 삶의 가치를 새기고 있어 의미가 크다. 일반적으로 영화제의 시상식에 있어서 공로상은 세인들의 관심을 그다지 끌지 못한다. 작품상, 감독상, 남우주연상, 여우주연상 등을 누가 수상하는가에 대부분 관심이 있고, 공로상을 누가 수상하는가는 기술상이나 음향상 같은 부문과 마찬가지로 주목하지 않는 것이다. 하지만 공로상은 영화가 만들어지는 데 기여한 인물을 기리기 때문에 매우 영예로운 상임에는 틀림없다.

따라서 어네스트 레먼의 공로상 시상식을 그린 위의 작품은 그 장면에 대한 단순한 묘사를 넘어 한 인간에 대한 가치를 추구하고 있다. 영화의 분야에서 꼭 필요한 시나리오 작가의 길을 최선을 다해 걸어온 한 원로에 대해 예우를 갖추고 있는 것이다. 그리하여 위의 작품은 젊은 세대에 의해 구세대들이 점점 사회에 기여하지 못하는 무능력한 대상으로 치부되는 오늘의 풍조를 되돌아보게 한다. 인간이 인간을 신뢰하고 존경하는 것이 공동체적 삶의 가치이고 이상이다. 이런 차원에서 어네스트 레먼이라는 세계적인 시나리오 작가를 인유하고 있는 위의 작품은 그와 같은 인간정신을 잘 나타내고 있다.

(《시를 사랑하는 사람들》, 2003년 3, 4월호)

나무와 물의 그리움, 그 변주곡

방미영, 『잎들도 이별을 한다』, (을파소, 2000)론

1

방미영 시들을 지배하는 소재는 "나무"와 "물"이다. 나무와 물은 별개의 대상이지만 시인의 시에서는 결합관계로 나타나고 있다. 나무와 물이 별개 존재라는 피상적 인식을 넘어 물이 없으면 나무가 생명을 유지할 수 없고 나무가 없으면 물이 존재할 의미가 없다는 시인의 깊은 세계인식의 결과이다. 그리하여 시인의 시들은 나무와 물의 변주곡 혹은 나무로부터 물까지의 변주곡이다. 그것은 「선운사 동백」을 시작으로 「여름 미루나무」, 「밤 안개 속에 홀로 선 나무」, 「가을 나무」, 「바닷가 나무」, 「여름 나무로부터 가을 나무」, 「비오는 날의 나무」, 「겨울 나무」, 「겨울 나무로 있어야 할 까닭」, 「나무 사랑」 등 시집의 3분의 1 이상이 나무를 소재로 하고 있다는 데서, 그리고 「호수 1」, 「호수 2」, 「백마강」, 「바다가 강물을 맞이하며」, 「만리포에서」, 「곽지해수욕장」, 「물방울의 함성 1」, 「물방울의 함성 2」, 「상주해수욕장」, 「겨울 분수대」 등 시집의 3분의 1 이상이 역시 물을 소재로 하고 있다는 데서 여실히 확인된다.

방미영 시인이 나무와 물을 지배소로 삼고 있는 것은 자아에 대한 강한 애증의 증거이다. 시인이 나무와 물에 동화(同化)하고 있는 것은 그렇지 못한 상황이 있음을 역으로 드러낸 것으로 그 상황을 극복해 내려는 면이다. 복잡하고 극변(劇變)하는 현대사회 속에서 살아가야 하는 인간들은 그만큼 복잡한 사회에 적응을 해야 된다. 일관된 자아 보다는 현대사회가 요구하는 것을 재빨리 파악하고 적당하게 변형시 키는 자아가 필요한 것이다. 따라서 개인의 자아는 그 다양한 역할을 수행하느라고 파괴되고 상실된다. 자신의 고유한 자아를 잃고 많은 허 위의 자아 속에서 허우적거리며 그때 그때마다 적당한 것을 골라내야 하는 것이다. 그러므로 현대사회에서의 자아는 진정성이 없고 적극성 이 없다. 시인이 시를 쓴다는 것은 이 허위의 자아를 버리는 행동이다. 자신의 진정한 자아를 찾기 위해 능동적이고 적극적으로 실천하는 행 동인 것이다. 따라서 방미영 시인이 나무와 물을 지배소로 삼고 있는 것은 자신의 무게를 나무와 물처럼 지키고 또 이 세계에 나무와 물처 럼 다가서고자 하는 열망이다.

나무는 철저히 식물성을 지닌 존재이다. 대지에 굳건히 뿌리박고 다 져 자신이 생존할 수 있는 토대를 마련한다. 자신을 강하게 만들어 이 세계의 지주(地主)가 되고자 하는 것이다. 따라서 나무는 욕망을 내포 한 존재이다. 제자리에 가만히 서 있는 편안한 존재가 아니라 자신의 몸을 최대한 움직인다. 뿌리의 ㅗ 미세한 촉수까지 온힘을 다해 뻗고 나뭇가지의 흔들림에서 볼 수 있듯이 자신의 한계점까지 밀어 올려 비 상하려고 한다. 나무는 늘 깨어있고 힘있고 끈질기고 이상(理想)을 품 고 있는 존재이다.

물 역시 비상하는 존재이다. 바슐라르(G.Bachelard)가 상상했듯이

물은 많은 실체를 즉 설탕이나 소금과 같은 대조적인 물질도 동화시킨
다. 따라서 물 속에는 동화한 대상의 맛과 냄새와 색깔과 그리고 욕망
까지 스며들어 있다. 물은 그 모든 것을 포용하고 제 길을 지향한다.
주어진 삶에 만족하지 않고 때로는 부드럽게 때로는 고요하게 때로는
난폭하게 자신을 조절하며 뻗어나간다. 자신의 믿음과 정열과 이상으
로 이 세계의 심층을 파악하고 나아가는 것이다. 따라서 물의 움직임
은 의지적이고 적극적이며 갈망하는 비상이다.

　방미영 시인의 시들은 비상하는 나무와 물이 결합관계로 등장한다.
서로는 서로를 낳고 서로를 키우고 서로를 돌보는 존재이다. 서로는
어머니 같고, 식구 같고, 고우(故友) 같고, 서로를 살리는 동지 같다.
나무와 장난감, 나무와 풍경화, 물과 어항, 물과 보트와 같은 선택의
관계가 아니라 선택의 공간이 메워진 인접 관계이다. 물과 나무는 뿌
리로부터 우듬지까지 함께 비상하는 것이다.

　　누구의 열정인가

　　가로등에 드러낸
　　원시적 몸부림의 누드화가
　　거리의 풍경으로 걸린 한밤
　　패잔병처럼 쓰러진 잔해 위에
　　스며드는 뜨거운 가슴

　　정 하나 붙일 곳 없어
　　불면으로 깨어 있는

시각

허물처럼 벗어 던진 어둠을

벅벅 씻기고 있다

         —「겨울 나무에 내리는 밤비」전문

   시인은 겨울 저녁에 내리는 비를 바라보며 "누구의 열정인가"라고 묻고 있다. 시인이 의문을 제기했듯이 열정의 주체는 누구일까? 당연히 "밤비"일 것이다. 그러나 시인은 밤비만이 주체라고 내세우지 않고 있다. 대신 "겨울 나무"와 밤비가 즉 나무와 물이 결합되어 있다고 보는 것이다. 그것은 그 구심점에 "열정"이 있기 때문에 가능한데, 열정의 모습은 "불면으로 깨어 있는" 상태로 그리고 "패잔병처럼 쓰러진 잔해 위에/스며드는 뜨거운 가슴"으로 나타나고 있다. 또 "어둠을/벅벅 씻"는 모습이다. 따라서 "누구의 열정인가"라고 시인이 묻는 것은 의문이 아니다. 겨울 나무와 밤비의 열정임을 시인은 알고 있는 것이다. 결국 "~인가"는 의문이 아니라 시인의 감탄에 가까운 것이다. 열정의 주체는 밤비이기도 하고, 겨울 나무이기도 하고, 밤비와 겨울 나무를 모두 인식하고 있는 시인 자신이기도 하다.

   따라서 열정의 주체보다도 열정의 정도가 문제이고 그 지향점이 문제이다. 시인은 겨울 나무의 열정 정도를 "원시적 몸부림"으로 보고 있다. 그 어떤 눈치도 계산도 타협도 없는 순수한 모습으로 보고 있는 것이다. 그 몸부림에 밤비가 스며든다는 것은 서로가 동일화함인데, 그렇다면 그 열정으로 지향하는 바는 무엇인가? 그것은 "어둠을" 씻어내는 것이다. 어둠이라는 것이 위의 작품에서 구체적으로 무엇인지는 드러나 있지 않지만 밝음에 반대되는 것임은 쉽게 유추할 수 있다. 어둠은 정도(正道)이지 않고 공평하지 않고 자연적이지 않고 인간적이지 않은 일체를 의미한다. 겨울 나무와 밤비와 시인은 그 어둠을 씻어내기 위해 밤새도록 열정적이다. 그리하여 겨울 나무도 밤비도 시인도 차갑지 않고 뜨겁다. "패잔병" 같지 않고 오히려 비상하려는 욕망을 발산하는 출정군 같다. 그 욕망의 열정은 계속 확장되어 겨울 나무는 산으로, 아버지로, 겨울로, 뿌리로, 자아로, 흰색으로, 그리고 죽음으로까지 나아가고, 밤비는 하늘로, 어머니로, 여름으로, 사랑으로, 당신으로, 검은색으로, 삶으로, 오르가슴으로까지 나아간다. 서로 바뀌어 나아가기도 하고, 시인과 환유로써 나아가기도 한다.

환유는 경험을 통해서 밀접하게 연관되는 것이다. 김인환이 『비평의 원리』에서 비유했듯이 집과 아파트, 집과 한옥, 집과 양옥과 같은 선택관계가 아니라 집과 뜰, 집과 창문과 같은 결합관계이다. 또 한복이나 양복을 선택해서 입는 것이 아니라 치마와 저고리를 결합해서 입는 관계이고, 밥이나 국수를 선택해서 먹는 것이 아니라 국과 밥을 결합해서 먹는 관계이다. 야콥슨(R.Jakobson)이 말했듯이 환유는 인접관계이고 수평관계이다. 따라서 나무와 물과 시인은 외면적으로 환유관계가 될 수 없지만 그 열정으로 인해 실현된 것이다.

2

나는
웅크리고 웅크려
젖가슴을 바닥에 묻고

비처럼 울고 있다

거꾸로 보면
비가 나를
부둥켜안고 있다

　　　　　　　　　—「비오는 날의 나무」 부분

　웅크린 자세로 "울고 있"는 나무. 우는 이유는 "절망감보다/더 가슴
이 아프"기 때문이다. 가슴이 아픈 것이 어떠한 일로 연유한 것인지는
잘 알 수 없으나 나무의 절절함은 여실하다. 나무는 아픔을 씻어내기
위해 "비처럼" 우는 것이다. 이 절절함이 곧 열정이다. 순리와 정의의
기준에서 크게 어긋나지 않았는데도 울지 않고는 감당할 수 없는 상
황, 나무는 그것에 대해 최대한 맞서고 있다. 따라서 나무의 울음은 단
순한 감정반응이 아니라 자기를 전부 드러내는 행동이다. "젖가슴을
바닥에 묻"을 정도로 처절한 것이다. 울수록 "비가 나를/부둥켜안고
있"다는 인식은 눈물을 흘리게 하는 대상 혹은 상황에 최대한 다가서
서 비상하려는 것이다. 진정 비오는 날 서 있는 나무는 단순히 원망하
거나 한탄하지 않고 적극적으로 맞서고, 도피하거나 회피하지 않고 최
대한 대항하고 있다. 시인도 그 나무와 비를 부둥켜안고 있다. 따라서
차가운 빗속에 있는 나무와 시인은 뜨겁고, 차가운 비도 나무와 시인
만큼 뜨겁다. 이 열정은 나무가 꽃가루를 뿌릴 때도 나타난다.

　한순간의 일일지라도
　다 드러내놓고 사랑하다

절절한 가슴으로 곤두박질 칠지라도
질식할 듯 부둥켜안고
꿈꾸는 것

—「나무가 꽃가루를 뿌릴 때」 부분

온갖 꽃들이 피어나는 봄날, 나무 한 그루가 "열병"을 앓으며 꽃가루를 뿌리고 있다. 꽃가루를 날리는 나무는 정녕 "다 드러내놓고 사랑하"는 것이다. 그러나 이 사랑은 관능적이지 않고, "눈물처럼"이라는 비유에서 볼 수 있듯이 관능적인 면을 넘는 순수한 열병의 사랑이다. 그 열병은 "한순간의 일일지라도" "질식할 듯 부둥켜안고/꿈꾸"겠다는 것이어서 숙연하기까지 하다. 그만큼 "절절한 가슴"의 열병이다. 이는 나무뿐만 아니라 시인의 입장이기도 해 "열병하는 것이/그대뿐이"냐고 나무에 묻고 있는 것이다.

이렇듯 방미영 시인의 나무들은 열정적이다. 비오는 날의 나무든 꽃가루를 뿌릴 때의 나무든, 눈물을 흘리는 나무든 사랑을 나누는 나무든 열정적인 것이다. "절정의 순간/살아 있"(「겨울나무」)고, "이토록 온몸으로 사랑하다 부서지는 눈부심"(「낙엽 떨어지는 나무로부터」)이고, "부둥켜안고 눈물 흘"(「겨울나무로 있어야 할 까닭」)리고 있는 것이다. 또 "그대/강렬한 눈빛 가슴에 묻"(「목련꽃」)고, "한아름 팔 길이만큼/떨어져 있어도/가슴 떨림 있"(「정동 은행나무 연가」)고, "다 쏟아내지 못한 속정으로/몸부림치며 서 있는"(「선운사 동백」) 것이다. 시인의 나무는 또한 물과 함께 존재한다.

파문처럼 번져오는

바람 안으며
말없는 눈물이다

흐르지 못하고
구형으로 갇혀
눈물도 넘칠라
반항 없는 넋두리다

부딪히는 파도 없이
시퍼렇게 멍든
가슴앓이다

—「호수 2」전문

호수는 "말없는 눈물", "반항 없는 넋두리", "시퍼렇게 멍든/가슴앓
이"의 상태이다. 호수는 그 말없음과 반항 없음과 파도 없음으로 인하
여 정적(靜的)으로 보인다. 그러나 그것은 외면적인 모습일 뿐, 호수의
내면은 "바람 안"고 "눈물도 넘"치고 "시퍼렇게 멍"들어 있다. 진정 호
수는 끊임없이 움직여 이 세계에 파고들고 있는 것이다. 호수는 잠자
는 물도 입다문 물도 아니고 이 세계를 반영하고자 가슴앓이를 하고
있는 존재이다. 그리하여 호수는 고여있지만 결코 머무르지 않고, 나
서지 않지만 결코 회피하지 않고, 반항하지 않지만 결코 순응하지 않
는다. 나무와 마찬가지로 처한 환경에 최대한 투신하는 존재이다. 나
무가 대지에 든든히 뿌리박으면서 창공으로 비상하려는 욕망을 가지
고 있는 것처럼 고통과 눈물과 희망 등을 안고 비상하려는 욕망을 품

고 있는 것이다.

욕망은 노자(老子)가 말했듯이 욕심과는 다르다. 욕심은 소유욕에 갇혀 제한적인 대상을 갈망하지만 욕망은 소유하려고 하지 않고 자기 자신과의 불일치를 상징한다. 욕망은 본질적으로 결핍 즉 영원히 충족될 수 없는 것이다. 따라서 욕망은 차연(差延)의 관계와 연기(緣起)의 관계를 맺고 서로에 간섭하고 관여한다. 욕망은 기(氣)의 작용이고 경험적이고 유목민적이다. 따라서 호수의 욕망도 대단히 복잡한 관계망을 갖는다. 나무와 아니 만물과 두루뭉실하게 관계된 것이 아니라 긴장감 넘치는 차연의 관계들로 뒤엉켜 끊임없이 움직이고 있는 것이다. 그러므로 호수가 사랑으로부터 사회 역사적 문제 그리고 우주적 존재의 고민에 이르기까지의 스펙트럼을 갖는 것은 당연하다. 호수는 그 스펙트럼의 물결에서 뜨겁다.

1) 아무 말 없기에
   날 잊을 줄 알았는데
   하루종일 온몸으로 통곡하며
   내게 달려온다
                        ─「물방울 함성 3 진눈깨비」부분

2) 한때 찬란했던
   발해의 땅을 생각하는가
   반도의 끝에서 끝까지 가다 보면
   나도 너처럼
   빗속에서 울 수 있나

─「물방울의 함성 2 소나기」 부분

3) 인간의 죄를 뱉어 놓는
　도도한 오르가슴
　누가 너를
　순한 양떼라 하는가

─「물방울의 함성 1 구름」 부분

1), 2), 3)에서 보듯이 "물방울"은 남녀간 연정의 대상으로, 역사적 상황의 대상으로, 그리고 인간의 죄를 담은 존재의 대상으로 호수와 동화되어 있다. 물방울은 "통곡"으로 "발해의 땅"으로 "오르가슴"으로 다양하게 날아든다. 그리하여 물방울의 눈빛은 젖어 있고 애태우고 있다. 물방울은 나약하면서도 활동적이고, 제자리를 찾으면서도 새로운 곳을 지향하고, 추억을 안고 있으면서도 양육을 계획하고, 발자국을 남기지 않으면서도 실존의 자리를 찍고, 이정표를 지우면서도 이정표를 세우고 있다. 그리하여 물방울은 "빗속에서 울"고 있고, 또 "순한 양떼"로 보이지만 대상을 끌어당겨 "도도한 오르가슴"을 느끼고 있다. 이러한 물방울의 열정이 나무에 디기기 결합관계가, 인접관계가, 수평적 관계가 된다. 서로는 동화되고 투사되어 동일성의 관계가 되는 것이다.

수평선 밖으로 밀려 떠난 파도를 생각한다. 아름다운 새 한 마리 떠돌다 제 보금자리로 돌아가고. 선홍 빛깔이 발기된 언어로 일어선다. 네가 입맞추고 간 자리에 우두커니 서 있는 나무, 어둠이 밀려오는데도 나무는 떠나지 않고 있다.

　떠나지 않는 것은 떠나는 것보다 더 고독하다.

　바닷물 들이키며 온종일 울어대는 나무.

　바다는 나무를 껴안는다. 파도는 또 오지 않는다고, 떠밀려간 세월은 깊숙이 가라앉아 바다 속 전설로 남는 거라고. 어둠이 조금씩 발목을 휘감고 바다도, 파도도, 새도 나무도, 엉겨놓는다.

　진정 그리움이란 무엇일까!

─「바닷가 나무」 전문

　"나무"와 "바다"가 동화된 것을 변증법적으로 볼 필요는 없지만 같은 열정임이 다시 확인된다. 나무와 바다는 분명 다른 대상이지만 방미영 시인에게 있어서는 인접관계이다. 그리하여 그 모습은 "바닷물을 들이키며 온종일 울어대는 나무"이다. 그러나 나무만이 주체가 아니라 바다 역시 주체여서 "나무를 껴안는"다. 서로의 열정은 우열과 정도의 차이가 없다. 서로의 언어는 "발기된" 것이다.

　나무는 수평선 밖으로 떠나간 파도를 생각하지만, 파도가 돌아올 리는 없다. 바다는 나무에게 파도는 다시 돌아오지 않고 "바다 속 전설로 남"을 것이라고 속삭인다. 사실 나무가 기다리는 일은 무모한 것일 수 있다. 그러나 나무는 바다와 "입맞추"었던 일을 추억하면서 날이 저물도록 기다리고 있다. 그것은 힘들고 고독한 일이지만 자신의 열정을 바다는 알고 있기에 자신을 즉 "나무를 껴안"아 주리라고 믿는다. 그러는 사이 어둠이 나무의 발목을 휘감고 새가 보금자리를 찾아 나무로 돌아온다. 결국 어둠 속에서 "바다도, 파도도, 새도, 나무도, 엉겨"붙는 것이다. 그 공간은 질펀하고 무거워 마치 무당이 굿을 하는 때와 같다.

굿을 낮 시간이 아니라 밤에 하는 것은 일상생활을 벗어난 시간과 공간이 어떤 근원적 것과 통할 수 있다고 믿기 때문이다. 어둠은 성스러운 시간이고 공간이다. 결국 나무와 바다와 시인은 성스러운 시간에 합일된 것이다.

3

그렇다면 나무와 물의 열정은 어디에서 연유하는 것인가?(아니 방미영 시인의 열정은 어떤 것에서 생성하는 것인가?) 그것은 시인의 그리움이다. 위의 「바닷가 나무」에서 보았듯이 나무는 물이 그립기 때문에 고독을 견디면서 기다리고, 물 또한 나무가 그립기 때문에 다가와 껴안는다. 그뿐만 아니라 새 또한 그립기 때문에 바다와 엉겨있는 나무에 돌아오고, 시인도 그립기 때문에 "진정 그리움이란 무엇일까!"라고 자문하고 있는 것이다.

방미영 시인의 그리움은 시집 전체의 바탕이고 배경이고 성격이다. 「그리움 1」, 「그리움 2」, 「네 모가지에 걸려 있는 사슬과 내 발목에 붙어 다니는 그리움」을 비롯하여 "그리움이 또다시 그리움으로 이어질 때"(「낙엽 떨어지는 나무로부터」), "그리운 것들은 언제나/저희들끼리/포개며 산다"(「여름 미루나무」), "보이지 않는/그리움으로/부러진 마음은 어둠에 녹슬고"(「라일락 꽃잎은 지고」), "그리울 때/가슴에 안기고 싶을 때"(아버지의 땅」), "사람 냄새 그리워/팔을 놓지 못하는 그녀"(「숲속의 하얀 집」), "당신 그립습니다"(「나무 사랑」) 등에서 쉽게 확인된다.

방미영 시인의 그리움은 과거 지향이 아니다. 추억을 통해 지나간 세월에 대해 촉수의 뿌리를 뻗어 가는 것이 아니라 자신의 인연 대상들에 대해 현재에 다가섬이다. 따라서 그리움은 현실을 지탱하는 힘이 되고 미래를 지향하는 근거가 된다. 수동적으로 과거에 안주하는 것이 아니라 적극적으로 현재를 인식하고 나아가는 것이다. 시인의 그리움은 매운 맛이고 절정적(絶頂的)이다. 감정과 사실, 개인성과 전체성, 성적인 것과 성스러움 등을 동시에 안고 삶의 진정성을 향하는 것이다.

> 뿜어내지 못한 정액이
> 가득하잖아
> 머리를 흔들어
> 그럼 땅이 흔들릴 거야
> 아 절정의 순간
> 살아있어야 해
>
> 내 가 살 아 가 는 것 은 그 대 의 가 슴 이 있 기 때 문 이 야
>
> —「겨울 나무」부분

"겨울 나무"는 "내 가 살 아 가 는 것 은 그 대 의 가 슴 이 있 기 때 문 이"라고 분명 말하고 있듯이 자신이 살아가는 근거를 그리움으로 삼고 있다. "그대의 가슴"에 대한 그리움은 육체적인 것이 아니라 "삶"과 "죽음"에 대한 거울이다. 그리움은 "머리를 흔들"고 살아가게 하는 인도자인 것이다. 겨울 나무는 그 그리움을 근거로 삶의 행동을 결정하고 미래를 전망한다. 그 충전의 결정체가 "정액"이다. 결국 겨울 나

무와 정액은 즉 나무와 물은 다른 것이 아니라 현재적 삶을 영위하고 미래를 방출해내는 힘이고 주체이다. 이 강인한 생명력이 있기에 겨울 나무는 땅과 직접 닿지 않았는데도 흔들면 "땅이 흔들릴" 것이라고 믿는다. 또 하늘을 바라보는 데만 머물지 않고, 하늘에 순응하지 않고 오히려 "밟고 있"을 것이라고 자신하고 있다. 그리하여 겨울 나무는 정액과 마찬가지로 "절정의 순간"을 인식한다.

방미영 시인의 세계인식은 이처럼 열정적이다. "목젖 밖으로 튀어나오도록 피 터지게 소리쳐"(「인왕산」) 부르고, "말라비틀어진 울음을 꺼내"(「시인의 땅」)고, "미칠 듯이 뛰어다니고"(「나무에 엉겨붙어 있는 그림자」), "신음하듯/울부짖고"(「한반도의 바람」), "어둠을 껴안고"(「이제 몸을 누이고」), "마지막 빨치산의 발악처럼"(「지리산 노고단」) 대항하고, "거친 숨 몰아쉬며"(「겨울 수락행」) 나아가는 것이다. 참다운 가치를 끌어안기 위해 울부짖고 경신하고 분노하고 부르고 그리고 껴안는 것이다. 그 껴안음은 앞에서 이미 확인했듯이 아버지로, 겨울로, 뿌리로, 흰색으로, 죽음으로, 하늘로, 어머니로, 여름으로, 사랑으로, 검은색으로, 생(生)으로, 오르가슴으로 확장된다. 그러한 중심부에 놓인 그리움은 더욱 무겁고도 깊다.

> 내 안에는 항상
> 바람 부는 날
> 휘청거리는 나를 붙들어주는
> 나무 같은 그대 있네
>
> —「내 안의 그대」 부분

방미영 시인의 그리움은 사랑이 되고 약속이 되고 의리가 되고 정의가 되고 분배가 되고 그리고 휴머니즘이 될 것이다. 그리움의 변주는 더욱 깊어져 시인을 끝까지 지키고 살리고 자랑스레 내세울 것이다. 그리움의 열정이여, 나아가는 골짜기마다 놀라움을 펼쳐라. 때로는 감쪽같이 숨고, 때로는 신화의 탈을 쓰고, 때로는 국밥집 아주머니처럼 수다스럽고, 때로는 냉정하게 거리를 지키고, 때로는 인상을 풀어라.

(방미영, 『잎들도 이별을 한다』, 을파소, 2000)

제3부
나선의 시학

나선의 시학
최종천의 시

1

　나사는 객관적으로 보면 하나의 완성체이다. 제 이름표를 달고 있는 물건인 것이다. 그렇지만 그 자체로는 결핍된 존재에 불과하다. 대상을 뚫고 들어가 죄어야 하는 소임이 있으므로 그것을 실현했을 때에만, 비로소 나사란 이름을 가질 수 있는 것이다. 이렇듯 나사는 단순한 물건이 아니라 그 나름대로 존재성이 있다. 외면보다는 그것의 목적을 근거로 삼아야 하는 것이다. 진정 나사의 본질은 그 가능성에 있다. 결핍되고 미완성 상태이지만 보충되고 완성될 가능성이 있는 존재이다. 그리하여 나사는 자신이 해야 될 일을 위해 몸과 마음을 준비하며 기다리고 있다. 자신에게 닥칠 환경을 극복하고 적응하려는 의지를 품고 있는 것이다. 나사의 자세는 자신의 소임을 가능한 한 실패하지 않기 위한 신중함의 모습이다. 그리하여 침묵하고 있는 것이다.

　나사가 자신을 완성시키는 데에 있어서 타자가 필요하다는 사실은 중요하다. 타자가 있음으로 해서 결여된 자신을 채우고 완성시킬 수 있는 것이다. 결국 나사의 몸은 타자의 몸과 합일될 때 자신의 몸이 된다. 이러한 상대적 속성을 인간의 면으로 비유하자면 사회적 존재인 것이다. 나사는 철저히 타자들과 상호관계성을 갖는다. 그리하여 타자를 선택하기 위해 끊임없이 준비하고 예측하고 기대하고 그리고 타자의 크기와 타자의 강도와 타자의 생김새에 영향받는다. 나사는 그를 둘러싸고 있는 타자와의 관계에서만 자기의 존재를 드러낼 수 있는 것이다.

이렇게 볼 때 나사는 인간과 유사한 운명체이다. 인간이야말로 타인과의 상호관계성을 띠고 그 관계에 의해서만 자기를 인식하고 형성하고 유지하고 또 소멸하는 것이다. 따라서 나사는 자신의 결여와 결핍을 채우기 위해 방향을 설정하고 준비하고 진행해 나간다. 항상 제자리를 차지하고 있는 것이 아니라 제자리를 찾아가는 존재인 것이다. 이런 점에서 최종천 시인이 시집 『눈물은 푸르다』를 간행한 후 다시 집중적으로 보여주고 있는 「나선」 연작시는 환기하는 바가 크다. 나사의 몸과 정신을 인간의 몸과 정신으로 옮겨 인식하는 것은 결국 인간의 삶에 대한 인식을 확장시키기 때문이다. 진정 나사의 몸과 정신은 인간의 경우와 마찬가지로 분리될 수 없고 그 합일을 추구하기에 의미가 큰 것이다.

　　　나사로 만나는 모든 것은
　　　몸이 되어
　　　살고 있다
　　　나사는
　　　씨의 집이다

씹이다
하나의 볼펜도
우주왕복선도
나사, 너로 인하여 태어난다

남자와 여자에게서
나사를
빼버리면
몸이 아니다.

—「나선·2」부분

　타자와의 합일을 추구하는 나사는 생명체이다. "나사로 만나는 모든
것은/몸이 되어/살고 있"게 만들어주는 것이다. 따라서 "나사는/씨의
집이"다. 나사가 타자와 한 몸이 되었을 때 씨의 집이 되어 생명체는
태어난다. 철판도 플라스틱도 합판도 그리고 "하나의 볼펜도/우주왕복
선도" 창조물로 태어나는 것이다.
　나사의 생명인식을 인간세계에 적용하면 남자와 여자의 관계가 된
다. 그리하여 시인은 "남자와 여자에게서/나사를/빼버리면/몸이 아니
다"라고 말하고 있다. 나사와 인간을 동일화하려는 시인의 이러한 인
식은 충분히 시적이다. 나사를 '그'로가 아니라 '너'로 부르는 자세는
바아필드(O.Barfield)가 명명한 이차적 비유를 극복하는 의인관(擬人
觀)이기 때문이다. 시적인 것은 이 세계를 의인관으로 포용함에서 마
련된다. 이 세계를 추상적이고 무관심하게 바라보는 것이 아니라 이름
을 불러주는 마음에서 시의 토대는 이루어지는 것이다. 따라서 시인이

객관적인 대상인 나사를 너로 인식한 것은 충분히 시적이다.

2

바늘허리 매어 못쓰듯
나사는 못이 아니다
망치질로 나사를 박아버리다니.

나사를 박을 때도 뺄 때도
돌려야 한다.
나사와 너트는
간통을 모른다.

— 「나선 · 3」 부분

나사가 자신의 타자를 향해 다가가는 과정은 지루하고 힘들고 불안하다. 그러나 나사는 마치 탐험가가 험난한 바다를 헤치고 미지의 세계를 찾아가는 것과 같이 포기하지 않고 천천히 그러나 온몸으로 나아간다. 이것이 바로 나선의 모습이다. 나선은 끊어질 듯 끊어질 듯하면서도 끊어지지 않고 이어져 있다. 따라서 나선의 모습은 포기할 줄 모르고 끈질기게 목적지로 향해 나아가는 것이다. 자신이 맞닥뜨리는 환경에 굴복하지 않고 잘 적응해서 기꺼이 헤치고 나아가는 형상이다. 곧바로 밀고 들어가는 것이 아니라 조종하고 수정하고 적응하면서 극복해 가는 모양이다. 그 결과 새로운 창조물을 얻는다. 하나 더하기 하나가 둘인 산물을 얻는 것이 아니라 그 이상을 얻는 것이다. 몸과 정신이 하나가 되고, 자신과 타자를 사랑한 결과 그 자신도 놀라는 창조물을 얻는 것이다.

시인은 이러한 면을 강조하기 위해서 "나사는 못이 아니다"라고 단언하고 있다. 못처럼 망치로 박기만 하면 되는 것이 아니라 운동의 과정이 있음을 알리고 있는 것이다. 아무리 바빠도 "바늘허리 매어 못쓰듯" 운동의 과정을 거쳐야 하는 나사. 그 과정은 힘들고 고통스러운 것이지만 그것을 거치면서 스스로 심오한 주체자가 되고 생산자가 된다. 그러한 과정은 다소 지체되지만 숱하게 되돌아보고 재조정하고 다짐하는 걸음걸이이기에 합리적이고 지혜롭고 열정적이다. 결국 "나사와 너트는/간통을 모"르는 것과 같이 정도(正道)를 걷는 것이다. 따라서 시인의 말대로 "망치질로 나사를 박아버"려서는 안 된다.

그리하여 나선은 눈에 빤히 보이는 행동을 극복한다. 자신의 행동에 갇히지 않고 벗어나는 것이다. 인간이 태어나고 죽을 수밖에 없는 것처럼 나사도 자신이 안고 있는 운명을 따라가는 것이지만 그저 따르지 않고 최대한 자신을 살리면서 간다. 운명의 길에 무조건 뛰어들지 않고 최대한 주체적으로 자기를 밀어가는 것이다. 그러므로 나사는 몸에 맞지 않으면 그 자리에서 멈춘다. 일보의 전진을 위해 일보의 후퇴까지 할 수 있는 용기와 결단력이 있는 것이다. 그것이 나사의 정신이다. 만약 그렇지 않으면 자신의 길에서 벗어나

정신이 나간 사람
힘이 없는 사람
그의 존재는 발기하지 않는다   ― (「나선 · 4」)

와 같은 운명이 되는 것을 잘 알고 있다.

따라서 나사는 목적지를 향해 가는 과정에 고통을 겪고 절망과 후회와 미련에 시달리고 장애에 부딪혀 곤란을 겪는다고 할지라도 흔들리지 않는다. 세속의 가치나 위력에 주눅들거나 자신의 나태에 의해 결코 포기하지 않는다. 인간이 사회적 존재이므로 이 세계의 눈치를 많이 보아야 하지만 어디까지나 자신을 기준으로 삼고 수용해야 하는 것처럼 나사도 그 원칙을 잃지 않는다.

그리하여 나사는 인간의 거울이 된다. "박지 말고 돌리기만 하라고!/아니네, 박으면서 돌리라고/어때?"(「나선 · 7」)와 같은 지혜로움을 들려준다. 조직 구성원으로서의 역할과 가치를 알려주는 것이다.

3

일을 하다 말고 김형과 박형이 싸운다.
종두도 덕형이도 얽혀든다.
최씨도 이 반장도 얽혀든다.

나는 고장난 그라인더나 뜯어말리자
네 개의 고정나사를 푼다.
카바를 벗기고
(사람은 벗으면 다 같지!)
또 네 개의 기어 고정나사를 푼다.
모터와 베어링을 뜯어말린다.

엉켜 있는 기어와 접속기어를 뜯어말린다.
차분히 앉아 담배를 피우는 동안
부품들은 따로 떨어져서 반성 중이시다?

어이? 김형 이리와 봐, 풀 때는 풀었는데
이거 어떻게 조립하는 거야?
박형 이 베어링 새거 있나?
박형은 베어링을 찾으러 창고로 가고
김형은 나에게 오고 있다.
그라인더는 다시 조립되고
모두 제자리로 돌아간다.

저마다 하나의 나사가 되어
조여지고 있다.

—「나선·8」 전문

　사회는 그 실체를 파악하기가 어려울 정도로 복잡하고 다면적이지
만 그 속에 형성되는 토내가 있는데, 그것이 바로 조직이다. 가족, 학
교, 회사, 군대, 경찰, 교회, 병원 등 모두 사회를 형성하는 조직인 것
이다. 위의 작품에 등장하는 "김형", "박형", "나" 역시 조직의 구성원
들이다. 따라서 "어이? 김형 이리와 봐, 풀 때는 풀었는데/이거 어떻게
조립하는 거야?/박형 이 베어링 새거 있나?"와 같은 관심은 조직 구성
원으로서 반드시 갖는 상황이다. 그렇게 "저마다 하나의 나사가 되어/
조여지"는 것이다.

그런데 사람들은 왜 조직을 따분하게 여기고 틈만 있으면 벗어나려고 하는 것일까? 왜 자신에게 양식을 주고 인격을 주고 취미와 여가생활을 주는데 다람쥐 쳇바퀴 도는 것 같다고 부정하는 것일까? 그리고 자기 창조의 무궁무진한 재료인 업무를 주는데 왜 지루하고 권태롭고 싫다고 대하는가? 조직 구성원들의 인식이 왜곡되어 있거나 아니면 그들의 인식이 정당하거나, 둘 중 하나일 것이다. 전자는 사람들의 욕심이 지나치거나 정신이 나약한 것이겠고, 후자는 사람들이 더 이상 감당하기 어려워서일 것이다. 전자는 조직 구성원의 책임에, 후자는 조직 자체의 책임에 비중을 두고 있는 것이다.

시인은 이러한 상황을 선택해야 할 소임이 있다. 정책결정을 하는 것이 아니라 인식의 문제이기 때문이다. 물론 종합적인 인식은 바람직하지 않다. 그것은 변증법적 발전을 꾀하는 것이 아니라 제자리에서 절충하는 것에 불과하기 때문이다. 이런 점에서 최종천 시인의 「나선」 연작시와 첫 시집 『눈물은 푸르다』에서 보인 편견을 보다 극복하길 희망해본다. 가령 그의 표제작인 「눈물은 푸르다」(전문)에서

눈물은 푸른색을 띠고 있다
멍을 우려낸 것이기 때문이다
열린 눈의 막막함
약속의 허망함
우리는 지난 세월을 증오(憎惡)에 투자(投資)했다
거기서 나온 이익으로
쾌락을 늘리고
문득 혐오 속에서 누군가를 기억한다

너의 눈은 검고 깊었다. 그러나

그는 입맞춤으로 너의 눈을 퍼낸다

너는 다시는 달을 볼 수가 없을 것이다

라고, 과거를 폄훼한 것은 편견이되 위험한 것이다. 새로운 발전을 위한 비판이나 반성이라기보다 왜곡된 주체성이다. 어떻게 "우리는 지난 세월을 증오에 투자했다"고 말할 수 있겠는가? "우리"라는 복수 대명사를 썼다는 점에서도, "憎惡"와 "投資"를 한자로 쓰면서까지 강조했다는 점에서도 그러하다. 우리는 왜 지난 시간, 증오에 투자했는가? 그것이 어찌 부끄러운 일인가? 지난 시절의 운동이 다소 거칠고 착오가 있었다고 할지라도 그것을 부정할 수는 없다. 정의를 위해 자신을 희생한 수많은 사람들을 숭배하지는 않는다고 하더라도 모욕할 수는 없다. 지난 시절의 운동을 역사적인 차원에서 바라보면 바로 나선의 모습이 아닌가? 나사가 대상을 향해 다가가는 것처럼 인간의 역사는 완성된 것이 아니기 때문에 긴 과정을 거치면서 진행되는 것이다. 따라서 비판하기보다는 어떻게 계승할 것인가를 겸손하면서도 진지하게 숙고해보는 자세가 필요한 것이다.

또한 시인의 그와 같은 인식은 자본주의의 비호를 받는 세력들에게 유리함을 주는 결과를 가져온다. 민중시란 민중이 쓴 시라거나 민중이 좋아하는 시가 아니라 민중의 세계관이 반영되어 있어야 한다. 따라서 민중을 이 사회의 약자로 바라보든, 이 사회를 이끌고 가는 역사적 주체로 바라보든, 그들의 세계관이 반영되어야 한다. 당연히 시대와 사회를 반영해야 하는 것이다.

정말 우리 사회는 자본주의 가치가 극단에 이르러 있다. 텔레비전

광고에서 "여러분, 부자되세요."란 말이 나오자 사람들은 가장 타당하고 좋은 인사말로 여기며 따라서 이용하고 있다. 이와 달리 누군가 "여러분, 착한 사람이 되세요."라고 인사말을 했다면 분명 비웃고 말았을 것이다. 오직 부자가 최고이다. 부자 아빠, 부자 남편, 부자 아들, 부자 사위, 부자 선생, 부자 친구가 최고이다. 부자가 되는 것은 분명 나쁜 것이 아니지만, 부자가 되기 위해서는 어떻게 해야 하며 또 부자가 되어서는 어떻게 해야 하는가 하는 도덕이 생략되어 있기 때문에 문제가 심각한 것이다. 부자가 되는 방법이 인간적인 것이 아닐 때, 부자가 되어서 인간답게 살지 않을 때, 그것은 위험하고 슬픈 일이다. 사람들이 조직에서 따분함을 느끼는 것은 이러한 자본주의가 지나치게 지배하기 때문이다. 자기의 이익만을 철저히 추구하는 자본주의는 선생님보다도 부모님보다도 심지어 하느님보다도 절대적이다. 거기에는 일체의 의문이나 거부나 타협이 있을 수 없고 오직 복종만이 인정된다. 따라서 사람들은 따분하고 피곤함을 느끼는 것이다.

이런 차원에서 최종천 시인이 보여준 나선 인식은 소중하다. 나선은 자신의 결핍을 일방적으로 채워가는 것이 아니라 차츰차츰 자신의 상황에 적응해가는 것이다. 자신의 몸을 그저 내맡기는 것이 아니라 유연한 정신을 바탕으로 밀고 가는 것이다. 그리하여 나선은 자신의 대상에 대해 지치지 않고 관심을 갖는다. 어떤 크기의 몸을 가지고 있는가, 어떤 강도인가, 어떤 태도를 보이는가, 그리고 대상의 표정에, 대상의 속마음에, 대상의 손길에, 대해 신중하다. 그것은 두려워하거나 망설이는 것이 아니라 온몸으로 다가가는 것이다. 그 길에서 자신의 몸이 소멸되어도 행복하다는 결의까지 들어 있는 것이다. 따라서 나선은 명사(名詞)라기보다 동사(動詞)이다. 제자리에 머물러 있지 않고 자기의 세계를 만들어가는 존재이다. 따라서 나선의 사회성에 대한 인식을 시인이 더 적극적으로 갖기를 기대해본다. 자기를 지키면서 천천히 그러나 온몸으로 나아가는 나선의 모습이야말로 자본주의의 폭력이 판치는 이 시대에 진정 필요한 것이 아닌가.

(《현대시학》, 2002년 9월호)

난쟁이의 패러디

| 기형도론

1. 패러디의 의미

우리의 문학작품에서 왜소한 체구의 '난쟁이'는 난폭한 산업시대로부터 소외된 자들을 상징한다. 1970년대 이후 우리 사회의 가장 핵심적인 문제로 부각된 낙오계층을 대변하는 것이다. 난쟁이는 있는 자와 없는 자로 가르는 경제학적 기준을 넘어 '뿌리 뽑힌 자들'을 가리키는데, 그들의 목소리는 산업사회의 허구와 병리를 고발하는 것으로 사람답게 살려는 염원이 얼마나 소중한지를 시대인들에게 인식시켜주는 것이다.

우리의 문학사에서 난쟁이 일가로 대변되는 가난한 공장 노동자들의 삶을 통해 산업사회의 왜곡된 구조를 파헤친 소설은 조세희의 『난장이가 쏘아올린 작은 공』이 그 선두이다. 난쟁이는 소설의 등장인물을 넘어 1970년대의 사회인식에 영향을 끼쳤고, 시장 가치에 의해 점점 개인이 조종받고 있는 오늘에 있어서도 시사하는 바가 크다. 따라서 난쟁이에 대해 관심을 갖는 일은 진정 의미 있는 일인데, 이 글에서는 조세희와 기형도의 작품에서 살펴보고자 한다.

기형도의 시는 '그로테스크 리얼리즘'으로 명명될 정도로 모호하게 이해되고 또 평가받고 있지만, 조세희의 『난장이가 쏘아올린 작은 공』 과의 영향관계를 발견하면 쉽게 다가갈 수 있다. 시작품에 등장하는 상당수의 인물이 조세희 소설의 난쟁이와 그의 식구 그리고 주변인이 라는 점과 그 세계관의 유사함을 발견하면 시세계가 보다 쉽게 이해되 는 것이다. 기형도 시인은 조세희 소설의 인물들을 통해 자신이 살아 가던 사회를 반영해낸 것이다. 이제 그러한 면을 기형도의 『입 속의 검 은 잎』과 조세희의 『난장이가 쏘아올린 작은 공』의 패러디 관계를 통 해 확인해보고자 한다.[1]

패러디는 원텍스트와 패러디스트의 소통과정(제1소통과정)과 패러 디 텍스트와 독자와의 소통과정(제2소통과정)을 거친다.[2] 독자들이 텍 스트의 이해에 어려움을 느끼는 원인에는 여러 가지가 있겠지만, 제1 소통과정을 미처 이해하지 못해서 생길 수 있다. 즉 텍스트 자체의 이 해를 넘어 그것이 어떻게 원텍스트에서 패러디 텍스트로 전환되었는 지를 미처 알지 못하기 때문에 어려울 수 있는 것이다. 그러므로 제2소 통과정의 주체인 독자들에게 원텍스트를 어떻게 패러디 텍스트로 전 환했는지를 비교, 확인해 주는 일은 시인과 독자와의 대화를 위해 필 요한 일이다.

---

1) 『난장이가 쏘아올린 작은 공』은 문학과지성사에서 1978년 6월에 발간한 것을, 『입 속의 검은 잎』은 문학과지성사에서 1989년 5월에 발간한 것을 텍스트로 삼는다. 이하에서 두 작품집을 명명 할 때 '조세희의 소설', '기형도의 시'로 대신 적는다.

2) 정끝별, 『패러디 시학』, 문학세계사, 1997, 63쪽.

2. 작품 배경의 패러디

1

아침 저녁으로 샛강에 자욱이 안개가 낀다.

2

이 읍에 처음 와본 사람은 누구나
거대한 안개의 강을 거쳐야 한다.
앞서간 일행들이 천천히 지워질 때까지
쓸쓸한 가축들처럼 그들은
그 긴 방죽 위에 서 있어야 한다.
문득 저 홀로 안개의 빈 구멍 속에
갇혀 있음을 느끼고 경악할 때까지.

어떤 날은 두꺼운 공중의 종잇장 위에
노랗고 딱딱한 태양이 걸릴 때까지
안개의 軍團은 샛강에서 한 발자국도 이동하지 않는다.
출근길에 늦은 여공들은 깔깔거리며 지나가고
긴 어둠에서 풀려나는 검고 무뚝뚝한 나무들 사이로
아이들은 느릿느릿 새어나오는 것이다.
안개에 익숙하지 않은 사람들은 처음 얼마 동안
보행의 경계심을 늦추는 법이 없지만, 곧 남들처럼

안개 속을 이리저리 뚫고 다닌다. 습관이란
참으로 편리한 것이다. 쉽게 안개와 식구가 되고
멀리 송전탑이 희미한 동체를 드러낼 때까지
그들은 미친 듯이 흘러다닌다.

가끔씩 안개가 끼지 않는 날이면
방죽 위로 걸어가는 얼굴들은 모두 낯설다. 서로를 경계하며
바쁘게 지나가고, 맑고 쓸쓸한 아침들은 그러나
아주 드물다. 이곳은 안개의 聖域이기 때문이다.

날이 어두워지면 안개는 샛강 위에
한 겹씩 그의 빠른 옷을 벗어놓는다. 순식간에 공기는
희고 딱딱한 액체로 가득찬다. 그 속으로
식물들, 공장들이 빨려 들어가고
서너 걸음 앞선 한 사내의 반쪽이 안개에 잘린다.

몇 가지 사소한 사건도 있었다.
한밤중에 여직공 하나가 겁탈당했다.
기숙사와 가까운 곳이었으나 그녀의 입이 막히자
그것으로 끝이있다. 지난 겨울엔
방죽 위에서 醉客 하나가 얼어 죽었다.
바로 곁을 지난 삼륜차는 그것이
쓰레기더미인 줄 알았다고 했다. 그러나 그것은
개인적인 불행일 뿐, 안개의 탓은 아니다.

안개가 걷히고 정오 가까이
공장의 검은 굴뚝들은 일제히 하늘을 향해
젖은 銃身을 겨눈다. 상처입은 몇몇 사내들은
험악한 욕설을 해대며 이 폐수의 고장을 떠나갔지만
재빨리 사람들의 기억에서 밀려났다. 그 누구도
다시 읍으로 돌아온 사람은 없었기 때문이다.

3

아침 저녁으로 샛강에 자욱이 안개가 낀다.
안개는 그 읍의 명물이다.
누구나 조금씩은 안개의 주식을 갖고 있다.
여공들의 얼굴은 희고 아름다우며
아이들은 무럭무럭 자라 모두들 공장으로 간다.

— 기형도, 「안개」 전문

  a. 수없이 솟은 굴뚝에서 시커먼 연기가 오르고, 공장 안에서는
기계들이 돌아간다. (중략) 그곳 공기 속에는 유독 개스와 매연, 그
리고 분진이 섞여 있다. 모든 공장이 제품 생산량에 비례하는 흑갈
색 황갈색의 폐수 폐유를 하천으로 토해낸다. (중략) 시가지와 주거
지에 안개가 내리고, 가로등은 보이지 않았다. 대혼잡이 일어 질서
는 순식간에 무너졌다. 도둑과 불량배가 꿈에도 생각 못 했던 기회
를 잡아 날뛰었다.

— 조세희, 「기계도시」, 197~198쪽.

b. 은강 노동자들이 똑같은 생활을 했다. 좋지 못한 음식을 먹고, 좋지 못한 옷을 입고, 건강하지 못한 몸으로 오염된 환경, 더러운 동네, 더러운 집에서 살았다. 동네의 아이들은 더러운 옷을 입고, 더러운 골목에서 놀았다. 버려진 아이들이었다.

— 조세희, 「잘못은 神에게도 있다」, 233쪽.

c. 나는 방죽가 풀섶에 엎드려 있었다. (중략) 일 양은 많아지고, 작업 시간은 늘었다.(중략) 부당한 처사에 대해 말한 자는 아무도 모르게 밀려갔다.

— 조세희, 「난장이가 쏘아 올린 작은 공」, 109~113쪽.

기형도의 「안개」에 나오는 샛강을 끼고 주욱 세워진 공장들, 하늘로 치솟은 그 공장의 굴뚝들, 굴뚝에서 나오는 검은 연기, 개천에 흐르는 시커먼 폐수, 코가 시큼하도록 탁한 공기, 작업복 차림의 노동자들, 공단 근처의 허름한 주택들, 지저분한 골목에서 놀고 있는 아이들, 그곳에 내리는 짙은 안개……. 이러한 배경은 정부의 경제개발정책으로 형성된 산업사회의 전형적인 모습으로 조세희의 소설에 나오는 "은강" 공업단지에서 구체적으로 확인된다.

정부의 수출지향 정책에 따라 형성된 "은강" 공업단지. 그곳은 "수 없이 솟은 굴뚝에서 시커먼 연기가 오르고"(a) "흑갈색·황갈색의 폐수·폐유"(a)가 흘러내릴 정도로 환경이 오염된 곳이다. 그러나 난쟁이 가족은 사람이 살 수 없는 그곳에서 일한다. 자신이 죽어가는 것을 알면서도 살아가기 위해 어쩔 수 없이 일하는 것이다. 그곳의 노동자들은 오염된 환경, 좋지 못한 음식과 옷, 그리고 건강하지 못한 몸으로 살아간다. 그들의 아이들도 "버려진 아이들"(b)처럼 살아간다. 그들의 삶은 조금이라도 나아질 것 같은 전망이 보이지 않는, 그저 "안개" 같은 상황이다. "일 양은 많아지고, 작업시간은 늘"(c)고, 그러나 임금은 늘지 않고, 회사로부터 일방적으로 해고를 당하고, 동료들끼리 사소한 일로 헐뜯고……. 또 방세가 자꾸 올라 반년마다 이사를 다니고, 상사의 성폭력이 있는데도 회사가 돈으로 무마하는 것을 보고, 같이 일하던 동료가 안전사고로 손을 잃은 것을 보고…… 그래도 어찌해볼 수 없다. 배운 것도 가진 것도 없어 회사를 그만둘 수 없고, 노조가 결성되어 있지 않아 대항해볼 수 없기 때문이다. 기형도의 「안개」는 조세희의 소설에서 그와 같은 상황을 패러디한 것이다.

산업화가 본격화되어 도시 공장의 생산직 노동자 수가 전체 노동자 수의 반을 넘은 1980년대의 상황을 독창적으로 표현해낸 것이다. "늦은 여공들은 깔깔거리며 지나가고", "몇 가지 사소한 사건도 있었다", "안개는 그 읍의 명물이다", "여공들의 얼굴은 희고 아름다우며", "아이들은 무럭무럭 자라" 등의 반어(反語)로 동시대 노동자들의 모습을 보다 예리하게 포착해낸 것이다. 출근 시간에 쫓기고, 야근과 잔업에 시달려 핼쑥하고, 겁탈당할 정도로 피해를 보고, 그리고 전망이 보이지 않는 삶을 독자들에게 보다 인식시키고 있는 것이다. 시커먼 연기, 황갈색 폐수, 대혼잡, 좋지 못한 음식, 건강하지 못한 몸, 오염된 환경, 더러운 동네, 버려진 아이들, 부당한 처사 등과 같은 조세희 소설의 상황을 기형도는 시적 상황으로 담아낸 것이다. 이러한 패러디 관계는 작품의 등장인물에서도 확인된다.

3. 등장 인물의 패러디 · 1 — 아버지, 어머니

a. 그해 늦봄 아버지는 유리병 속에서 알약이 쏟아지듯 힘없이 쓰러지셨다. 여름 내내 그는 죽만 먹었다. //(중략)// 아버지 그건 우리 닭도 아닌데 왜 그렇게 정성껏 돌보세요. (중략) 네게 모이를 주기 위해서야.//(중략)// 아버지는 흙 속에서 천천히 걸어나오셨다. 봐라, 나는 이렇게 쉽게 뽑혀지는구나.//(중략)//아버지, 여전히 말씀도 못 하시고 굳은 혀.

— 기형도, 「위험한 가계 1969」 부분

b. 이튿날이 되어도 아버지는 돌아오지 않았다. (중략) 공중에서 휙휙 솟구치는 수천 개 주사 바늘. (중략) 다음날이 되어도 아버지는 돌아오지 않았다.

— 기형도, 「폭풍의 언덕」 부분

c. 낡은 커튼을 열면 양철 추녀 밑 저벅저벅 걸어오다 불현듯 멎는 눈의 발, 수염투성이 투명한 사십. 가난한 아버지, 왜 항상 물그림만 그리셨을까

— 기형도, 「너무 큰 등받이의자 겨울 판호 · 7」 부분

기형도의 시들에서 보이는 "아버지"는 위와 같이 있는 힘을 다해 가족을 위했다. 농장에 가서 닭도 키우고, 땅도 한 뙈기 장만하고, 그리고 "네게 모이를 주기 위해서"(a) 자식의 공부에도 관심을 쏟았다. 그러나 아버지는 어느 해 늦봄 "유리병 속에서 알약이 쏟아지듯 힘없이

쓰러지"(a)고 말아 "죽만 먹"(a)고 또 "수천 개 주사바늘"(b)에 의지하며 지내다가 결국 "쉽게 뽑혀지"(a)고 말았다. 한 가정의 가장으로서 제 역할을 제대로 하지 못하고 "항상 물그림만 그"(c)렸을 뿐이었다. 그리하여 아버지는 "다음날이 되어도 돌아오지"(b) 못한 것이다. 기형도의 시들에서 보이는 이러한 아버지는 조세희의 소설에 등장하는 난쟁이를 패러디한 것이다.

　　a. 아버지는 말없이 약을 받아 입에 넣었다. (중략) 혀가 안으로 말려든다고만 했다.//(중략) 누가 너희더러 일하라고 했니? 아버지는 말했다. 너희들은 학교에만 나가면 돼. 그게 너희들이 할 일이다.//(중략)/ 그해 겨울을 아버지는 방안에서 났다.
　　　　　　　　　　　 ─ 조세희, 「난장이가 쏘아올린 작은 공」, 101~106쪽.

　　b. 아버지는 너무 힘이 없었다. 두 아들을 공업학교에도 보낼 수 없었다. 아버지의 시대가 아버지를 고문했다. 난장이 아버지는 경제적 고문을 이겨내지 못했다.
　　　　　　　　　　　 ─ 조세희, 「은강 노동가족의 생계비」, 215쪽.

　　c. 불쌍한 아버지는 아무것도 이루지 못하고 돌아갔다.
　　　　　　　　　　　 ─ 조세희, 「잘못은 神에게도 있다」, 227쪽.

"아버지"(난쟁이)는 신체적 결함을 안고 있었지만 "채권 매매, 칼 갈기, 고층 건물 유리 닦기, 펌프 설치하기, 수도 고치기"(「난장이가 쏘아 올린 작은 공」,100쪽) 등의 힘든 일을 잘했다. 때로는 다른 업자들이 "한 마리의 벌레를 다루듯"(「칼날」,54쪽) 폭력을 행사하며 방해했지만, 가족을 생각하며 끝까지 참고 버텼다. 그러던 아버지가 자리에 눕고 말았다. "어머니"가 지어온 약을 먹었지만 "혀가 안으로 말려"(a)들 뿐이었다. 그렇지만 아버지는 그 와중에서도 "너희들은 학교에만 나가면 돼. 그게 너희들이 할 일"(a)이라며 가족을 부양하기 위해 공장에 나가는 자식들을 나무랐다. 그만큼 자식의 교육에 많은 관심을 가진 것이었다. 그러나 끝내 무너질 수밖에 없는 아버지였다. "두 아들을 공업학교에도 보"(b)내지 못할 정도로 "아무것도 이루지 못하고"(c) 벽돌공장의 굴뚝에서 떨어져 스스로 목숨을 끊고 만 것이다.

난쟁이는 몸이 왜소했지만 삶의 의욕마저 작았던 것은 아니었다. 그는 자신이 할 수 있는 한 최선을 다했다. 그러나 부패하고 왜곡되고 사회적 분배가 제대로 이루어지지 않은 사회가 그에게 인간다운 생활을 할 조건을 마련해주지 않았기 때문에 그는 힘이 부쳐 쓰러진 것이었다.

이처럼 열심히 일하고도 인간다운 생활을 할 권리를 갖지 못한 조세희 소설의 난쟁이는 기형도의 시에서 아버지로 패러디되어 다시 뽑히고 만 것이었다. 이러한 면은 "어머니"에서도 발견된다.

> a. 어머니. 잠바 하나 사주세요. 스펀지마다 숭숭 구멍이 났어요. 그래도 올 겨울은 넘길 수 있을 게다. (중략) 츄리닝이 문제겠니. 내년 봄엔 너도 야간 고등학교라도 가야 한다.//(중략)// 아버지 좀 보세요. 어떤 약도 듣지 않았잖아요. 아프시기 전에도 아무것도 해논 일이 없구. (중략) 그래도 아버지는 너희들을 건졌어. 이웃 농장에 가서 닭도 키우셨다. //(중략)// 봄이 오면 아버지도 나으신다.
> — 기형도, 「위험한 가계 1969」 부분

b. 어머니 무서워요 저 울음 소리, (중략) 애야, 그것은 네 속에서 울리는 소리란다. 네가 크면 너는 이 겨울을 그리워하기 위해 더 큰 소리로 울어야 한다

— 기형도, 「바람의 집—겨울 판화 1」 부분

기형도의 시에 나오는 "어머니"는 "열무 삼십 단을 이고/시장에"(「엄마 걱정」) 나가 장사를 하고, 스펀지에 숭숭 구멍이 난 아들의 잠바 하나도 "올 겨울은 넘길 수 있을"(a) 것이라며 사주지 않고, 또 양식을 아끼려고 칼국수를 자주 한다. 그리고 가장 구실을 제대로 못하는 남편 대신 가정을 이끄느라고 고생하면서도, "봄이 오면 아버지도 나으신다"(a)라고 자식들에게 말할 정도로 남편을 위하고 믿는다. 또한 "내년 봄엔 너도 야간 고등학교라도 가야 한다"(a)라고, 어려운 형편이지만 남편 못지않게 자식의 교육열이 높다. 그것은 "너는 이 겨울을 그리워하기 위해 더 큰소리로 울어야"(b) 함을, 즉 큰사람이 되도록 가르침이다. 기형도 시의 이러한 어머니는 조세희 소설에 등장하는 난쟁이의 아내인 "어머니"를 패러디한 것이다.

a. 어머니는 모든 것을 잘 참았다. (중략)
「아버지는 나쁜 사람야.」 (중략)
「너 매 좀 맞아야겠구나. 아버지는 좋은 분이다.」 (중략)
「아버지는 병이세요.」 (중략)
「닥쳐라!」
어머니가 말했다.
「언제나 알아듣겠니! 아버지는 지치셔 그런 거야.」

     — 조세희, 「난장이가 쏘아올린 작은 공」, 83~105쪽.

 b. 「돼지를 다 키우세요?」
  「옆집 겁니다. 저희도 아이들이 공장에서 쫓겨나지만 않았어도
  몇 마리 사 키울 수 있을 걸 그랬어요.」
     — 조세희, 「칼날」, 53쪽.

 c. 「영희야, 제발 연필 좀 아껴 써라.」
  어머니는 말했었다.
  「그래야 중학교에 보내 준다.」
     — 조세희, 「잘못은 神에게도 있다」, 231쪽.

 조세희의 소설에 등장하는 난쟁이의 아내인 "어머니" 역시 가족을
위해서 헌신적이다. 인형집에 나가 일을 하고, 인쇄소 제본 공장에서
접지 일을 하고, 목재 공장에 나가 나무껍질을 벗긴다. 남편이 제대로
이끌지 못하는 가정을 헌신적으로 대신하며 이끈다. 때로는 자식들이
무능력한 아버지에게 불만을 얘기할 때에도 "너 매 좀 맞아야겠구나.
아버지는 좋은 분이야"(a)라고 나무라고, 나아가 "너희들은 엄마를 잘
못 두어 이 고생이다. 아버지하고는 상관이 없단다."(「난장이가 쏘아
올린 작은 공」,91쪽)라고 자신이 책임을 떠안는다. 그리고 남편이 중병
환자가 아니라 "지치셔서"(a) 잠시 누운 것일 뿐 곧 털고 일어날 것이
라고 믿고 있다. 또한 어려운 가정 형편이지만 자식을 "중학교에 보내"
(c)려고 할 정도로 교육열이 높다.
 기형도 시인이 「위험한 가계·1969」 등을 발표한 1980년대 초는 외

형적인 경제 성장에도 불구하고 1970년대 못지않게 사회적 분배에 있어서 많은 문제점을 안고 있었다. 국민 소득 중 노동소득 분배율이 매우 낮았고, 세계에서 노동시간이 가장 길었으며, 그에 비해 임금은 낮았다. 또 직종별, 학력별 임금 차이가 컸으며 산업재해도 많았다. 시인은 그러한 상황 속에서 살아가는 동시대 노동자들의 모습을 조세희의 소설에 등장하는 난쟁이와 그의 아내를 패러디하여 "아버지"와 "어머니"로 담아낸 것이다. 이제 또 다른 등장인물의 패러디 관계를 확인해 보기로 하자.

4. 등장 인물의 패러디 · 2 ― 그(노동운동가와 노동자교회 목사)

a. 그는 여러 공장에서 일한 경험을 갖고 있으며, 그의 운동 방법은 아주 특이한 것이어서 그가 가는 곳에 조합이 생기고, 조합원들은 공장 경영주들이 끌어가는 수레바퀴를 잡고 늘어져 그 수레에 실은 이윤이라는 짐을 덜어 나눈다고 했다. (중략) 지섭은 여러 가지 면에서 목사, 과학자와 비슷한 사람이었으나 한 가지 면에서만은 다른 사람이었다. 그 자신이 바로 노동자였다.

— 조세희, 「클라인씨의 병」, 263-271쪽.

b. 그는 공원들보다 더 더러운 옷을 입고, 공원들 것보다 더 더러운 손수건을 썼다.

— 조세희, 「내 그 물로 오는 가시고기」, 320~321쪽.

조세희의 「클라인씨의 병」에 나오는 "그"는 난쟁이의 친구인 "지섭"이다. 지섭은 난쟁이의 큰아들인 "영수"의 정신적 스승이기도 한데, 그는 깨끗한 주택가 삼층집의 가정교사 즉 은강공장 회장집 아들의 가정교사였으므로 편하게 살아갈 수 있는 사람이었다. 그러나 그는 모순되고 부패한 현실을 참지 못하고 철거 인부들과 격투를 벌였고, 마침내 "공원들보다 더 더러운 옷을 입"(b)는 노동운동가가 되었다. 그는 지식과 확고한 철학을 가지고 있는 데다가 부두, 조선, 고무, 방직, 자동차, 전기, 시멘트, 제빙, 피복 등의 공장에서 일한 경험까지 가지고 있어 그 누구보다도 정확하게 상황을 파악하였다. 그 결과 그의 노동운동은 상당히 성공을 거두어 "그가 가는 곳에 조합이 생"(a)겼다. 그러나 "공장 경영주들이 끌어가는 수레바퀴를 잡고 늘어져 그 수레에 실은 이윤이라는 짐을"(a) 노동자들에게 덜어서 나누어주는 동안, 그는 약손가락과 새끼손가락을 잃었고 눈 밑에 상처를 입었으며 코뼈도 약간 내려앉을 정도로 고통을 당해야만 되었다.

1

우리는 너무 어렸다. 그는 그해 가을 우리 마을에 잠시 머물나 떠난 떠돌이 사내였을 뿐이었다. 그러나 어른들도 그를 그냥 일꾼이라 불렀다.

2

그는 우리에게 자신의 손을 가리켜 神의 공장이라고 말했다. 그

것을 움직이게 하는 것은 굶주림뿐이었다. 그러나 그는 항상 무엇엔
가 굶주려 있었다. 그는 무엇이든지 만들었다. 그는 마법사였다. 어
떤 아이는 실제로 그가 토마토를 가지고 둥근 금을 만드는 것을 보
았다고 말했다. 그가 어디에서 흘러 들어왔는지 어른들도 몰랐다.
우리는 그가 트럭의 고장 고등어의 고장 아니, 포도의 고장에서 왔
을 거라고 서로 심하게 다툰 적도 있었다. 그는 모든 것을 알고 있었
다. 저녁때마다 그는 농장의 검은 목책에 기대앉아 이상한 노래들을
불렀다.

　　모든 풍요의 아버지인 구름
　　모든 질서의 아버지인 햇빛
　　숲에서 날 찾으려거든 장화를 벗어주어요
　　나는 나무들의 家臣, 짐승들의 다정한 맏형

　　그의 말은 누구도 이해할 수 없었다. 어른들은 우리들에게 호통
을 쳤다. 그는 우리의 튼튼한 발을 칭찬했다. 어른들은 참된 즐거움
을 두려워하기 때문이란다. 그들은 세상을 자물통으로 만들고 싶어
한다. 그러나 세상은 신기한 폭탄, 꿈꾸는 部族에겐 발견의 도화선.
우리는 그를 믿었다. 어느 날은 비에 젖은 빵, 어떤 날은 작은 홍당
무를 먹으며 그는 부드럽게 노래불렀다. 우리는 그때마다 놀라움에
떨며 그를 읽었다.

　　나는 즐거운 노동자, 항상 조용히 취해 있네
　　술집에서 나를 만나려거든 신성한 저녁에 오게

가장 더러운 옷을 입을 사내를 찾아주오
사냥해온 별
모든 사물들의 圖章
모든 정신들의 장식
랄라라, 기쁨들이여!
過誤들이여! 겸손한 친화력이여!

추수가 끝나고 여름 옷차림 그대로 그는 읍내 쪽으로 흘러갔다.
어른들은 안심했다. 그러나 우리는 벌써 병정놀이들에 흥미를 잃고
있었다. 코밑에 수염이 돋기 시작한 아이도 있었다. 이상하게도 우
리는 한동안 그 사내에 대해 한마디도 말하지 않았다. 오랜 뒤에 누
군가 그에 관한 이야기를 꺼냈을 때 우리는 이미 그의 얼굴조차 기
억하기 힘들었다. 상급반에 진학하면서 우리는 혈통과 교육에 대해
배웠다. 오래지 않아

3

우리는 완전히 그를 잊있다. 그는 그해 가을 우리 마을에 잠시 머
물다 떠난 떠돌이 사내였을 뿐이었다. 어쩌면 그는 우리가 꾸며낸
이야기였을지도 몰랐다. 그러나 나는 저녁마다 언필을 깎다가 삼드
는 버릇을 지금까지 버리지 못했다.

　　　　　　　　　　　　　　　　　　— 기형도, 「집시의 시집」 전문

기형도의 「집시의 시집」에 등장하는 "그"는 조세희의 「클라인씨 병」

에 등장하는 "지섭"을 패러디한 것이다. 지섭처럼 그는 스스로를 "즐거운 노동자"라고 부르며 "가장 더러운 옷을 입"고, 지섭이 노동자들의 의식을 깨운 것처럼 그는 아이들의 "튼튼한 발을 칭찬"하며 "참된 즐거움"을 전했다. 또 지섭이 난쟁이에게 현실 탈출의 상징으로 달나라의 여행을 제시한 것처럼 그는 "세상은 신기한 폭탄, 꿈꾸는 부족에겐 발견의 도화선"을 제시하고, 지섭이 노동조합을 결성시킨 것처럼 그는 "무엇이든지 만들"어 낸 것이다.

기형도 시에 등장하는 또 다른 "그"는 조세희의 소설에 등장하는 "노동자 교회 목사"이다.

　　a. 교회는 북쪽 공업 지역 안에 있었다. 목사는 더러운 옷을 입고 있었다.

　　　　　　　　　　　　　　　　　　― 조세희, 「은강 노동가족의 생계비」, 218쪽.

　　b. 공포심이 우리의 가장 큰 적이라는 것을 목사는 강조했다.(중략) 그도 사랑 때문에 괴로와하는 사람이었다. 그는 나를 〈사회 조사 연구회〉라는 모임에 끌어들였다

　　　　　　　　　　　　　　　　　　― 조세희, 「잘못은 神에게도 있다」, 236쪽.

　　c. 그들이 제일 싫어하는 사람은 노동자 교회의 목사였다. 그들은 사랑과 희생의 덩어리인 성인을 싫어했다. (중략) 「나는 여러분과 여러분의 동료들이 열심히 부를 생산하는 것을 보아 왔습니다」라고 목사는 말했다. 「그러나 부를 생산하고도 그것을 제대로 나누어 받는 사람은 아직 한 사람도 못 보았습니다」라고 그는 말했다.

— 조세희, 「클라인씨의 병」, 258~259쪽.

조세희 소설에 등장하는 또 다른 "그"는 북쪽 공업지역 안에 있는 "노동자 교회 목사"(c)이다. 그는 노동자들처럼 "더러운 옷을 입고"(a) 노동자들을 위한 설교를 했다. 그리하여 난쟁이의 큰아들 "영수"에게 지대한 영향을 끼쳤다. 영수가 필요로 하는 자료를 찾아주었고, "사회 조사 연구회"라는 모임에 끌어들여 본격적으로 노동운동가의 길로 들어서게 한 것이다. 그는 양심을 가진 진보적인 지식인이기도 하여 현재의 모순된 정치, 사회 상황 등에 대해서도 노동자들에게 알려주었다. 그리고 "부를 생산하고도 그것을 제대로 나누어 받"(c)지 못한다고 노동자의 의식을 깨우치며 실천행동의 필요성을 역설했다. 그 결과 그에게 교육을 받은 노동자들이 공장으로 돌아가 노동조합의 결성에 성공했다. 따라서 은강공장 사용자들이 노동자 교회의 목사를 싫어하는 것은 당연한 일이었다.

읍내에서 그를 본 것은 이번이 처음이었다
철공소 앞에서 자전거를 세우고 그는
양철 홈통을 반듯하게 펴는 대장장이의
망치질을 조용히 보고 있었다
자전거 짐틀 위에는 두껍고 딱딱해보이는
성격책만한 송판들이 실려 있었다
교인들은 교회당 꽃밭을 마구 밟고 다녔다, 일주일 전에
목사님은 폐렴으로 둘째 아이를 잃었다, 장마통에
교인들은 반으로 줄었다, 더구나 그는

큰 소리로 기도하거나 손뼉을 치며

찬송하는 법도 없어

교인들은 주일마다 쑤군거렸다, 학생회 소년들과

목사관 뒷터에 푸성귀를 심다가

저녁 예배에 늦은 적도 있었다

성경이 아니라 생활에 밑줄을 그어야 한다는

그의 말은 집사들 사이에서

맹렬한 분노를 자아냈다, 폐렴으로 아이를 잃자

마을 전체가 은밀히 눈빛을 주고받으며

고개를 끄덕였다, 다음 주에 그는 우리 마을을 떠나야 한다

어두운 천막교회 천정에 늘어진 작은 전구처럼

하늘에는 어느덧 하나둘 맑은 별들이 켜지고

대장장이도 주섬주섬 공구를 챙겨들었다

한참 동안 무엇인가 생각하던 목사님은 그제서야

동네를 향해 천천히 페달을 밟았다, 저녁 공기 속에서

그의 친숙한 얼굴은 어딘지 조금 쓸쓸해 보였다

　　　　　　　　　　— 기형도, 「우리 동네 목사님」 전문

　기형도 시의 「우리 동네 목사님」에 등장하는 "그"는 조세희 소설의 "노동자 교회의 목사"를 패러디한 인물이다. 기형도 시의 우리 동네 목사님은 조세희 소설의 노동자 교회 목사가 공업지역의 노동자들과 생활을 함께한 것처럼 "어두운 천막교회"에서 "늘어진 작은 전구처럼" 생활하였다. 그는 다른 교회의 목사들처럼 "큰 소리로 기도하거나 손뼉을 치며/찬송하는 법"이 없었고, 오히려 "성경이 아니라 생활에 밑

줄을 그어야 한다"고 역설하였다. 따라서 조세희 소설에서 노동자 교회의 목사가 은강공장 사용자들로부터 싫음을 받았던 것처럼 우리 동네의 목사님도 "집사들"로부터 "맹렬한 분노를" 산다. 집사들이란 현재의 사회구조를 옹호하거나 현실 상황에 무관심한 사람들을 상징한다. 현실 상황에 무지하거나 무관심한 사람들도 현재의 사회구조를 옹호하는 사람 못지않게 책임이 있다. 그들의 소극적이고 순응적인 행동이 잘못되었기 때문이다.

기형도가 「집시의 시집」, 「우리 동네 목사님」 등의 시를 발표한 1980년대는 노동운동이 달아오른 때였다. 사북 노동자들의 파업으로 시작된 노동운동은 그 어느 때보다 파장이 커 구로 민주노조 연대 쟁의 등에서 볼 수 있듯이 대형적이었고, 업종별 노조협의회가 결성되기 시작하였으며, 노조 결성이 이루어지지 않던 연구소, 대학, 호텔, 공기업으로까지 확산되었다. 시인은 그러한 상황을 "세상은 신기한 폭탄, 꿈꾸는 部族에겐 발견의 도화선" 등의 표현으로 예리하게 담아낸 것이다.

5. 주인물(主人物)의 행동 패러디 · 1— 독서

내가 살아온 것은 거의
기적적이었다
오랫동안 나는 곰팡이 피어
나는 어둡고 축축한 세계에서
아무도 들여다보지 않는 질서
속에서, 텅 빈 희망 속에서

어찌 스스로의 일생을 예언할 수 있겠는가

다른 사람들은 분주히

몇몇 안 되는 내용을 가지고 서로의 기능을

넘겨보며 書標를 꽂기도 한다

또 어떤 이는 너무 쉽게 살았다고

말한다, 좀더 두꺼운 추억이 필요하다는

사실, 완전을 위해서라면 두께가

문제겠는가? 나는 여러 번 장소를 옮기며 살았지만

죽음은 생각도 못했다, 나의 경력은

출생뿐이었으므로, 왜냐하면

두려움이 나의 속성이며

미래가 나의 과거이므로

나는 존재하는 것, 그러므로

용기란 얼마나 무책임한 것인가, 보라

나를

한번이라도 본 사람은 모두

나를 떠나갔다, 나의 영혼은

검은 페이지가 대부분이다, 그러니 누가 나를

펼쳐볼 것인가, 하지만 그 경우

그들은 거짓을 논할 자격이 없다

거짓과 참됨은 모두 하나의 목적을

꿈꾸어야 한다, 단

한 줄일 수도 있다

나는 기적을 믿지 않는다

— 기형도, 「오래된 서적」 전문

기형도의 시에 등장하는 주인물(화자이기도 함)은 "나"인데, 나의 가장 특징적인 행동은 책읽기이다. "나는 플라톤을 읽었다, 그때마다 총성이 울렸다"(「대학시절」), "먼지의 방에서 책을 읽고 있었다"(「입 속의 검은 잎」), "위대한 작가들이란/대부분 비슷한 삶을 살다 갔다"(「흔해빠진 독서」) 등에서 확인되는데, 위의 시에서도 볼 수 있다.

「오래된 서적」은 고서(古書)를 의인화하여 화자의 독서행위를 나타내고 있다. 오래된 서적("나")은 여러 장소를 옮기며 지내오느라 "죽음은 생각도 못"하고, 그저 "출생"을 "경력"으로 삼고 있다. 따라서 "미래"는 곧 "과거"가 되기에 현재의 "용기란 얼마나 무책임한 것인가"라고 자조하고, "나의 영혼은/검은 페이지가 대부분"이라고 말하고 있는 것이다.

그러나 고서는 다시 반전을 가한다. 이러한 일이 사실이라고 할지라도 "거짓을 논할" 것은 아니라고, 즉 "거짓과 참됨은 모두 하나의 목적을/꿈꾸"는 것이 중요하므로 자신의 존재 가치를 지킬 것을 다짐하고 있다. 그러한 자세로 삶을 살아가는 것이야말로 세계를 올바로 이해하는 길이라고, 그리하여 "나는 기적을 믿지 않는다."라고 단정한다. 이 사회를 올바르게 이해하고 대응하기 위해서는 기적을 믿기보다는 성실하게 한 단계씩 쌓아가야 한다고 생각하는 것이다. 결국 화자는 이 세계를 이해하는 방법으로 고서의 가치를 내세우고 있는데, 책을 읽음으로써 세계를 읽고 나아가 그 속에 위치한 자신의 삶을 제대로 바라보고 또 준비할 수 있다는 것이다. 이러한 인식은 조세희의 소설에 등장하는 주인물의 행동을 패러디한 것이다.

a. 나는 무슨 책이든 손에 잡히는 대로 읽었다. 정판에서 식자로 올라간 다음에는 일을 하다 말고 원고를 읽는 버릇까지 생겼다.(중략) 이 노력으로 잃은 것은 하나도 없었다. 나는 고입 검정고시를 거쳐 방송통신고교에 입학했다.
— 조세희, 「난장이가 쏘아올린 작은 공」, 102쪽.

b. 로드함 공장에서는 어린 공원들이 정신을 차리게 하기 위해 채찍질을 했다는 기록을 나는 읽었다.
— 조세희, 「잘못은 신에게도 있다」, 229쪽.

임금을 많이 주는 직장	인간적인 대우를 해주는 직장	기술을 배울 수 있는 직장	기타
8.4	71.6	19.1	0.9

항상 피로하다	피로할 때도 있고 피로하지 않을 때도 있다	별로 피로하지 않다	전혀 피로하지 않다
8.4	71.6	19.1	0.9

— 조세희, 「기계도시」, 199~200쪽.

조세희의 소설에 등장하는 주인물은 "나"로서 난쟁이의 큰아들인 "영수"이다. 영수는 중학교 3학년 초에 가정 형편상 학교를 그만둘 수밖에 없었다. 그 후 난쟁이인 아버지를 대신해 장남으로서 가정을 이끌기 위해 인쇄소 직공을 거쳐 은강자동차 공장의 노동자가 되었다.

영수는 세상에 대한 궁금증으로 "무슨 책이든 손에 잡히는 대로 읽었"(a)고, 그리하여 영국의 로드햄 공장이 "어린 공원들이 정신을 차리게 하기 위해 채찍질을 했다는 기록"(b)까지 알게 되었고, 또 "고입 검정고시를 거쳐 방송통신고교에"(a) 입학했다. 그리고 노동자 교회에 나가 자료를 찾아 읽으면서 노동자들의 주요 취업동기가 빈곤이고, 노동자들이 원하는 직장 요건이 임금을 많이 주는 것보다 인간적인 대우를 해주는 것임을 알았다. 영수는 그러한 사실들을 토대로 사람들과 토론하며 인식을 넓혀나갔고 마침내 노동운동가가 되었다.

기형도의 「오래 된 서적」에서 "내"가 "기적을 믿지 않는" 것은 영수가 착실한 책읽기를 통하여 세계를 이해하고 자신의 길을 택하고 실행한 것이다. 즉 기형도의 시에 등장하는 "나"의 독서 행위는 조세희의 소설에 등장하는 난쟁이 큰아들의 독서 행위를 패러디한 것이다. 그러면서도 "나는 플라톤을 읽었다, 그때마다 총성이 울렸다"(「대학시절」)와 같은 표현에서도 잘 드러나듯이 시대 상황을 예리하게 담아내었다. 주인물의 독서 행위만을 모방한 것이 아니라 그를 둘러싸고 있는 상황, 신군부에 의해 지배되던 1980년대의 상황을 시적으로 담아낸 것이다. 그 형상화는 아이러니, 비유, 상징 등과 더불어 사물과 인간의 관계를 유기적으로 인식하는 의인법을 사용하여 주인물의 독서 행위를 보다 부각시키고 있는 것이다.

6. 주인물(主人物)의 행동 패러디 · 2 — 사랑

a. 네 속을 열면 몇 번이나 얼었다 (중략) 하늘에는 온통 네가

지난 자리마다 바람이 불고 있다

— 기형도, 「밤 눈」 부분

  b. 그날 마구 비틀거리는 겨울이었네   (중략)

     이 세상에 같은 사람은 없네 모든 추억은 쉴 곳을 잃었네 (중략)

     그토록 좁은 곳에서 나 내 사랑 잃었네

— 기형도, 「그집 앞」 부분

  c. 사랑을 잃고 나는 쓰네   (중략)

     잘 있거라, 더 이상 내 것이 아닌 열망들아

     장님처럼 나 이제 더듬거리며 문을 잠그네

     가엾은 내 사랑 빈집에 갇혔네

— 기형도, 「빈 집」 부분

기형도의 시들에 나타난 "나"의 사랑은 이처럼 청순함도 그리움도 없고 실패했을 뿐이다. "하늘에는 온통 네가 지난 자리마다 바람이 불고 있"(a)고 "더 이상 내 것이 아닌 열망들"(c)만 남아 있는 것이다. "마구 비틀거"(b)릴 정도로 취하고, "좁은 곳에서"(b) 동정을 잃고, "이 세상에 같은 사람은 없"(b)음을 깨닫고 절망한다. 그리하여 "장님처럼 나 이제 더듬거리며 문을 잠그"(c)고 빈집에 갇히고, "사랑을 목발질하며/나는 살아왔"(「쥐불놀이」)다고 실토한다. 사랑은 사회적인 것이다. 사랑은 개인의 고유한 것이기도 하지만 한 인간으로서 다른 인간을 이해하고 포용하는 일이기에 사회적인 관계망에 싸일 수밖에 없다. 그러므로 실패한 사랑은 그 자체의 의미 이상을, 즉 사회적인 의미를 갖는 것이다. 이러한 사랑은 조세희의 소설에 등장하는 난쟁이의 큰아들인 "영수"의 사랑을 패러디한 것이다.

　　그때는 방죽 오른쪽은 숲이었다. 거기 앉아 있으면 숲 사이로 인쇄 공장의 불빛이 보였다. 그곳 공원들은 밤중에도 일을 했다.

　「네가 약속하면 허락할 테야.」

　명희가 말했다.

　「무슨 약속?」

　내가 물었다.

　「넌 저 공장에 나가면 안 돼.」

　「미쳤어? 난 저 따위 공장엔 안 나가.」

　「정말이다? 약속했어.」

　「그래. 약속했어.」

　「그럼, 만져 봐.」

　명희는 나에게 가슴을 맡겼다. 아주 작은 가슴이었다.

　「네가 처음야.」

　명희가 말했다.　　　　(중략)

　그 명희가 자라면서 다방 종업원이 되고, 고속 버스 안내양이 되고, 골프장 캐디가 되었다. (중략) 어미니는 명희가 집에 올 때마다 배가 불러 있었다고 나중에 말했다. 명희는 음독 자살 예방 센터에서 숨을 거두었다.

　　　　　　ㅡ 조세희, 「난장이가 쏘아올린 작은 공」, 96~98쪽.

영수의 사랑은 비록 어린 나이였지만 여자 친구 "명희"가 절대로 노동자가 되어서는 안 된다는 요구에 기꺼이 응할 정도로 진실된 것이었다. 그러나 영수는 그 약속을 지킬 수 없었다. 난쟁이인 아버지가 죽자 어머니와 동생을 돌보기 위하여 중학교를 그만두고 인쇄공장에 취직해야만 되었고, 그에 따라 회사의 일 때문에 명희를 자주 만날 수 없었다. 명희가 그런 영수에게 실망한 것은 당연한 일이었다.

명희가 영수에게 노동자가 되지 말라고 요구한 것은 그녀 역시 가난했기 때문이다. 영수가 무얼 먹고 싶냐는 물음에 그녀는 사이다, 포도, 라면, 빵, 사과, 계란, 고기, 쌀밥 등을 댈 정도였다. 그리하여 그녀 또한 집안을 이끌기 위해 "다방 종업원"이 되고, "고속 버스 안내양"이 되고, 그리고 "골프장 캐디"가 되었다. 그러는 사이 사랑하지 않는 사람의 아이를 가지게 되었고, 그것의 괴로움을 이기지 못해 끝내 자살하고 말았다. 그만큼 명희 또한 영수를 사랑했던 것이다.

한편 기형도의 시에는 또 다른 사랑의 모습을 아버지로부터 발견할 수 있는데, 그것은 조세희 소설에 등장하는 난쟁이의 사랑을 패러디한 것이다.

> 아버지는 따뜻한 사람이었다. 아버지는 사랑에 기대를 걸었었다. 아버지가 꿈꾼 세상은 모두에게 할 일을 주고, 일한 대가로 먹고 입고, 누구나 다 자식을 공부시키며 이웃을 사랑하는 세계였다.// (중략)// 나는 그들이 살아가는 사람이 갖는 기쁨·평화·공평·행복에 대한 욕망을 갖기를 바랐다. (중략) 나는 게시판 앞에 아버지보다 작은 몸이 되어 서 있고는 했다.
> — 조세희, 「잘못은 神에게도 있다」, 228∼234쪽.

아버지(난쟁이)는 가족을 위해 불편한 몸을 이끌고 온갖 일을 했을 뿐 아니라 이웃에 대한 사랑도 지극하였다. 난쟁이의 그 사랑은 소박한 것이었다. "모두에게 할 일을 주고, 일한 대가로 먹고 입고, 누구나 다 자식을 공부시키며 이웃을 사랑하는 세계"가 실현되는 것이었다. 그러나 그것은 실제로 실현되기 어려운 기대였다. 그리하여 난쟁이는 절망에서 벗어나지 못하고 스스로 무너진 것이다.

영수는 아버지의 그 사랑을 늘 간직하고 살았고, 결국 더 큰 사랑을 위해 노동운동가가 되었다. 가난하고 무지한 사람들에게 "기쁨 · 평화 · 공평 · 행복에 대한 욕망을 갖"도록 해주고 싶었던 것이다. 아울러 "명희"에 대한 사랑을 살리고 싶었던 것이다. 그리하여 "게시판 앞에 아버지보다 작은 몸이 되어 서 있"는 자신을 발견하고 더 큰 사랑을 하기 위해 왜 노동운동을 하는지에 대해서 진지하게 되돌아본 것이다.

　　장마비, 아버지 얼굴 떠내려오신다
　　유리창에 잠시 붙어 입을 벌린다
　　나는 헛것을 살았다, 살아서 헛것이었다　　　(중략)
　　아버지, 비에 묻는다 내 단단한 각오들은 어디로 갔을까?
　　　　　　　　　　　　　　　　　　　　　— 기형도, 「물 속의 사막」 부분

기형도의 「물 속의 사막」에서 화사인 "나" 역시 조세희 소설의 "영수와 같은 사랑을 하고 있다. 어느 밤 세 시, 화자는 텅 빈 사무실에서 내리는 장맛비를 바라보면서 어린 시절을 추억하고 있다. 푸른 옥수수잎과 석탄가루를 뒤집어쓴 잡종개와 비닐집과 공장과 그리고 "아버지". 화자는 그 아버지를 항상 가슴에 묻고 살아왔다. 아버지는 지금까

지 자식이 살아오도록 사랑을 주신 분이었다. 그런데 화자는 아버지가
베풀어주신 그 사랑을 제대로 실행하지 못하고 있어 "나는 헛것을 살
았다"라고 자조하고, "내 단단한 각오들은 어디로 갔을까"하고 반성하
고 있는 것이다. 그리고 다음처럼 "질투"를 생각하고 있다.

> 그때 내 마음은 너무나 많은 공장들을 세웠으니   (중략)
> 내 희망의 내용은 질투뿐이었구나   (중략)
> 나의 생은 미친 듯이 사랑을 찾아 헤매었으나
> 단 한번도 스스로를 사랑하지 않았노라.
>
> — 기형도, 「질투는 나의 힘」 부분

이처럼 "나"는 "단 한 번도 스스로를 사랑하지 않"은 것을 되돌아보
고 있다. 그러므로 아버지의 사랑과 실패한 사랑을 되살리는 더 큰 사
랑을 하기에 앞서 자신부터 사랑해야 한다고 생각한다. 그 바탕 위에
서 "나"는 조세희의 소설에 등장하는 영수가 노동운동가가 된 것처럼
계속 질투하는 것이다.

7. 난쟁이 사랑의 패러디 시학

사회적 존재라는 운명을 벗어날 수 없는 시인들은 선배들이 이룩한
거대한 작품의 더미 위에서 그 업적을 정리·해석·평가하며 재창조
하는 자들이다. 따라서 한 시인의 시작품은 고유한 전유물이기에 앞서
선배들의 업적을 수용하면서 부정하고, 모방하면서 재창조한 산물로
볼 수 있다. 시인의 시작품은 유일무이한 독창적인 성과물이 아니라

시간과 공간을 넘어 끊임없이 반복되는 창작 행위의 한 결실인 것이다. 따라서 시인의 패러디는 창작적 의미를 지닌다. 원텍스트에 대한 모방이나 추종이 아니라 그것을 비판하고 수용하여 새롭게 창조하는 창작방법으로 문학전통에 대한 확인과 새로운 가능성을 제시하고 있는 것이다.

기형도의 『입 속의 검은 잎』이 조세희의 『난장이가 쏘아올린 작은 공』을 패러디 한 면이 그 좋은 예이다. 기형도는 원텍스트의 배경, 등장인물, 주인물의 행동 등을 패러디 텍스트로 패러디하면서 단순히 모방하지 않고 재창조하였다. 또한 아이러니, 비유, 상징, 의인화 등의 표현 기법을 활용하여 작품의 개성과 환기력을 높였으며, 원텍스트의 시대적 상황을 확장하고 재해석하여 보다 깊고 진실한 파장을 남겼다. 자신이 몸담고 있는 현실과 그 속에서 살아가는 난쟁이들의 모습을 보다 진지하게 그려낸 것이다.

야우스(Hans Robert Jau)가 지적했듯이 패러디스트는 작품 내에 존재하는 현실에만 관심을 갖는지 모른다. 텍스트 밖에 존재하는 세계를 반영하기보다는 텍스트 내의 상황을 반영하는 데 중점을 두는 것이다. 그러나 패러디스트가 텍스트 내의 세계를 들여다본다는 것은 결국 텍스트 밖의 현실을 배제하는 것이 아니라 수용하여 전체를 통합하고 재창조하는 것으로 볼 수 있다. 그 어떤 패러디스트도 자신이 살아가는 시대와 사회로부터 자유로울 수는 없다. 그가 창작의 수단으로 사용하는 언어까지 그 사회의 가치와 이념을 내포하고 있는 것이다. 그가 창의성을 발휘하여 나타내는 아이러니, 역설, 직유, 상징, 의인화 등의 표현 기법 또한 사회의 범주에 뿌리를 둔 장치이다. 그러므로 패러디스트가 텍스트 내의 현실을 해석하고 비판 및 수용하는 데에는 바흐찐

(Mihkail Bakhtin)이 지적하였듯이 리얼리즘적 요소가 포함되어 있는 것이다.

기형도가 시를 쓰던 1980년대는 본격적인 산업화의 과정으로 임금 문제, 장시간 노동, 산업재해, 비인간적인 대우 등 많은 문제들이 표출된 시기였다. 그리하여 노동문제는 정치 민주화와 함께 시대의 중심 과제로 떠올랐는데, 기형도는 그러한 시대 상황에서 소외된 난쟁이들을 껴안았던 것이다.

(《정신과표현》, 2000년 9/10월호)

작은 사람들의 꽃과 별

    브레히트(Bertolt Brecht)가 「서정시를 쓰기 어려운 시대」에서 "나도 알고 있다. 행복한 자만이/사랑받고 있다. 그의 말소리를 사람들은/즐겨 듣는다 그의 얼굴은 아름답다"라고 괴로워한 것이 새 천년의 한국 시단을 이끌어갈 시인들의 시를 읽는 동안 자꾸 떠올랐다. 작고, 힘없고, 열악하고, 이름 없고, 무력하고, 가진 것 없고, 뿌리 뽑히고, 배우지 못하고, 낙오되고, 소외되고……. 시인들의 시에서 느낀 이러한 이미지들은 경제적 기준에서 연유한 것인데, 그만큼 우리의 삶은 자본의 위력 앞에 무방비 상태로 놓여 있는 것이다. 물론 문학에 나타난 작고 힘없는 자들이란 경제적인 면에서뿐만 아니라 정신적인 면에서도 소외된 자들을 일컫는 것이지만, 전자로 인한 후자의 영향이 후자로 인한 전자의 영향보다 큰 것은 분명하다. 한국 문학사에서 특히 1970년대 이후의 문학에서 가진 자와 가지지 못한 자의 구분이 작품의 주제나 구성에 있어서 중시되었는데, 가지지 못한 자에 대한 관심은 지극히 휴머니즘의 추구였다. 휴머니즘은 인간중심주의 즉 인간의 해방을 추구하는 것으로 인간을 긍정하기 때문에 인간을 억누르는 대상을 부정하는 아픔이 있다. 그리하여 가지지 못한 자가 곧 착한 자라는 단선적 인식이 팽배한 적도 있었지만, 한국 문학은 지식인의 양심을 지킬 수 있었다. 모든 예술과 마찬가지로 시문학 역시 미학이 담보되어야 하는 것이지만, 그 비판정신은 점점 상업적 대중화가 횡행하는 오늘날 다시 새길 필요가 있는 것이다.

김은경의 「평화시장」(전문)은 "구겨진 얼굴들이 저마다 참소주 한 병 들고 펄럭펄럭 태극기로 나부끼는 안개 속"에서 살아가는 사람들을 그리고 있는 작품이다.

강남약국과 공고사거리 지나 파티마병원 쪽으로 직진하면, 평화시장. 그르렁그르렁 고물 냉장고의 배고픈 소음과 지글지글 볶아대는 닭똥집 냄새 찌그러진 깡통 속 바람이 조금의 망설임도 없이 몸을 섞는다 누전된 욕망과 술이 뒤범벅되는 희망, 골목같이 구불한 生이 또아리를 틀고 숨어 있는 곳. 비명을 지르며 툭툭 쓰러지는 눈물들, 삐걱이는 탁자처럼 다들 불안하다 구토라도 속시원히 할 수 있다면 목숨이 조금은 가벼워질까? 밖으로 나가는 문턱은 너무 높고 나는 또 너무 무거워졌다…… 한때 나를 통째로 무너뜨린 사랑도 잡히지 않고 무덤덤한 무덤 같은 새벽길을 밟아 삭풍은 불어오지만 창을 때리는 것은 바람이 아니다 - 소리도 없는 그림자들이 쓱쓱 길을 지우고 간다

구겨진 얼굴들이 저마다 참소주 한 병 들고 펄럭펄럭 태극기로 나부끼는 안개 속의 평화시장. 이곳에만 오면 평화 평화, 우리는 비둘기를 상상하며 활갯짓을 해대곤 하지 혹시 온몸이 둥둥 떠오르지 않을까? 술기운에 문득, 겨드랑이가 가렵기도 하다 이젠 너무 무거

워져 하늘로 날아 오르지도 못하는 살진 회색빛의 날개가 몸을 잔뜩 도사린 채 '평화 평화' 노래하며 술 취한 목소리로 젖어가고 있다.(평화시장: 대구시 북구 대현동에 위치한 시장)

"구겨진 얼굴들이" 살아가고 있는 평화시장은 "골목같이 구불한 生이 또아리를 틀고 숨어 있는 곳"이다. 그 숨어 있는 곳에는 사람들의 욕망이 비명과 눈물과 불안과 구토와 삭풍과 함께 뒤섞여 있다. 그리하여 그곳에서 삶을 영위하는 사람들이 "평화 평화" 하고 노래부르지만 그것을 획득하기는 실제 어렵고 끝내 "술 취한 목소리로 젖"을 뿐이다.

그렇지만 시인은 눈물과 절망이 들어 있는 그들의 목소리를 살리기 위해 「그녀의 십팔번」을 따라 부른다. "짭조름한 그 여자, 신촌댁"은 "부업거리로 받아 온 꽃양산을 방안 가득 펼쳐 놓고" "家計를 깁"고 있다. 신촌댁은 큰돈을 벌 수 없는 이 따분하고 힘든 일을 즐겁게 하기 위해 노래를 부르는데, "'바다가 육지라면'을 넘고 김수희의 '애모'와/송대관의 '네 박자'를 지나" "요즘 십팔번은 '꽃을 든 남자'"이다. 따라서 신촌댁의 십팔번은 일종의 노동요이다. 노동을 하면서 일의 힘듦을 이기고 의욕을 높이는 것이다. 그런데 신촌댁이 악센트를 두고 있는 부분은 "외로운 가슴에 꽃씨를 뿌려- 사랑이 싹틀 수 있게-/나는야 꽃잎되어 그대 가슴에 영원히 날고 싶어라"이다. 그 사랑은 에로티시즘의 추구가 아니라 힘든 일을 하면서도 갖는 여유이다. 이 여유가 있기에 어려운 삶을 꽃피울 희망이 신촌댁에게도 시인에게도 있는 것이다.

김세현의 「간이역」(전문) 역시 작은 사람들을 그리고 있는 작품이다.

　　자네 수성못을 아는가 허허로이 둑길을 따라 걷다보면 오동나무
에 걸린 듯 왼통 붉은 얼굴로 담배만 뻑뻑 빨고 있는 늙은 기차를 볼
걸세 그곳 간이역에 내려본 일이 있는가 요즘은 배롱나무꽃도 만발
해서 쓸쓸하기는 덜 할거야 가끔 늦은 시간에 소나기가 왁자지껄 와
서는 늙은 기차의 분통을 식혀주고 가기도 하지 적막할 때 나는 그
림자 데리고 가서 한 잔 술 털어 넣고 세월을 잘못 건너 폐인이 된
어떤 사내를 떠올리곤 한다네 아까운 인재였는데 태양의 빛살을 잘
못 맞아 날개를 떨어뜨리고 말았지 높이 나는 게 자랑이 될 수 없다
는 걸 그는 내게 가르쳐주었지 후줄근한 삶의 길목에 내린 간이역에
서 자네와 내가 만나 무중력 상태가 되도록 술잔을 높이 던지고 싶
으이 고향처럼 아늑한 향수를 강이 되도록 퍼담고 싶으이

　시인이 소개하고 있는 "그"는 "높이 나는 게 자랑이 될 수 없다는
걸" 내세운 사람. "아까운 인재"였지만 결국 "세월을 잘못 건너 폐인
이" 되고 만 것이다. 세월을 잘못 만나 자신의 뜻을 펼쳐보지 못했음은
세속적 입장에서 보면 실패한 인생이다. 그렇다면 시인이 자신의 지기
(知己)에게 "무중력 상태가 되도록 술"을 마시며 그 사람으로부터 배
우고자 하는 것은 무엇인가? 높이 나는 걸 추구하지 않아서 이 사회에
서 패배하고 말았는데 무엇을 배운단 말인가? 그것은 아마 이 자본주
의 사회의 물질주의에 대항하는 정신적 가치일 것이다. 그렇다면 그
정신적인 가치는 어떤 것인가? 시인은 그것을 자기 비움 즉 세속의 욕
망을 절제함으로 들고 있다. 이 인식은 생각해볼 문제이다. 시 쓰기는
자기 수련을 넘어 점점 타락되어 가는 이 사회에 적극적으로 대항해야

할 필요가 있기 때문이다. 김수영이 시작(詩作)은 "온몸으로 밀고 나가는 것"(「詩여, 침을 뱉어라」)이라고 한 말이나 "문학을 하는 사람의 처지로서 〈이만하면〉이란 것은 있을 수 없다."(「創作自由의 조건」)라고 한 말을 다시 새겨야 한다. "그"가 왜 맥없이 무너졌는가? 그것에 대한 깊은 슬픔 없이 뒤에서 술이나 마셔야 되겠는가? 인간답게 살 수 있는 세상을 지향하는 것이 시인의 의무이다. 그 길에서 실패한다고 할지라도 시인은 끝까지 가슴 아파해야 한다. 이런 차원에서 보면 「새벽 두 시에 내리는 비」는 너무 착한 연시이다.

박성우의 「거미 II」(전문)는 시 쓰기의 어려움을 토로하고 있는 자신의 이야기이다.

한달 만의 식사다
나방은 즙이 많아서 좋다
위턱과 아래턱을 놀린 지 오래여서
입이 좀 뻐근하다 집주인이 들어온다
저 남자는 시를 쓴다
한달 전, 저 남자가 이사를 왔을 때
나는 안도의 한숨을 쉬었다
그도 그럴 것이 시인은 게을러서
화장실 귀퉁이에 세들어 사는 내 집을
빗자루로 걷어낼 일이 없기 때문이다
간만의 식사 탓일까
소화가 잘 되지 않아 자꾸 신트림이 나온다
밥 먹는 내 모습을 처음 보았겠지, 남자가

칫솔을 문 채 한참이나 나를 쳐다보고 있다

날개라도 한쪽 떼어줄까

남자도 나처럼 오랫동안 굶었는지 깡말라간다

생각하면 저 남자가 있어 외롭지 않았다

이곳에 들어올 때마다 지금처럼

내가 잘 있는지 먹이는 언제쯤이나 잡게 될런지

쳐다보곤 하던 따뜻한 눈길, 알기나 할까?

남자가 아픈 배를 누르며 변기에 앉아 있을 때나

양치질을 하다가 욱욱거릴 때면 나는

그물을 손질하고 있었다는 것조차 잊은 채

내가 대신 뒤틀려주고 싶었다

남자가 알몸을 씻은 날은

주린 아랫입에 손가락을 물려 또 다른 허기를 달랬다

남자가 밖으로 나간다

다시, 지루한 기다림이 시작된 것이다

　시인이 자신의 어려움을 직접적으로 드러내지 않고 "거미"의 시선을 통하고 있어 적당한 거리를 유지하고 있다. 그리하여 "아픈 배를 누르며 변기에 앉아 있을 때나/양치질을 하다가 욱욱거릴 때"에 "대신 뒤틀려주고 싶"은 마음이 오래도록 든다. 시 쓰기의 고통이 시인의 삶을 지배할 정도로 큰 것이지만 그 환경에 지배받지 않고 이겨내려고 하는 시인의 의지는 "그물을 손질하"는 거미의 모습으로 각인되고 있는 것이다.

　그러나 그 극복이 매우 어려운 일이라는 것을 「섬」은 잘 나타내고 있다. 눈을 뜰 수 없을 정도로 멀미에 시달리는 과정을 거쳐 시인은 섬에 도착했지만, "어느 곳으로도 발을 뗄 수가 없었다/젠장, 바다를 밟고 서 있"을 뿐이었다. 마치 무지개를 잡으려고 험한 길을 헤매며 다가갔지만 끝내 잡을 수 없음을 깨달은 것과 같은 모습이다. 그런데도 사람들은 욕망을 버리지 않고 "너나 할 것 없이/풍경을 오리기에 바"쁘다. 좋은 풍경을 간직하려고 사진기로 "찰칵찰칵,/앞다투어 가위질을" 하는 것이다. 따라서 시인이 깨달은 욕망과 운명은 정신 영역에서가 아니라 사회성에 토대를 두고 있는 것이기에 든든하다.

신혜정의 「숟가락들의 점심식사」(전문)는 현대사회 속에서 살아가는 사람들이 모습을 고스란히 담고 있다.

오늘 점심 메뉴는 설렁탕이다 4인용 테이블에 다섯의 사내들이 몸을 구기고 앉는다 다섯 개의 숟가락이 설렁탕 뚝배기에 빠진다 사내들이 모락모락 김이 나는 국물을 후후 불어 마시는 동안 숟가락들 뚝배기 속에서 덜그럭거린다 한 숟가락이 사리를 추가한다 〈숟가락은 늘 청결해야 한다〉 숟가락들이 깍두기와 뼛국물 범벅인 입 속을 왔다갔다한다 〈남의 목구멍에 빌붙는 신세다〉 다른 숟가락이 마늘을 우걱 씹는다 〈목구멍이 더럽거나 악취가 나도 우리에게 선택권이란 없다〉 숟가락들이 국물까지 말끔히 비운다 숟가락을 든 사내들은 검정양복바지 위에 흰 와이셔츠를 입었다 목엔 모두 핸드폰 줄이 걸려있고 약속이나 한 것처럼 핸드폰은 와이셔츠 왼쪽 주머니에 끼워져 있다 이쑤시개로 굵은 고춧가루를 빼내고 다시 오른쪽 혹은 왼쪽 바지주머니에서 서둘러 담배를 꺼낸다 모두 〈디스〉다 〈다스〉로 묶여 똑같이 포장되어있다 숟가락들은 검정 구두를 신고 식당에서 나온다 수저통에는 키와 모양이 같은 수저만 남는다 다섯의 사내들도 그들의 수저통으로 돌아간다 뒤에서 보면 누군지 알 수 없는 일렬횡대, 설거지도 없이 숟가락들이 점심식사를 끝낸다

작은 사람들의 점심식사 모습이 즉 "4인용 테이블에 다섯의 사내들이 몸을 구기고" 점심식사로 "설렁탕"을 먹는 모습이 눈에 선하다. 그들은 "검정 양복바지 위에 흰 와이셔츠를 입었"는데 "목엔 모두 핸드폰 줄이 걸려있고 약속이나 한 것처럼 핸드폰은 와이셔츠 왼쪽 주머니에 끼워져 있다." 이 도시에서 흔히 볼 수 있는 샐러리맨의 모습인 것이다. 그들은 "〈다스〉"로 묶여 똑같이 포장되어" 있고 "뒤에서 보면 누군지 알 수 없"을 정도로 획일화되어 있다. 그런데 그들을 조종하는 매개체가 "숟가락"이라는 점에 시선이 머문다. 이 자본주의 사회의 최저층을 이루는 양식의 문제가 숟가락을 통해 다시 보이는 것이다. 신혜정 시인은 「스프링 위를 달리는 말」, 「미역」, 「오! 동태」 등에서도 보여주었듯이 착상을 잘하는 시인이다.

「선인장을 깨물다」는 다소 의외적인 작품으로 에로티시즘의 한 극단을 보이고 있다. "개들이 부러워 여자가 원피스를 훌러덩 벗"고 "한 쌍의 개가 되"는 성욕의 추구는 가시가 있는 선인장을 탐하기 위해 깨무는 것과 다르지 않다. 원래 성욕과 식욕의 행위는 동일어로 표현된다. 가령 '먹다'(eat)라는 말은 음식을 먹는 행위와 섹스 행위를 동시에 뜻하는 것이다. 시인은 그 섹스의 행동을 "참사랑과 기쁨"이라고 말하고 있는데, 바따이유(G.Bataille)가 주장한 에로티즘의 진정성을 기대해본다. 오늘날 에로티시즘을 방해하고 왜곡시키는 것이 윤리나 관습인가? 아니면 경제적인 면인가? 그 모든 것이라고 할지라도 어느 면

에 편견을 가질 필요가 있지 않은가?

　장만호의 「겨울 풍경」(전문)은 "국립 재활원"에 있는 아이들을 발견하고 그들의 삶의 의미를 "별"로 인식하고 있는 작품이다.

　　　술을 먹고 집으로 가는 길

　　　숨죽인 화계사를 건너고 국립 재활원을 지나다 보면

　　　서서히 일어나 하나, 둘 셋……

　　　별들을 이어 별자리를 긋듯 손을 잡는 아이들

　　　휠체어를 타거나 지체 부자유한 별들

　　　밀거나 당겨주며 수유리의 밤을 온몸의 운동으로

　　　순례한다, 길 밖에 고인 어둠만을 골라 딛으면서

　　　몸이 곧 상처가 되는 삶들을 감행하며

　　　흔들리는 평생(平生)을, 과장도 엄살도 없이 흔들며 간다

　　　그 모습 가축들처럼 쓸쓸해

　　　왜 연약한 짐승들만 겨울잠을 자지 않는지

　　　작은곰자리에서 내려올 눈발을 헤치며,

　　　왜 사람만이 겨울에 크는지,

　　　묻고 싶었지만

　　　아이들은 여전히 붕어빵을 입에 물고는

　　　풍경(風磬)처럼 흔들리며 간다

　　　깨어 있으려고

　　　흔들려 깨어 있으려고

　아이들은 "휠체어를 타거나 지체 부자유"하지만 "밀거나 당겨주며

수유리의 밤을 온몸의 운동으로/순례"하고 있다. 그것은 "길 밖에 고인 어둠만을 골라 디디면서/몸이 곧 상처가 되는 삶들을 감행하"는 것이기에 참으로 눈물겹다. 시인은 아이들의 그 행동을 자신의 환경에 잘 적응하는 것으로 보고 있다. 적응은 주어진 환경에 순응하는 것이 아니라 인간답게 살 수 있는 환경을 만들어 나가는 적극적인 행동이다. "온몸의 운동"을 하는 아이들의 모습이 그 전형인 것이다. 그리하여 시인은 "왜 사람들이 겨울에 크는지" 알 것 같다고, 아이들의 용기 있는 행동에 진지한 지지와 응원을 보내고 있는 것이다.

「별이 빛나는 밤에」는 "지난 사랑은 오래된 음반과 같"다거나 "바늘이 튈 때마다/탁탁, 장작 타는 소리 들려"온다와 같은 환기력 있는 표현으로 밤하늘의 풍경을 아름답게 수놓고 있다. 그런데 그 별은 먼 거리에 홀로 떠 있는 객관적 대상이 아니라 "지문"이 묻어 있는 대상이다. 즉 시인의 눈길과 호흡과 목소리와 그리고 지문까지 연결되어 있는 지극히 인간적인 대상인 것이다. 그리하여 시인의 별은 공허하지 않고 "한 켤레 벙어리장갑처럼, 함부로"(「水踰里에서」) 살아온 삶을 조금씩 채워 가는 운동과 같은 것이다.

(《시안》, 2001년 가을호)

노동문화와 근로자문화예술제

1. 노동문화의 형성

19세기 말까지 한국 사회는 이치(理致)의 조화를 통해 안정적으로 유지되었다. 이치의 근거는 유교 규범이었는데 정치적으로는 군주제를, 경제적으로는 농업을 중심으로 하는 봉건제를, 사회적으로는 가족주의적 신분제를 토대로 하고 있었다. 사회 구성원들은 이 유교 규범에 따라 사회적 존재의 정체성(identity)을 가질 수 있었다.

그러나 19세기 말 이후 유교 규범은 동시대인들의 삶의 지침으로 자리잡지 못하고 해체되는 과정을 겪지 않을 수 없었다. 국내외의 급격한 환경변화에 군주제, 봉건제, 신분제 등을 근간으로 하는 유교 규범이 능동적인 대안이 될 수 없었던 것이다. 장유유서, 사농공상, 남존여비 등을 중시하는 유교 규범은 그동안 사회질서의 안정을 이룩하는 데 기여했지만 급변하는 시대의 흐름에는 합리적이지 못했다. 종적인 관계로 인한 닫힌 체계였기 때문에 경쟁원리에 입각한 서구 문물이 유입되었을 때 사회 통합의 근거가 될 수 없었던 것이다.

한국은 그 과정에서 시대 상황에 필요한 규범을 주체적으로 세우려고 했으나 물질의 힘을 앞세우고 진입하는 외세를 대항할 수 없었다. 그 극점이 일본의 강점(强占)이었다. 그 결과 한국 사회는 유교 규범을 계승한 것도, 서구 규범을 자진하여 수용한 것도, 서로를 발전적으로 접목시킨 것도 아니었다. 서구 규범이 즉 일본의 전략적 규범이 한국 사회를 일방적으로 뒤덮은 것으로 한국인들은 타율적으로 행동할 수밖에 없었다. 그리하여 정치, 경제, 사회, 문화 등의 파괴와 지체를 피할 수 없었던 것이다.

그러한 과정에서 한국인들은 기존의 유교 규범이 자기 정체성의 기준이 될 수 없음을 인식하였다. 혈연, 지연 등과 같은 본래적 인간관계보다는 재력, 세력, 학력 등과 같은 개인 성취에 의한 인간관계가 중요함을 깨달은 것이다. 이러한 인식은 해방 후 경제개발 정책이 성공을 거두는 과정에서 보다 심화되어 자기 능력의 계발과 사회적 지위의 상승을 위하여 높은 교육열을 가졌고, 자기 사업으로 재력을 추구했으며, 사회적 출세를 위해 치열한 경쟁과정에 동승했다. 그 결과 자기 이익만을 달성하기 위한 이기적인 사회 풍토가 만연되었고 사회 계층간, 도시와 농촌간, 학력자와 비학력자간, 남성과 여성간, 화이트 칼라와 블루 칼라간 부의 분배가 불균형적으로 이루어지는 사회문제가 발생했다. 결국 급속한 경제 성장으로 인한 부작용으로 사회적 갈등과 상대적 소외감이 심화된 것이다.

한국의 자본주의는 외세의 문물이 밀려들어오는 상황을 주체적으로 수용할 틈도 없이 일제의 식민지화로 인해 처음부터 왜곡되었다. 일제는 자국 국민의 소득 확대와 기업 활동에 유리한 터전을 마련하기 위해 그리고 전쟁 수행에 필요한 군수품을 조달하기 위해 한국의 기업을 철저히 통제했다. 그리하여 이 시기의 한국 기업들은 민족주의를 기반으로 삼았지만 기업 경영에 있어서 전근대성을 벗어날 수 있는 여건을 마련할 수 없었다. 해방 이후 남북 분단과 전쟁, 그것으로 인한 대미 의존의 강화 등이 한국의 주체적 자본주의의 형성을 다시 막았다. 미국의 자본과 기술이 한국 경제의 성장에 상당한 역할을 한 것은 사실이지만 대외 의존도를 높이는 부작용을 낳은 것도 사실이었다.

1960년대 이후 정부는 강력한 수출 정책을 위해서 기업들에 재정 및 금융상 특혜를 제공한 데다가 경영에도 유리하게 노동자들의 임금 인상을 억제하였다. 그리고 저임금의 노동자들이 살아갈 수 있도록 저농산물 가격을 유지하였다. 이러한 정부의 정책이 단기간 내에 경제 성장을 이루는 데 기여한 면이 있었지만 권력과 자본이 결탁해 독점자본이 형성되는 등 많은 문제를 낳았다. 더욱이 정부는 경제 성장의 목표를 달성하기 위하여 노동문제나 노사관계에 적극 개입하였고 반공 이념이나 선성장 후분배와 같은 논리로 노동자들을 통제하였는데, 노동자들은 국가의 경제 성장이라는 명분을 받아들이고 자신의 생계를 해결하기 위하여 저임금과 장시간 노동 그리고 열악한 작업조건을 감수해야만 되었다. 정부의 주도적인 경제정책에 기업 역시 의존하게 되어 스스로 합리적인 경영과 투자를 할 수 없었고 장기적인 계획도 세울 수 없었다. 정치권력과 유착해 성장한 기업들은 자생력이 약해 급격히 변화하는 국제환경에 제대로 적응할 수 없었던 것이다.

그 결과 정부의 특혜 금융과 기업 보호, 수출 지원 등이 있있음에도 불구하고 기업들이 도산하였다. 기업들은 성장 과정에서 자기 자본이 아니라 정책 자본에 의존한 데다가 그 자본을 합리적으로 사용하지 않고 타기업의 합병이나 부동산 투기에 사용하여 부실을 자초했고, 각종 비리를 일으켰다. 그리하여 기업은 국가 경제를 이끈 역할로 사회로부터 존경받아야 함에도 불구하고 오히려 불신을 받게 된 것이었다.

1980년대 이후 한국 사회에서는 이러한 현상을 극복하려는 운동이 일어났다. 진보적인 지식인들과 대학생들을 중심으로 일어난 정치 민주화 운동과 함께 노동자들의 산업 민주화 요구는 그동안 정부와 기업 위주로 이끌어온 경제정책을 재고하게 만들었다. 또한 바람직한 노사 관계를 비롯하여 진정한 사회적 배분을 재고하기에 이르렀다. 그리하여 정치 민주화, 부의 균형적인 배분, 국민복지의 향상, 환경보호, 성차별 극복, 다양한 문화정책 등 발전적인 논의들이 일어났다.

이러한 변화는 19세기 말 유교 규범에 대한 대응보다 수평적이고 비판적이고 그리고 열린사회를 지향한 것이었다. 절대화되고 권위적이고 혈연이나 지연에 기초를 둔 폐쇄적이고 배타적인 것이 아니라 개인의 가치를 인정하면서 바람직한 사회 가치를 모색하는 것이었다. 이러한 면이 부정적인 사회 요소를 완전히 극복했다고는 볼 수 없지만, 점점 심각해지는 인간소외와 상품화되는 사회를 극복하고자 하는 의의는 결코 폄훼될 수 없다. 인간의 주체성을 살리고자 하는 필요성은 노동의 세계 내지 노동 문화에서도 예외일 수 없는 것이다.

인간은 사회적 동물이라는 아리스토텔레스의 말을 노동 세계에 적용해보면 인간은 일하는 동물이라고 할 수 있을 것이다. 진정 인간은 노동을 통하여 자신의 생존조건을 마련하고 사회적 관계를 형성한다. 노동은 인간 생활에 필요한 조건들을 생산하기 위하여 육체적·정신적 능력을 발휘하는 과정으로 그것을 통해 인간은 자신의 욕구를 충족시키고 사회의 구성원이 된다. 사회를 존립시키는 수요 공급의 한 구성원이 되고 사회 발전의 한 역할자가 되는 것이다. 따라서 노동은 인간 생존의 근거이고 사회적 자아를 형성하는 관계이다.

인간 사회는 구성원 상호간 및 자연과 연계되어 있는 총체이다. 사회는 인간이 존재하지 않거나 고립되어 있으면 존재할 수 없다. 사회는 다분히 추상적이지만 구성원들이 구체적으로 존재하고 있기 때문에 그 추상성을 극복한다. 노동은 인간을 구체적으로 존재시키고 사회적 존재로 나아가게 하는 행동이고 힘이다. 인간 사회를 형성하는 근본 조건이면서 필수 요소인 것이다. 인간은 노동을 통해서 자신의 사회적 존재로서의 의미를 확인하고 자기를 발전시키는 계기를 찾고 역사적 주체가 된다.

그런데 근대 자본주의 사회를 거치면서 노동은 오히려 인간을 소외시키는 결과를 초래하였다. 자본주의의 전개가 노예적 노동으로부터 인간을 해방시켰지만 자본이 없는 노동자는 자신의 생계를 유지하기 위하여 자본가가 요구하는 조건에 자기를 상품으로 팔아야만 되었다. 자유 노동자의 신분이 되었지만 새로운 종속관계에 놓이게 된 것이다.

노동자들이 사용자와 노동 계약을 맺는 장소는 대량생산과 분업화가 이루어지는 곳 즉 도시이다. 도시는 인구가 집중된 곳으로 익명성이 높고 전통 규범이 혼란을 겪는다. 향락과 오락 등의 소비문화가 지배적이고 청소년 문제가 심각하고 전문직과 관리직, 사무직, 서비스직 등이 대우를 받는 곳이다. 따라서 고도 자본주의의 도래로 인해 블루칼라에 해당하는 노동자들의 위치는 점점 위태로워진다.

자본주의는 경제원리에 의해 보다 많은 이익을 획득하기 위해 분업화와 자동화를 수반하게 되는데, 그에 따라 노동자는 주체적이고 총체적인 노동을 하지 못하고 사용자의 지시에 의해 부분적인 작업을 하는 수동적인 존재가 된다. 결국 마르크스가 예상한 대로 노동자는 노동

생산물로부터의 소외, 노동 생산과정으로부터의 소외, 유적(類的) 존재로부터의 소외, 인간으로부터의 소외 상태가 되는 것이다.

그러면서도 기업 경영은 여전히 폐쇄적인 방식이 답습되어 노동조합이 정착되지 않고 노동시장이 마련되어 있지 않은 상황에서 노동자의 위치는 불안하다. 사용자의 가부장적인 경영은 노동자의 근무조건과 임금 심지어 채용과 해고를 자의적으로 할 수 있고 하향적 의사 전달과 소속 집단에 대한 충성과 상급자에 대한 복종을 일방적으로 강조한다. 그리하여 폐쇄성을 조장하고 합리성을 상실하여 환경 변화에 제대로 대처할 수 없는 것이다.

결국 사용자는 한편으로는 법질서와 국가 경제의 발전이라는 명분을 내세워 노동자들을 억압하고 다른 한편으로는 인간적인 결속이나 협동을 강조하는 유인책으로 노동자들을 이끌고 있다. 그러나 이러한 태도는 기업의 자기 구성원인 노동자들로부터 정당성을 얻지 못할 뿐 아니라 노동시장의 흐름에도 효과적인 대응이 못된다. 노동자들의 생활 수준과 의식이 높아지는 추세에서 그리고 정치 민주화가 진행되는 상황에서 기업의 권위주의는 더 이상 시대적으로 통용될 수 없는 것이다. 이러한 상황에서 노동문화의 중요성이 대두되는 것이다.

노동문화란 노동의 사회적, 역사적, 문화적 의미를 담는 구체화된 행위 양식이다. 노동은 인간과 인간, 인간과 자연 사이의 관계에서 사회화하는 행동인데, 노동문화는 그 노동의 과정으로 인해 형성되므로 곧 사회적이고 동태적이고 역사적이다. 노동자들의 노동과 일상의 양식이 곧 노동문화의 내용을 이루는 것으로 전체 문화의 한 부분인 것이다.

문화란 타일러(Edward B. Tylor)가 『원시문화』(Primitive Culture,

1871)에서 정의했듯이 "지식, 신앙, 예술, 법률, 도덕, 풍습, 그리고 사회의 한 성원으로서 얻은 능력이나 관습들을 포함하는 총체"이다. 문화란 인간이 어떤 목적을 위해 도구를 사용하는 것으로 복합적인 생활양식이다. 문화는 사회를 구성하고 있는 모든 사람들이 소유하고 있는 가치관과 신념, 이념, 습관, 기준, 기호, 지식, 기술 등을 포괄하는 개념이다. 따라서 문화는 보편성과 사회성, 학습성, 축적성 등의 특성을 갖는다. 문화는 곧 사회화의 산물인데 사회화는 자신이 태어난 그 사회의 문화를 배우고 그 사회의 가치를 내면화시키는 과정으로 이를 통해 인간은 비로소 사회의 한 구성원이 된다. 사회와의 과정 속에서 인간은 그 사회의 가치를 배우며 자기의 정체를 형성하고 역할을 깨닫고 이상을 만들어 가는 것이다.

근대사회에서의 노동은 이전 사회의 공동 생산과 공동 분배 또는 노예제도와 봉건제로 이루어지던 형태에서 벗어나 자본주의적 속성을 갖는다. 원시사회는 자생적인 혈연단체로 구성된 공동체로 토지나 생산도구를 비롯한 사냥, 채취 등의 생산물이 공유되었다. 그렇지만 생산도구의 발달과 농업기술의 발전 등으로 사적 소유가 생기고 사회적 분업과 생산물 교환이 이루어졌다. 그 생산력의 정도에 따라 사회적 빈부의 차가 생기기 시작하였는데, 그 결과 고대사회에서는 노예제도가 성립되었다. 소유주에 예속된 노예는 생산력을 위한 노동력만 제공할 뿐 인격적인 대우를 받지 못했고 생산물의 분배에 있어서도 일체의 자격이 없었다. 생산력 경쟁이 사회적으로 진행되는 상황이어서 노예에 대한 억압과 착취는 보편적이었지만 그에 대한 노예들의 저항도 상당했다. 그리하여 중세사회에서는 봉건적 토지 소유관계의 기반이 성립되었다. 그러나 영주 대 농민간의 관계에서 봉건적 착취와 억압은 계속되어 그에 대한 농민들의 저항이 확대되었고 결국 그 속박으로부터 벗어나 잉여 생산의 부분을 축적해 자신의 신분을 향상시켜 나갔다.

근대 자본주의는 이러한 봉건주의 사회의 불합리한 면을 지양하고 성립한 사회체계로서 사유재산 제도의 확립이라는 특성을 갖는다. 생산수단의 사적 소유가 이루어지고, 상품 생산을 통한 이윤 획득이 인정된 것이다. 따라서 노동력이 상품화되어 이윤 추구의 시장에 놓여지는, 즉 노동자가 자신의 노동력을 하나의 상품으로 판매하고 그 대가를 받아 삶을 영위하게 된 것이다. 그리하여 자신의 노동력이 사용자와의 교환가치를 획득할 수 있도록 향상시켜 나갔고, 사용자 역시 적합한 노동력을 소유한 노동자를 시장에서 구할 필요가 있게 되어, 결국 사용자와 노동자는 상호의존적인 관계가 되었다. 그렇지만 노동자와 사용자는 평등한 관계가 아니었다. 사용자는 생산수단을 소유하고 있었기 때문에 자기 자본의 증식을 위한 다양한 방안을 마련할 수 있는 데 비해 노동자는 자신의 노동력을 판매하는 것 외에 별다른 수단이 없었기 때문이다.

한국의 노동자들 역시 고용시장이 취약하고 자기 노동에 대한 권리 인식이 약해 대등한 노사관계를 이루지 못했다. 노동자는 일자리를 마련해주는 사용자에게 일방적으로 고마움을 가져야 하는 위치였던 것이다. 이러한 노동자들의 희생으로 기업은 단기간 내에 빠른 성장을 이룩하였고 국가도 중진국 대열에 들어서게 되었지만, 노동자들의 이익 분배는 적정하지 않았다.

그렇지만 사회적 수준과 노동자들의 자기 인식이 높아지면서 분배에 대한 요구가 일기 시작했다. 또한 과학기술의 발전으로 말미암아 작업장이 자동화되면서 노동자들은 자신의 일자리에 불안을 느껴 지키려고 나섰다. 이제 사용자도 이러한 노동 환경의 변화에 적극적인 인식을 가질 필요가 있게 되었다. 노동자의 재교육, 근무여건 개선, 합리적인 임금제도, 발전적인 노사관계 등이 요구되고 있는 것이다.

노동문화는 노동자가 가지고 있는 세계관, 가치, 의식, 자세 등을 의미한다고 볼 수 있으므로 노동문화의 향상은 운동 차원에서 이루어질 수 있다. 노동문화는 기업문화와 상관이 있는 것으로 기업문화가 기업이 공유하고 있는 가치관과 신념, 규범, 관습, 행동 양식 등의 총체라면 노동문화는 그 구성원인 노동자들이 공유하고 있는 것이다. 따라서 노동문화의 발전은 노사관계의 발전이 우선 확보되어야 이루어질 수 있는 것이다.

한국의 기업문화는 전통적 유교 규범에 많은 영향을 받아 사용자의 자애심, 노동자의 사용자에 대한 충성심, 상하간의 위계질서, 동료들 간의 신뢰 등이 중시되고 있다. 그리하여 소유와 경영이 분리되지 않고 혈연, 지연, 학연 등이 대인관계와 기업구조에 강하게 작용한다. 따라서 노동문화는 이러한 기업문화를 극복하려는 운동성이 내포되어 있는 것이다.

2. 노동문화와 근로자문화예술제

한국 노동자들의 성격은 산업화 과정에서 형성되었다. 산업화란 산업의 중심이 농업이나 어업에서 제조업으로 발달해 가는 과정으로, 공업화(industrialization)에 의해 주도된다. 공업화란 경제적 활동을 증진시키기 위하여 무생물인 동력원을 광범위하게 활용하는 과정을 말한다.

산업화로 인해 인구 및 생태의 변화가 생기고 또 그것으로 말미암아 사회구조의 변동이 따른다. 원자재를 가공하는 제2차 산업이 들어서자 생산 공장이 증대하여 농어촌의 인구가 도시로 집중되고, 각종 서비스에 대한 수요를 충족시키기 위한 제3차 산업이 형성된다. 직업 분야에 있어서도 농업, 수산업 등 제1차 산업이 줄어들고 생산직, 판매직, 서비스직, 관리직, 전문직이 늘어나 도시인들의 활동은 다양해지고 복잡해진다.

그러나 그 활동은 주체적이기보다는 사회 조직의 관계에서, 즉 활동의 주체가 개인이기보다는 조직의 구성원으로서 이루어지는 것이다. 결국 산업화 과정에서의 개인은 조직의 분자적 존재가 되어 게마인샤프트(Gemeinschaft)적이고 공동체적인 것이 아니라 게젤샤프트(Gesellschaft)적이고 계약적인 사회의 구성원이 된다. 노동자들은 그 속에서 전문 능력이나 정보력, 상황 파악력 등이 뒤떨어지기 때문에 적극적으로 동참하지 못하고 사회의 추세에 수동적으로 따르는 것이다.

그렇지만 산업화는 노동자들의 의식을 일깨워주는 데 기여한 것도 사실이다. 인간주의 심리학의 대표적 학자인 매슬로우(A.Maslow)는 인간의 욕구를 피라미드와 같은 위계구조로 이해하였다. 매슬로우는 인간 욕구의 맨 아래 단계를 의식주 해결과 같은 기본적 생리 욕구로 보고 이로부터 차례로 안정과 보장의 욕구, 사랑과 소속감의 욕구, 사회적 안정의 욕구, 그리고 자아실현의 욕구 등을 피라미드의 층에 올려놓았다. 매슬로우는 아래 단계의 욕구가 충족되지 않으면 위의 욕구가 실현될 수 없다고 보았는데, 이는 아래 단계의 욕구가 충족되고 나면 다음 단계의 욕구를 추구한다는 것이기도 하다. 가령 의식주의 해결 없이는 안정과 보장의 욕구를 추구할 수 없지만, 의식주의 해결이 이루어지면 안정과 보장의 욕구를 추구하는 것이다. 산업화로 인한 노동자들의 욕구 역시 생계를 유지하기 위한 기본적인 욕구 충족으로부터 출발하여 사회적 안정의 욕구를 거쳐 자아실현의 욕구 단계까지 발전하는데, 경영 참가나 정치 참여 등이 그 모습이다.

산업화가 고도화될수록 인간의 경제적, 사회적 욕구는 상승한다. 그 동안 한국의 상황은 비민주적인 경영 정책으로 인해 노동자들의 욕구가 충족되지 못했다. 그리하여 고도의 경제성장을 이루었음에도 불구하고 노동자들은 그 의미에 동의하지 않았다. 오히려 공정하지 못한 이익 분배의 상황에 대하여 사용자와 정부에 불만을 가졌다. 그 불만은 합법적이고 제도적인 의견 통로가 없었기 때문에 군집화되고 폭력적으로까지 나타났다. 그 동안 묵묵히 일해온 노동자들이 자신의 역할이 사회적으로 충분히 인정받지 못했다고 생각해 직접 대항하고 나선 것은 다소 과격한 면이 있지만 이해할 수 있는 일이다.

산업화는 노동자들이 살아가는 사회 환경에도 많은 변화를 가져왔다. 노동자들이 일자리를 찾아 몰려든 도시는 인구의 밀집으로 인해 각종 수요의 증대를 가져왔는데, 주택 및 상하수도, 연료, 통신, 교통기관, 의료, 사회복지, 교육 등에 대한 수요의 증대가 그것이다. 그리하여 에너지의 사용이 증대되었고, 그 결과 공기와 식수와 생활환경이 오염되었고 생태계가 파괴된 것이다.

노동문화란 이러한 노동사회의 산물이다. 노동자가 표현하는 문화 즉 노동자가 자기의 삶을 보다 발전적으로 이끌어가고 자신의 권익을 신장시킬 수 있는 문화이다. 산업화로 인해 사회는 도시화와 대중화가 이루어져 대중매체의 발달이 따랐지만 대중문화는 지배체제의 논리를 배제하지 못하는 점에서 노동문화와는 구별된다. 노동문화는 지배체제로부터 상실된 노동자들의 권익을 회복하는 것을 우선 지향하는 것이다.

한국의 노동문화가 조직적인 형태를 띠고 처음으로 나타난 것은 일제 강점기인 1920년대였다. 주로 독서회 활동을 중심으로 한 것이었는데 노동조합 활동이 불법화된 일제치하의 상황이었기 때문에 민족운동의 차원에서 진행되었다. 그 후 한국의 노동문화는 6·25전쟁, 남북분단, 4·19혁명, 군부 통치 등의 정치적 격변과 경제적 후진성으로 인하여 제대로 성립하지 못하다가 1970년대 후반에 비로소 살아났다. 대학에서 일어난 민중문화 운동이 노동현장으로 유입되어 여러 공장에서 노동야학이 열렸고 탈춤 교실 및 연극반이 운영되었다.

1980년대는 앞 시대보다 산업화가 전면적으로 진행되어 1983년부터 도시 공장의 생산직 노동자 수가 전체 노동자 수의 반을 넘어섰고, 1981년부터 종업원 300인 이상의 공장에 취업한 노동자 수가 전체 노동자 수의 절반에 이르렀다. 그렇지만 외형적인 성장에도 불구하고 국민소득 중 노동소득 분배율은 매우 낮았고, 노동시간은 세계에서 가장 길었으며, 그에 비해 임금은 낮았다. 임금구조도 직종별 격차가 심해 1981년 현재 관리직 100에 생산직은 27.2%였으며, 학력별에 있어서도 1981년 현재 대졸 100에 중졸은 30.7%였다. 또 산업재해가 많아 1981년 한 해만 하더라도 11만 6,700여 건의 사고에 1,295명이 사망하였다.

1980년대의 노동문화는 주로 글쓰기로 나타났는데 버스 안내양부터 건설, 광부, 운수, 중공업, 잡부 등에 이르기까지 다양한 현장의 노동자들이 자신의 노동 체험을 시대적 문제로 담아내었다. 이전에도 노동자들이 자신의 노동체험을 수기 형태로 출간한 적이 있었지만 1980년대는 그 질과 양에 있어서 엄청난 발전을 보였다. 박노해, 백무산, 정인화, 안재성, 정화진 등을 비롯한 수많은 노동자 출신 작가들이 문단에 나왔고 작품집이 출간되었으며 독자들 역시 지대한 관심을 보였다. 그리고 많은 노동자들이 자신의 작업장에서 작품을 쓰고 읽었으며, 노동조합의 소식지나 회보, 문집, 지역 문화매체, 각종 저널 등에 투고하여 자신의 작품을 실었다. 그리고 구로노동자문학회나 광주노동자문학회 등과 같은 지역 노동자문학회가 결성되어 노동조합 운동의 한 부문 역할을 하였다.

　글쓰기 외에도 연극이나 노동가요 활동 역시 활발하였다. 그 내용은 문학과 마찬가지로 열악한 노동환경에 대한 고발성이 짙어 저임금, 장시간 근무, 연장근무, 임금체불, 열악한 근무환경, 여가 없는 생활, 비민주적인 노사관계 등을 소재로 삼아 인간다운 삶을 추구하는 것들이었다. 그리하여 작업 조건의 개선과 인간적인 대우 등을 주체적으로 획득하기 위해 노동자 계급의 연대성을 강화하고 그 실천행동을 촉구하였다.

　노동문화제의 한 예로는 우선 전태일문학상을 들 수 있다. 이 문학상은 1970년 11월 13일 평화시장 재단사였던 전태일(全泰壹)이 정부의 일방적인 경제정책이 안고 있는 비인간성을 널리 알리기 위해 분신자살한 정신을 계승하고자 1988년 제정되었다. 여러 가지로 어려운 상황임도 불구하고 전태일기념사업회의 문학상운영위원회 그리고 올곧은 정신을 가진 많은 투고자들에 의해 현재까지 유지되고 있다. 이 문학상은 재능 있는 소수의 사람만이 글을 쓸 수 있고, 여유 있는 사람만이 여가선용을 위해 글을 읽는 것이 아니라, 인간답게 살아가고자 하는 사람이면 누구나 참여할 수 있다는 점에서 기존의 문학상과는 차이가 있다. 그리하여 노동자의 글쓰기에 대해 노동자들과 일반 대중이 관심을 갖게 하는 데 많은 기여를 했다. 전태일문학상은 공모 부문에 있어서도 일반 문학상과는 다르게 시와 소설뿐만 아니라 수기, 일기, 르뽀, 연극 대본, 투쟁 보고서 등에 이르기까지 다양하다. 한편 전태일 기념사업은 전태일문학상 외에도 영화 〈아름다운 청년 전태일〉 제작 및 상연, 〈전태일 평전〉 발간, 전태일 평전 감상문 모집, 연극 〈전태일〉 공연, 전태일 자료 전시회, 전태일 관련 인터넷 홈페이지 제작, 후원회 소식지 〈사람 세상〉 발간 등 다양하고 활발한 활동을 보이고 있다.

다음의 노동문화제는 윤상원문학상을 들 수 있다. 이 문학상은 1980 년 5월 27일 광주민중항쟁에서 최후로 항전하다가 사망한 시민군인 윤상원의 정신을 계승하고 새로운 노동자의 삶을 개척하기 위하여 1990 년에 제정되었다. 윤상원문학상은 지금까지 노동일보(전 노동자신문)가 맡아오고 있는데 수상자를 해마다 내지 못하고 있는 실정이다.

이외에 각 노동단체에서 추진하는 노동예술제를 들 수 있다. 한국노총 경기도 지역본부에서 시행하는 경기노동문화예술제나 금융노련에서 실시하고 있는 금융문화제 등이 그 좋은 예이다. 특히 금융문화제는 전국은행연합회가 주최하는데 8회를 넘긴 역사에다가 수상의 격이 노동부장관상까지 이르고 있어 사업별 문화제로서는 상당한 것이다. 경기노동문화예술제는 2000년 현재 5회를 맞고 있는데 어려운 여건 속에서도 산업현장에서 구슬땀을 흘리며 경제발전의 원동력으로서 굳건히 자리를 지키고 있는 노동자들의 문화예술 활동을 적극 지원한다는 취지를 갖고 있다. 문학, 미술, 사진, 서예, 영상 등 7개 분야에서 경기도에 위치한 기업이나 공공기관 근로자면 누구나 참가할 수 있다.

이밖에 각 지역 노동자문학회의 활동을 들 수 있다. 광주노동자문학회 연대회의, 구로노동자문학회, 부산노동자문학회, 성남노동자문학회, 마창노동자문학회(마산·창원), 부천노동자문학회, 대구노동자문학회, 인천노동자문학회, 서울동부노동자문학회, 영등포노동자문학회, 청계피복노동조합문학반, 천안노동자문학회, 서산노동자문학회 등 대부분 1987년 노동자 투쟁 이후에 결성되었는데 노동자 문학교실 개설, 현장 문학반 건설, 도서 대출, 노보편집 지원, 지역내 노동단체 등과 연대 활동, 공동창작, 문집 발간, 문학기행, 학생 독서 감상문 모집, 독서 토론, 문예이론 학습, 창작 합평회 등의 활동으로 노동자들의 사회인식을 높이고 제반 노동운동 단체들과 연대 활동을 펼치고 있다.

한편 사용자가 주체가 된 노동자 문화제도 있는데 한국경영자총협회가 1986년부터 전개한 '보람의 일터 운동'이 그 대표적인 예이다. 최고 경영자로부터 노동자에 이르기까지 자기가 맡고 있는 일에서 보람을 느끼고 인간화된 삶을 조성해보려는 취지였는데, 큰 성과는 거두지 못했다. 이밖에 각 기업별로 치르는 직원들의 백일장 행사며 음악·미술·연극·사진 등의 경연대회를 들 수 있을 것이다.

근로자문화예술제는 1980년 노동문화제란 이름으로 노동청에서 주관하였다. 노동문화제가 시행되기 이전인 1971년부터 근로 청소년 소녀들의 생활수기 공모제도가 있었는데, 근로자들의 정서 함양과 사기 진작 및 문화생활의 길잡이를 위해 또 노사상호간 공영힐 수 있는 새로운 노사관계를 정립하기 위해 서예, 회화, 사진, 수예, 공예 부문 등을 공모하는 종합 문화제로 발돋움한 것이다.

노동문화제는 제7회까지 노동부에서 주관하다가 1987년 제8회부터는 근로복지공사로 옮겨졌는데 진흥기금 조성, 노동문화제 자문위원

구성, 다양한 홍보 등으로 활동 영역이 확장되었다. 1989년 제10회부터는 한국방송공사(KBS)가 공동 주최자로 참여하였고, 노동문화의 진흥을 위한 심포지엄도 개최하였다. 1992년 제13회부터는 명칭을 노동문화제에서 근로자문화예술제로 바꾸었고, 1995년부터는 주관처가 근로복지공사에서 근로복지공단으로 옮겨져 더욱 활성화되었다. 1996년 제17회부터는 수상의 격이 대통령상으로 격상될 정도로 사회적 위상이 높아졌고, 1998년 제18회부터는 노동문화협회사단법인으로 승인받았다. 1999년 제20회부터는 1996년부터 근로자문화예술제와는 별도로 시행해오던 근로자백일장과 노사한마당음악제를 근로자문화큰잔치와 근로자음악제로 명칭을 바꾸고 규모를 확대하였다. 그동안 근로자문화예술제에 참가한 노동자 수는 연평균 3,600여 명에 이르는데 여타의 문화예술제에 비해 종합적이고 대규모적이며 전국적이다. 또 1983년부터 예술제 수상자들이 노동문화협회(1986년부터 노동문화회에서 명칭 변경)를 결성하여 부산지부, 광주지부, 울산지부, 대구지부, 제주지부, 대전지부 등 지부별로도 활동을 계속하고 있다.

노동자들의 정서 함양과 삶의 질 향상을 위한 문화접촉의 기회 제공 등을 목표로 내걸고 있는 근로자문화예술제는 노동자들의 주인 인식에 따라 그 성패가 결정될 것이다. 즉 예술제의 진정한 주인은 노동자들로, 그들로부터 정당성을 인정받아야 권위를 높이고 대중화할 수 있는 것이다. 따라서 예술제의 운영이 투명하고 민주적이어서 공신력을 가져야 하고, 행사 위주의 외면성에 치중하는 것보다 노동자들과 함께 할 수 있는 방안을 더욱 모색해야 할 것이다.

자본주의 사회에서 살아가는 인간들은 자연을 지배할 수 있었던 자신들의 수단에 오히려 지배당하는 위치에 놓이게 되었다. 노동자들은 생존을 위해 문명이 가장 발달한 형태인 자본주의 시장에 자신을 상품으로 팔아야 하고, 사용자 역시 자본의 이득을 획득하기 위해 치열한 시장에 자신을 내놓아야만 되었다. 결국 자본주의가 추구했던 경제적 가치가 더 이상 진정한 인간의 삶을 위한 조건이 되지 못함이 증명된 것이다. 그리고 경제적 가치의 중시로 나타난 물질주의, 인간 소외, 환경 파괴 등의 폐해를 더 이상 문명의 추구로는 해결할 수 없음이 확인되었다. 루카치(Georg Lukács)가 「옛 문화와 새로운 문화」라는 글에서 밝혔듯이 자본주의의 해방은 타락한 경제의 지배로부터의 해방이다. 따라서 노동문화의 필요성은 시대적인 요망이다. 경제 조직의 구성원으로서만 기능했던 노동자들이 그 질곡으로부터 벗어나야 하는 것이다. 근로자문화예술제는 이러한 점을 수용해 인간마저 상품화되어 가는 이 시대에 휴머니즘을 회복하는 아름다운 문화운동이 되어야 할 것이다.

　(『근로자문화예술제 21년사』, 근로복지공단, 2000)

인간의 시간을 위하여

|민족작가회의 부천지부 시인들의 시

1

현대사회는 시계 시간이라는 물리적 시간이 인간의 삶을 지배하고 있다. 시간도 하나의 상품으로 인식되고 있어 시간의 절약은 곧 돈의 절약을 의미하고 시간의 계획은 높은 생산성과 이윤의 추구에 있어서 필수적인 요건이다. 그리하여 생산에 기여하지 못하는 시간이나 소비된 시간은 가치 없는 것으로 여겨진다. 현대인들은 그 무용지물의 가치를 인정하면서도 자기의 삶으로부터 밀려나지 않기 위해 현재의 물리적 시간에 집착한다. 자본주의가 요구하는 시간의 도구를 효과적으로 사용하기 위해 전통적 가족관계와 사회관계로부터 단절된 채 개별적으로 또 익명으로 살아가는 것이다. 따라서 일상생활을 객관적으로 묶는 물리적 시간과는 다르게 자기 성찰적이고 정립적인 문학적 시간이 필요하다. 일찍이 마르크스(K.Marx)가 진단했듯이 인간이 인간으로부터 소외당하는 시대에 작가의 의식을 통해서 체험할 수 있는 문학적 시간은 주체성의 회복에 필요한 것이다. 민족작가회의 부천지부의 시에서도 이 점을 찾을 수 있을 것이다.

> 포도밭
> 이랑에 흘린
> 정겨운 추억의
> 이삭을 줍는다
>
> — 이충웅, 「추억의 이삭줍기」 부분

  인간의 기억은 시간 전체를 구성하는 근본이다. 기억의 힘에 의해 인간은 현재와 미래의 태도가 가능하고 또 성찰적으로 자신을 인식하게 된다. 그리하여 일찍이 성 어거스틴(St.Austine)은 과거는 이미 존재하지 않고 미래는 아직 존재하지 않는다고 했다. 시간은 언제나 현재로만 존재한다는 이 말은 과거를 부정하는 것이 아니라 인간의 영혼 속에 모든 시간이 존재함을 강조한 것이다. 그러므로 시인들이 기억을 통해 현재를 긍정하고 또 미래를 기대하는 것은 자기의 시간을 확보하고 있음이다. 자기를 구애(求愛)하고 있는 것이다.

  이충웅 시인의 『플랫폼의 가야금 산조』(미래문화사, 1998)에 실린 시편들은 위의 작품과 같이 "추억의/이삭을 줍는" 것을 토대로 하고 있다. 그러나 그 회상은 단순한 추억의 반추에 머무르지 않고 교사 생활과 소시민 생활에서부터 민족적 인식과 환경·공해문제 그리고 시신 기증이라는 인류애에까지 이르게 하는 힘을 주고 있다. 그리하여

> 내가 시신을 기증하는 까닭은
> 이 나라 의학 발전에

작은 벽돌 한 장 쌓고 싶었고
또 하나는 내 무덤으로 인해
단 몇 평의 아름다운 자연을
훼손하기가 싫어서였지요.   (「시신을 기증하고」 부분)

라는 시인의 토로를 들으면 시를 넘어 인간의 아름다움에 경건해진다.
시를 쓰는 것도 결국 인간을 살리기 위한 것인데 오랜 문학적 시간을
통해 깨달은 그 정신에 위대함을 느끼는 것이다. 이러한 면은 다른 시
인의 작품에서도 볼 수 있다.

산새는 옹알대며
배고픔을 달래던 추억을 뿌립니다.   (중략)

긴 밭이랑 등 넘어
허리 펴시던 그 한숨이
여기 들립니다.

— 장종태,「어머니」 부분

장종태 시인의 『갯바위 연가』(산과들,1998)에 실린 작품들도 "추억
을 뿌"리는 이야기들이 기반을 이루고 있다. 그 추억은 고향과 관련된
것이 많은데, 그곳은 시인의 이상향으로 볼 수 있다. 우리들이 간직하
고 있는 추억들은 대부분 힘들고 슬프고 괴로웠던 일들이다. 그런데도
그 추억들을 떠올리면 따스한 봄날의 살구꽃처럼 아름답고 애틋하고
그립다. 그리하여 그 추억들은 이 세속의 삶에서 허우적거리는 우리들

자신을 되돌아보게 하고 또 착하고 인정 있게 살아가도록 힘을 준다. 그것은 추억의 공간으로 삼고 있는 세계가 우리들이 지향하는 이상 세계와 동일성을 이루고 있기 때문이다.

그리하여 위의 작품에서처럼 시인이 추억의 중심부로 놓고 있는 "어머니"는 보편성을 띠고 나아가 베트남과 북녘 문제에 대한 인식까지 낳는 토대가 되는 것이다.

> 깊은 잠에서 깨어난 조국이
> 만세를 부르던 날
> 마른 걸레쪽 같은 핏덩이를 안고
> 만주에서
> 고향까지 걸어오셨다구요.
>
> — 구자룡, 「어머니 얼마나 좋으신지」 부분

위의 작품에서 보이듯이 "어머니"는 시인의 한 추억의 대상으로서 존재하는 차원을 넘어선다. 어머니는 일제강점기, 해방기, 6·25동족상잔, 군사정권과 경제개발 등으로 이어지는 우리의 역사적 소용돌이에 휩쓸린 연약하고 안쓰러운 대상이기도 하지만 끝내 무너지지 않고 자기를 지킨 자랑스런 대상이기도 하다.

그러므로 시인이 『어머니 얼마나 좋으신지』(성요셉출판사, 1998)에서 어머니를 추억하며 현재의 삶을 위한 푯대로 삼고 있는 것은 당연한 것이고 나아가 보편성을 띠고 있다. 시인의 어머니는 시대를 넘어 사회적 삶을 영위하는 우리들의 영원한 사랑과 의지의 대상인 것이다. 난바다를 헤쳐가야 하는 운명을 안고 있는 우리들에게 길을 밝혀주는 영원한 안내자이자 스승인 어머니. 다음의 작품에서도 우리는 또 다른 어머니에 대한 추억을 볼 수 있다.

한 고개, 두 고개 넘어 쇠고개로
머리에 무거운 보릿자루와 바꾸어 이려
포목장사 나간 엄마는
왜 빨리 안 오실까

— 장재룡, 「어머니」 부분

장재룡 시인의 "어머니"는 소시민적 삶의 전형이다. 그 어머니는 찌들고 초라하고 왜소한 대상이다. 그렇지만 어머니는 현실의 곤궁에 굴복하지 않고 "포목장사"를 해서 역경을 이겨내고 있다. 그리하여 시인이 『빈터』(믿음출판사, 1996)에서 내보이고 있는 어머니의 소시민적 삶이 겪어야 하는 고단함은 소중하게 느껴진다. 단순한 넋두리가 아니라 의지로써 극복하기 때문이고, 자본주의 사회에서 횡행하는 이기적 경쟁을 통해서가 아니라 어머니의 사랑을 가슴속에 깔고 양보와 조화와 이해를 통해서 추구하고 있기 때문이다. 시인의 그 선한 자세는 어머니로 상징되는 과거의 시간들을 소중히 안고 있기에 더욱 의지적이다.

아직도 내 마음속에
그림 한 장으로 남아 있는
태양이 유난히 가난했던
서대문구 홍은 2동 8-373
그 골목에 정적을 깨고 등장하는

강냉이 장수의 가윗소리 여운

　　　　　　　　　　　　── 권효남, 「가윗소리 향수」 부분

시인이 "강냉이 장수"를 떠올리는 것은 "유난히 가난했던" 일을 추억하기 위한 것이다. 이것은 현재에도 진행되고 있는 일이기에 시인의 인식은 과거의 시간을 넘어 현재까지 유효성을 갖는다. 그 유효성 속에는 교통체증과 지방선거와 건축법개정과 인공유산과 남북분단 등이 파문을 일으킨다. "가슴에/꺼지지 않는/석등 하나 켜놓고/별빛 머언 그리움을/기다리"(「그리움과 현실의 대비」)며 『낙엽頌』(신세림, 1997)을 노래하는 그 추억들은 가라앉지 않고 현재의 우리들 삶 속으로 퍼져 들어오는 것이다.

2

일찍이 루카치는 『소설의 이론』에서 "이제 어떠한 불빛도 더 이상 사건의 세계 위나 영혼이 완전히 소외된 그 세계의 미로 위를 비추지 않"는 것으로 비유하였듯이 현대사회는 전형화할 수 있는 세계가 사라진 시대이다. 그러므로 복잡하고 파편화된 현대사회에서 과거의 시간보다 현재의 시간이 보다 중요하다고 볼 수 있다. 과거와 현재의 시간이 단절적인 것도 아니고 단절시킬 수도 없는 것이지만, 적극적으로 이 세계를 인식하기 위해서는 당연히 현재의 시간에 집중할 필요가 있는 것이다. 이것은 과거에 대한 무시나 회피가 아니라 현재 시간으로의 집중적인 전이이다. 그 결과 과거는 재생되고 현재는 확장된다. 현재의 시간 속에서 문학적 시간이 확보되는 것이다.

키득거리며 살 비비다
어느 한 귀퉁이도 내줄 수 없는
처절한 싸움으로
돌아누운 우리

밀어내도 밀어내도
소용없음을
이미 우리는 알고 있다
똑같은 싸움으로
다시 지치리라는 것도

— 안금자, 「먼지 2」 부분

　　안금자 시인 역시 『아버님의 잣나무』(민음출판사, 1996)에서 추억들을 그립도록 깔고 있다. 그러면서도 시인은 과거의 우물 속에서 하늘과 별과 달을 쳐다보지 않고, 살아가고 있는 삶의 현장에 자신을 밀착시키고 있다. 그 미세한 먼지들에 생명력을 부여하고 자기와 동질화를 꾀하고 있는 것이 그 단적인 반증이다. 그리하여 결코 물러서지 않을 "처절한 싸움"의 대상으로 자신을 세상 속에 투사하며 인간다운 희망과 자유와 풍요를 지향하고 있다. 때로는 삶의 부질없음과 허무함과 비극적인 인식을 갖기도 하지만 결코 좌절하거나 포기하지 않고 또 다른 지양을 위한 아픈 인식으로 삼고 있는 것이다. 그리하여 먼지 같은 우리의 삶이 부질없다는 인식과 삶에 대한 처절한 낙관이 공존하고 있는 시인의 작품들은 삶의 결과보다는 과정에 의미를 갖고 있다. 자기의 존재와 자기 가족과 자기 사회에 대해 긍정하고 있는 것이다.

삶을 향해 주저하지 않았다
철지난 옷 걸치고도
캠퍼스 끝자리를 걷는 기분
쾌청한 하늘이었다

— 김정숙, 「하늘 자물쇠」 부분

김정숙 시인의 자아는 위의 작품에서처럼 건강하다. 이 복잡하고 전문화되고 빠르게 변화하는 사회에 적응해서 살아가기는 참으로 힘든 일인데도 "삶을 향해 주저하지 않"은 시인의 자아는 진정 믿음직스럽다. 그렇지만 이러한 목소리에는 그저 주어진 결과가 아니라 힘든 과정이 있었음을 『하늘 자물쇠』(새미, 1997)의 많은 시편들은 보여주고 있다. 아버지, 재연이, 맘보 아줌마, 할머니, 고구마, 영애 아버지 등으로 이어진 아슴푸레한 추억들이 현재의 가난과 서러움과 고독으로 이어져 시인을 아프게 하고 있는 것이다. 그러나 시인은 따스한 추억의 주머니 속에 그 아픔들을 넣고 지극히 인간적으로 현재의 삶에 몰두한다. 그 과정으로 자기를 건져 올리고 있는 것이다. 그리하여 시인의 인식은 사회적인 것이 되는데, 다음의 작품에서도 발견된다.

무엇일까
사람들을 가벼이 들뜨게 하는 이 상서로움은,
무뚝뚝한 굴뚝들은 쉼 없이
짙은 회색의 연기를 하늘로 쏘아 올리는데
푸른 생목처럼 싱싱하게 버팅겨오르는 이 힘은, (중략)

이별은 이 거리의 언어가 아니다

갓 볶아낸 추억의 내음이

깊은 상처를 어루만져주기 때문이다

— 권영준, 「추억을 생산하는 공장」 부분

우리에게 "공장"과 공장의 "굴뚝"은 울산, 포항, 창원, 부산, 인천 등의 지역적인 면에서뿐만 아니라 조세희의 소설 『난장이가 쏘아올린 작은 공』에서부터 기형도의 시 「안개」에 이르기까지 친숙한 대상들이다. 그만큼 우리 나라의 현대사는 "공장"으로 상징할 수 있는 경제개발의 개척사라고도 볼 수 있다. 그러나 경제 성장에 비해 소득분배율은 낮았고, 직업별 및 학력별 임금구조의 격차가 심했으며, 자본주의적 가치가 인간적인 가치를 일방적으로 대체하는 문제가 발생했다. 권영준 시인이 『박물관을 지나가다』(현대시, 1998)에서 산업화 과정을 집중적으로 다룬 것은 아니지만 자본주의 속성이 지배하는 현재 상황에 집중하고 있다는 점에서 적극적 세계인식을 볼 수 있다. "추억"과 함께 현재라는 시간 속에 존재하는 아스팔트와 박물관과 혜화동과 게임장과 지하철과 지하도 계단을 사회적 존재자로서 적극적으로 담아낸 것이다. 이러한 진정성은 사랑의 추구에도 통용된다.

강 깊은 저녁, 바람이 먼저 와서 드러눕는

들판에 서면

늘, 생각나는 사람 하나 있었으면 좋겠습니다.

— 구미리내, 「강 깊은 저녁에」 부분

사람들은 모르지
자기 삶에 무엇이 빛이 되는지
왜 수많은 이들이 사랑에
무릎을 꿇어왔는지

— 김신아, 「사람들은 모르지」 부분

오직 하나뿐인 이름의
단 한 번 섭리인
그대

— 유영자, 「하나뿐인 이름이여」 부분

사랑은 구미리내 시인의 「강 깊은 저녁에」(『강 깊은 저녁에』, 산과
들, 1997. 염순자, 김경애, 동미경, 박명영, 신옥란 6인시집)와 같이 친근한
경우도 있고, 김신아 시인의 「사람들은 모르지」(『꽃말은 몰라도 너는
핀다』, 을파소, 1999)와 같이 님에 대한 강렬한 경우도 있고, 유영자 시
인의 「하나뿐인 이름이여」(『하나뿐인 이름』, 믿음출판사, 1992)와 같이
절대자에 대한 경우도 있다. 물론 자기 직업에 대한 사랑도 있고, 친구
에 대한 사랑노 있고, 염순자 시인과 같은 「첫사랑」("막을 수 없어 두
었더니/흠뻑 젖었어요")도 있으며, 시대와 사회와 민족에 대한 사랑도
있다. 그 어떠한 경우든 시인의 사랑은 주체적이라는 점에 의미가 있
다. 객관적인 시간에 얽매이지 않고 주관적으로 자기의 시간을 확보하
기에 의미가 있는 것이다. 따라서 시인이 어떤 대상을 사랑한다는 것
은 물리적 시간에 순응하며 살아가지 않고 오히려 거부하며 주체적 존
재성을 내세우는 것이다. 자신의 내세움이 꽃이 지는 것과 마찬가지로

끝내 거대한 시간 속에 묻힐 수밖에 없겠지만 최선을 다하는 그 자체에 아름다움이 있다. 객관적인 시간의 흐름과 함께 인간은 소멸되고 말겠지만 현재적 시간에 몰입하는 데서 인간의 희망과 영원함이 있는 것이다. 그리하여 야스퍼스(Karl Jaspers)는 『현대의 이성과 반이성』에서 "인간 존재의 깊이에서 역사적 운동은 시작된다."라고 하였다.

> 한 시간 넘게
> 기다려 주는 여인
>
> 드디어
> 온몸 매달린 땀을 흔들며
> 급히 들어서는
> 왜소한 사내
> — 진현주, 「행복」(『피라미드 소요』, 산과들, 1998) 부분

진현주 시인의 작품처럼 인간의 "행복"은 "왜소한 사내"인지도 모른다. 설레는 마음으로 "한 시간 넘게" 화려한 상상의 날개를 펼치며 기다렸지만 정작 눈앞에 나타난 대상은 그저 그런 한 권의 잡지같이 평범한 것이다. 그래도 시인은 "포기할 수 없는 꿈"(김경애, 「탑」)을 안고, "순응할 수 없는 포옹만"(동미경, 「내 안의 은하수는 어디쯤」)으로, "삶의 무게를 달고"(박명영, 「태백에 와서 · 1」), "외로운 생애에 귀를 기울"(신옥란, 「그는 날마다 집을 짓는다」)인다. 여기에 시인의 존재 가치가 있다. 마치 김소월의 「산유화」에 나오는 "새"가 꽃이 수용해주든

주지 않든 상관하지 않고 최선을 다해 다가가는 것처럼 자기의 운명을 밀어 가는 것이다. 시인은 그 과정 속에서 자기를 지키는 것이다.

3

시인의 시간 인식은 역사성을 띤다. 그러나 그 역사성은 신문의 역사성과는 다르다. 현실의 삶을 집약시킨 신문의 역사성(사실성)은 자아와 세계와의 관계에서 세계의 가치를 우선 내세우지만 시문학의 역사성은 시인의 자아를 세계보다 먼저 내세우는 것이다. 따라서 신문의 역사성이 공간 내의 시간을 중시하는 반면 시문학의 역사성은 시간 내의 공간을 중시한다.

민족작가회의 부천지부 시인들은 대체로 "추억"이라는 과거의 기억을 통해 현재의 자신을 인식하고 있고 미래의 자기를 기대하고 있다. 인간의 시간을 구성하는 기억을 근본으로 그 힘에 의해 자신의 존재 의미를 새기고 있다. 따라서 시인들의 시간은 고정되어 있지 않고 끊임없이 움직이고, 밝으면서 어둡고, 따스하면서 춥고, 초라하면서 포근하고, 절망적이면서 희망적이다. 그만큼 삶의 다양성을 반영하고 있는 것이다.

문명의 발달에 따라 인간과 시간의 관계는 급격히 변화되었다. 신의 성(城)마저 무너뜨릴 정도로 질주해 온 문명은 이제 인간을 충분히 지배하고 있다. 인간들은 자신이 거짓이라고 믿는 것을 진실이라고 부르고, 타락을 성공으로 평가하고, 도적을 휴머니스트라고 칭송하는 문명 앞에서 자기 정체를 잃고, 그저 문명이 부여해준 시간의 도구를 효과적으로 사용하기 위해 허우적거리고 있다. 이러한 상황 속에서 시인이 주체적인 시간을 확보하는 것은 자기를 살리는 행위이다. 주체를 상실하는 현대사회에서 주체를 회복하는 것이다.

인간의 삶에서 물리적 시간의 흐름을 피해갈 수는 없다. 그러나 시인은 인간의 시간을 지켜야 한다. 소월이 임의 상실을 비통하게 노래하면서도 시 형식에 대해 냉정하게 절제한 것을 거울로 삼아야 한다. 지용이 실용적 언어를 "해설피", "엷은 졸음", "함부로 쏜 화살", "전설 바다", "석근 별", "서리 까마귀" 등의 시어로 창조한 것도 마찬가지이다.

민족작가회의 부천지부 시인들은 지난 10년 동안 자기의 시간을 지켜내었는가? 나는 선뜻 동의할 수가 없다. 그러나 아직 결론짓기는 이르다. 삶의 진정성에 더하는 시인의 진정성이 무엇인지를 진지하게 고민할 것이라고 본다. 시인들은 사실적인 파불라(Fabula)의 시간이 아니라 주체적인 슈제트(Sujzet)의 시간을 획득하기 위하여 보다 엄격히 자기를 긍정해야 할 것이다.

(『부천문단』 제12집, 1999)

이치의 세계를 지향하는 흔적들

| '중앙시우' 의 시

1

김인환은 「시조와 현대시」(『비평의 원리』,나남,1998)에서 16세기의 문화가 이치(理致)와 기운의 역동적 조화를 토대로 하여 완결된 구조를 형성하고 있다고, 즉 이치의 세계를 붙잡을 수 있고 굽어볼 수 있다고 진단했다. 이에 비추어보면 우리가 살아가는 21세기는 기운이 이치를 지배하는 세계라고 볼 수 있다. 기운은 이치에 의해 결정되지 않고 동일한 의미로 작용되지 않는다. 이치를 통해 기운을 해석하기도 평가하기도 어렵고, 오히려 기운이 이치를 조종하고 해석하고 평가하고 심지어 판매까지 하는 것이다. 때로는 이치가 기운을 규제하고 통제하고 이끌기도 하지만 그것은 예외적인 경우에 불과하고 기운을 선별하거나 추방하거나 이동시키지는 못한다. 이치는 기운의 손바닥 안에서 눈치를 보며 극히 예외적인 경우에만 존재를 드러내는 빛을 발한다. 자신이 간직해온 고향마저도 지키지 못하는 이치의 덕목이 행복이 되고 기쁨이 되는 시대는 이제 지나간 것이다.

이 세계 안에서 이치의 세계를 회복하는 일은 도저히 이룩할 수 없는가? 화폐 단위와 혼돈을 안고 뒹구는 기운만이 이 세계의 의미를 만들어 가는 주체인가? 그렇다고 하더라도 우리는 이치를 동경하는 일을 포기할 수는 없다. 빛나는 창공의 성좌 아래에서 인간다운 길을 밝히는 이치를 지켜야 하는 것이다. 따라서 이치와 동떨어진 우리의 거리를 살피면서 우리가 추구하는 이치가 바람직한가를 검토해야 한다. 우리는 이치를 수동적으로 기다릴 수 없고 그저 그대로 받아들여서도 안 되고 스스로 창조하며 끌어안아야 한다. 기운의 세계에 휩쓸리고 있는 우리는 존재의 전체성을 상실하고 있다. 이 고독한 존재인 우리가 공동체를 갈구하는 것은 비약이 아니라 고통스럽지만 지향해야 할 가치이다. 따라서 우리는 현재라는 공간 속에 적층된 기운을 탐색해 보아야 하는데, 그것은 곧 시간으로 나타난다.

누군가의 사랑스런 아들이
장성 쌓는 일을 하다 생을 마쳤다면
그의 시간은 얼마나
쓰라린 시간이었겠는가
인간의 잔인한 시간이
천리에 걸쳐 성을 쌓고도 모자라
만리에 걸쳐 쌓아올렸다더니

고통의 역사가 문명을 이루었으리
얼마나 많은 아픈 시간이 쌓여
만리장성이 되고 피라미드가 되고

황하문명이 되고 잉카문명이 되었겠는가

　　　　　　　　　　　　— 이승하, 「만리장성에 오르다」 부분

　우주 비행사가 지구를 내려다보니 단지 땅과 바다와 만리장성만 보였다는 말이 있듯이 인류사에 있어서 불가사의한 인공물로 여겨지는 만리장성. 춘추전국시대부터 북쪽 지역 종족들의 침입을 막기 위해 시발되어 진시황이 천하를 통일하고 난 뒤 5,000km를 쌓았고, 그 후 한(漢), 북위(北魏), 북제(北齊), 북주(北周), 수(隋)를 거쳐 명(明)에 이르기까지 6,700km를 완성했다. 그러므로 만리장성의 길이에 인간의 적층된 시간이 담겨 있다. 그렇다면 그 시간을 쌓은 주체는 누구인가? 분명 인간이겠지만, 시킨 인간과 시킴을 받은 인간이 있는 것을 우리는 구별해야 한다. 따라서 적층된 시간 속에는 우리가 선택해야 할 시간이 있고 거부해야 할 시간이 있는 것이다.

　어찌 만리장성뿐이겠는가. 고대 이집트의 피라미드 공사에 동원된 노예들은 그 노역이 얼마나 가혹했던지 아무리 건장한 사내라도 3년을 넘기지 못하고 죽었다고 한다. 잉카와 마야의 종족들은 그들이 숭배하는 태양신에 살아 있는 심장을 바치기 위해 이웃의 부족들을 잡아 가슴을 돌칼로 찢어 심장을 도려내었다고 한다. 인간이 인간을 멸시하고 학대하는 카스트 제도로 이루어져 있는 인도에서는 남편이 죽으면 미망인이 된 부인이 남편의 장례식날 화장하는 속으로 뛰어들었다고 한다. 그리고 중국의 진시황 능을 비롯하여 수많은 생명들이 순장된 왕들의 무덤…….

　이 적층된 시간의 증거물을 우리는 위대한 인간의 흔적으로 보아야 하는가, 아니면 부끄러워할 시간으로 보아야 하는가? 이 점이 현재의 이치와 기운을 살피는 근거가 된다. 적층된 시간을 유용한 토대로 수용한다면 현재의 기운에 동참하는 것이고, 거부한다면 현재의 기운에 반대하는 것이다. 결국 인간이 쌓아가는 과학 기술의 발전 속도를 인정하느냐의 문제로 귀결된다.

이승하의 「만리장성에 오르다」는 그 단서를 제공해주고 있다. "누군가의 사랑스런 아들이/장성 쌓는 일을 하다 생을 마쳤다면/그의 시간은 얼마나/쓰라린 시간이었겠는가"라는 물음으로 시작해서 만리장성과 피라미드와 황하문명과 잉카문명에 대하여 "고통의 역사가 문명을 이루었"다고 보고 있기 때문에 선택은 결정된 것이다. 이러한 선택은 20세기에서 21세기로 넘어가면서 기운이 계속 주도하는 시간에 제동을 거는 것이다. 만약 그렇지 않을 때 즉 20세기의 기운이 21세기에 계속 이어질 때, 인간은 스스로를 학살하는 참상을 극복하지 못하고 "지아비는 지어미를 때리다 죽이고/지어미는 어린 새끼를 굶기다 버리고/새끼는 아비와 어미를 토막내어 여러 곳에 버릴 것"(이승하,「짐승들 한꺼번에 땅에 묻기 전에」)을 경고하고 있다.

기운이 승하여 빌딩을 올리고 생명을 늘리고 경험의 폭을 확장시킨다고 할지라도 인간을 지배하는 수단이 된다면 위험한 무기와 같다. 이치를 간직하지 않은 기운은 인간의 세계를 만들 수 없다. 집을 지어도 인간의 집이라고 할 수 없고, 회사를 설립해도 인간의 회사라고 할 수 없으며, 기차를 만들어도 인간의 기차라고 할 수 없는 것이다. 따라서 우리는 이치를 버리고 적층시킨 자들의 시간을 재고해야 된다. 그리고 그 시간 속에 함몰된 이치를 구출해야 된다.

친구여!

월남전선 정글을 함께 누비던 달 밝은 밤

등에 흐르는 구슬땀을 닦아주며

목에 걸린 무공훈장을 내려다보고

누구를 위한 훈장이냐고 소리치며

갈등을 먹고 취해서 울던

풋풋했던 지난날 모두 접어두고

너는 누웠구나

언제나 남 먼저 생각하던 낮은 키

더 낮춰 홀로 누웠구나

— 곽문연, 「친구의 무덤 앞에서」 부분

    이미 오래 전에 끝난, 남의 나라 전쟁으로 여겨지고 있는 월남전. 그렇지만 그것은 제2차 세계대전 때보다도 폭약이 많이 사용되었다는, 분명 인간의 시간에 적층되어 있다. 한국은 외교관계며 경제적 이유 등으로 미국 다음으로 1964년부터 1973년까지 32만 명이나 참전했다. 미국 내에서는 반전운동이 확산되고 있었는데, 한국에서는 달러를 벌어들일 수 있는 데다가 반공의식을 고취시킬 수 있는 기회로 삼고 젊은이들의 지원열기를 부추겼다. 그 결과 많은 젊은이들이 죽거나 부상당했고 고엽제의 피해로 고통을 받게 되었다. 참전용사의 10% 정도가 고엽제의 후유증에 시달리고 있는 짐을 생각해보면 우리의 경우 3만명에 이를 것으로 추산되는 엄청난 재앙이다. 유진월의 희곡 「그들만의 전쟁」(2000년 마로니에극장 공연)은 수많은 참전용사들이 자기가 고엽제 환자라는 사실을 모른 채 죽어갔으며 가정이 파탄되었고 그리고 2세에까지 유전되는 고통의 삶을 우리들에게 여실히 알리고 있다. 곽문연의 「친구의 무덤 앞에서」 역시 "목에 걸린 무공훈장을 내려다보고 /누구를 위한 훈장이냐고 소리치며" 울음을 터트리는 화자의 모습에서 그 전쟁의 아픔을 보여준다. "언제나 남 먼저 생각하던" 친구, 따라서 그 울음은 이치의 세계를 갈망하는 표상이다. 우리는 그의 울음을 통해 수많은 월남 양민들 또한 희생되었음을 깨닫는다.

2

　　　　떠나온 집 생각
　　　　생이별한 자식들
　　　　생리 때 한번 바라본 바람둥이 황소
　　　　시냇가 푸르던 새초밭
　　　　길가다 한 입 베어먹은 새끼 밴 옥수수
　　　　진드기, 모기에게 피 빨리던 여름밤
　　　　비 맞은 뽕잎 뜯고 줄 설사하던 배앓이
　　　　텃밭에 들어가 뛰놀던 어린 시절　　(중략)

　　　　소는 네 발로 버티더니 눈물을 흘린다
　　　　불기치는 소리가 요란하더니
　　　　백정이 꼬리를 꺾는다　　　　　　(중략)

　　　　나는 내 꼬리를 움켜잡고
　　　　한바퀴 획 돌아보았다

진정한 자유가 없는 세상이란

아, 정말 무섭다

지금 나 혼자다

— 허 전, 「도살장에서」 부분

프랑시스 잠(F.Jammes)은 「그리 유순한 나귀가 나는 좋아…」에서 "나귀는 항상 생각에 잠겨 있다"라고 노래하였다. 잠에게 있어서 나귀는 유순하고 묵묵하고 노동을 의무로 감당하고 심오한 사유에 잠기는 존재이다. 또 그지없이 가난해 더 내놓을 것이 없지만 고통을 견디면서 복종하는 미덕을 지닌 존재이다. 그렇기 때문에 하느님 곁에 가장 가까이 다가갈 수 있다고 보았다.

허 전의 「도살장에서」의·소 역시 나귀와 같은 존재이다. 도살장에 끌려가는 운명 앞에서도 "떠나온 집 생각/생이별한 자식들/생리 때 한 번 바라본 바람둥이 황소/시냇가 푸르던 새초밭/길가다 한 입 베어먹은 새끼 밴 옥수수/진드기, 모기에 피 빨리던 여름밤/비 맞은 뽕잎 뜯고 줄 설사하던 배앓이/텃밭에 들어가 뛰놀던 어린 시절" 등을 추억한다. 지나간 시간을 반추하는 소의 눈은 평화롭고 평온하고 넉넉하고 사색이 깊다. 그렇기 때문에 소는 인간이 휘두르는 도끼날에 반항하지 않고 순순히 맞는다. 본래적으로 갖는 자기 생명력이 있기 때문에 순간적으로 원망을 하지 않을 리야 없겠지만, 다른 생명체의 생존을 위해 "네 발로 버티더니 눈물을 흘"리며 자신을 희생하는 것이다.

시인은 자신의 죽음까지 기꺼이 맞는 소의 모습에서 이치의 세계를 발견하고 있다. 이 세계의 모든 대상을 이해하고 포용하는 소의 모습에서 존재의 전체성을 발견하고 있는 것이다. 시인에게 있어 인간이

소에게 도끼를 휘두르는 행동은 기운 세계이고, 소가 어린 시절을 추억하는 것은 이치의 세계이다. 인간이 소에게 도끼를 휘두르는 행동은 물질의 세계이고, 소가 어린 시절을 추억하는 것은 정신의 세계이다. 시인은 소의 모습을 통해 이치의 세계를 인식하고, 그 결과 자신의 꼬리를 움켜잡고 되돌아보며 "진정한 자유가 없는 세상이란/아, 정말 무섭다"라고 자각한다. 이 자각이 있기에 시인은 자신이 처한 위치를 직시하고 이치의 세계에 투신한다. 기운의 오만함으로 매겨진 이 세상의 서열을 역전시켜 자신을 "이슬의 자식인 줄이나 알"고, "수많은 성기를 한 몸에 달고/일시에 오르가즘으로 솟는 나무"(허 전, 「낮거리」)를 주체적으로 발견하는 것이다. 단추 앞에서 시린 발목을 느끼는 것도 마찬가지이다.

> 요것은
> 단추 모양 따라 구멍을 뚫었을까
> 구멍 크기에 맞는 단추를 달았을까   (중략)
>
> 내 흔적의 치기 어린 구멍들
> 흉흉하게 바람은 들고나고
> 그 바람에 내 발목은
> 시리고 아프다 가끔은 꺾어지고
>
> 쪼물락대던 단추가 떨어져
> 하수도 구멍이 냉큼 삼키려 할 때
> 내 손바닥이 확 덮어버린다

— 김윤희, 「단추를 잠그며」 부분

시인은 단추의 구멍에서 "흔적의 치기 어린 구멍들"을 발견하고 있다. 현재의 순간에서 과거의 시간을 바라보고 있고, 현재의 물질세계에서 인간의 정신세계를 발견하고 있는 것이다. 이는 과거의 동경이며 물질의 애정이지만, 과거 자체를 위한 것도 물질 자체를 위한 것도 아니고, 현재의 인간정신을 위해서일 뿐이다. 과거를 동경해서 되돌아가서는 안 되지만 과거를 지운 채 현재에 존재하려고 해서도 안 된다. 과거와 단절된 현재는 인간정신을 상실한 물질주의가 그러하듯이 자신을 방기할 수 있다. 현재는 엄연히 기운의 시간이 진행되고 있기 때문에 더욱 그러하다.

따라서 시인이 단추를 바라보면서 "단추 모양 따라 구멍을 뚫었을까 /구멍 크기에 맞는 단추를 달았을까"라고 고민하는 것은 필요하다. 그 고민을 통해 시인은 단추에서 "내 흔적의 치기 어린 구멍들"을 발견하고, "흉흉하게 바람은 들고나고/그 바람에 내 발목은/시리고 아프다"라는 현재적 인식을 갖는다. 현재적 인식은 자기 사랑으로 전이되어 "쪼물락대던 단추가 떨어져/하수도 구멍이 냉큼 삼키려 할 때" 손바닥으로 "확 덮어버"리는 행동을 나타낸다. 이 행동은 기운의 세기를 드러내는 것이 아니라 오히려 그것에 휩쓸려 가는 자신을 건져 올리는 행동이다. 자신을 적충된 존재로 인식할 때 실천행동은 시작되는 것이다.

투포환 선수가 빙글 빙글 무거운 추를 돌린다
회전력에 가속이 붙는다

획획 내돌리는 공이의 무게에 사로잡혀
줄을 놓아야 하는 때를 놓친 채
핑핑 돈다

정지된 육신의 시야로
주위의 사물들이 형체가 무너진 채 돈다
회색빛 어지러움에 속이 매슥거린다

손가락 마디가 떨어져나가는 것 같고
점점 매달린 팔 다리에 힘이 빠진다
결국 절박한 손을 놓고 만다
순간 아득한 낭떠러지로 추락하는
풀썩 몸뚱이가 꼬꾸라지며
추가 엉뚱한 방향으로 날아간다

파울선 밖에 떨어져 움푹 파인
세월의 거친 잔디로 뒤덮일
지하 무덤 하나
실격

— 서상규, 「실격」 전문

　　새벽에 일어나 조간신문을 펼치고 "주가 시세표로부터 오늘의 운세
란까지/한 면 한 면 가로로 접고 세로로 접"(서상규,「종이 접기」)으면
서 꼼꼼히 읽지만 우리의 퇴근길 닻은 당당하지 않다. 그 극단적인 모

습이 「실격」이다. 투포환 선수는 많은 연습을 하고 경기에 임했는데, 던진 공이 그만 파울 라인 밖에 떨어지는 바람에 실격되고 말았다. 이처럼 우리의 삶에는 실패가 촘촘하다. 우리의 경험이 부족하거나 지식이 모자라거나 정보가 밝지 못하거나 하늘의 운이 따르지 않아서가 아니라, 기운이 이끌어 가는 세계에 닿을 수 없기 때문이다. 따라서 실패의 상황에 압도당하여 자신을 밀어 넣어서는 안 된다. 오히려 주체적이고 정직하게 직시하는 것이 필요하다. "정지된 육신의 시야로/주위의 사물들이 형체가 무너진 채 돈다/회색빛 어지러움에 속이 매스꺼린다//손가락 마디가 떨어져나가는 것 같고/점점 매달린 팔 다리에 힘이 빠진다"라는 인식을 놓치지 말고 직시해야 하는 것이다.

실패한 결과에 절망하거나 저주할 것이 아니라 인정하고 아파하는 것은 기운의 세계에 갇힌 이치의 세계를 위한 것이다. 기운의 세계는 우리의 삶을 지배한다. 자본주의 체제로부터 나온 기운은 자신의 세력을 유지하고 확장시키기 위해 끊임없이 우리를 사고 팔고 경쟁시키고 부린다. 심지어 골병 든 우리에게 내색하지 않도록 강요한다. 따라서 "추가 엉뚱한 방향으로 날아간" 결과를 삶의 저주로 받아들일 필요는 없다. 대신 우리를 지키기 위해 그것을 인식하고 그것을 아파하고 그것의 이치적 가치를 새기는 일이 필요한 것이다.

"벌레만도 못한
내가 용서받을 수 있나요"

성가가 흐른다
궁상맞게도 리듬을 맞추며

빨간,

싱크대에서나 씀직한 바구니를 들고

지팡이 앞세워…   (중략)

벌레만도 못하면서

살아 남아야 하는

그 죄는 무슨 죄

                  — 박경희, 「장님의 밥벌이」 부분

"벌레만도 못한/내"는 결국 시인 자신이다. 시인 자신을 직접적으로 지칭하지 않는다고 할지라도 이치를 추구하는 데에 외면할 수 없는 존재이다. 따라서 "장님의 밥벌이"를 아파하는 것은 자신의 존재에 절망하는 것과는 다르다. 설령 절망감이 내포되어 있다고 할지라도 혈연, 학연, 지연 등의 연고에 의한 차원이 아니라 인간 존재의 동질성에 기반을 둔 것이기에 의미가 깊다. 깊은 절망은 인간의 한계를 체험하는 것으로 인간정신의 무게가 들어 있다. 시인이 장님의 밥벌이를 통해 "죄"를 인식하는 것이 그 단적인 면이다. 장님 당사자의 죄이지만 그를 바라보는 시인 자신의 죄이기도 하다는 인식은, 결국 존재의 전체성을 지향함이다. 결국 "장님의 밥벌이"를 아파하는 것은 기운의 세계에 뒤떨어진 인간을 외면하는 것이 아니라 동반하겠다는 의지를 나타낸 것으로, 휴머니즘의 추구이고 이치의 지향인 것이다.

시화호는 흰 눈을 뜨고

검은 산이 2000 수의번호 달고

무기수로 복역한다
기우뚱대는 갈매기의 울음소리
너는 듣느냐
시화호여 탈옥하자 (중략)
하얀 반란을 일으키자

— 이태규, 「시화호」 부분

무거운 죄를 지어 언제 출옥할지 모르는 죄수로 비유된 시화호. 그러나 시화호의 범죄는 그가 저지른 것이 아니라 인간에 의해 덮어씌워진 사실을 우리는 알고 있다. 따라서 작품의 끝부분에서 "시화호여 탈옥하자/(중략)/하얀 반란을 일으키자"라는 제의는 설득력이 있다. 탈옥과 반란은 삶다운 삶을 갖지 못하는 자가 자기의 존재 가치를 찾고자 하는 행동인 것이다.

시화호를 만든 것은 기운의 세계이고, 탈옥과 반란을 추구하는 것은 이치의 세계이다. 시화호를 만든 것은 과학 기술의 발전 속도를 지향하는 것이고, 탈옥과 반란은 그 속도에 제어를 가하는 행동이다. 시화호를 만들수록 더 복잡하고 더 많은 에너지가 소비되어 인간이 살아가는 환성 조건은 더욱 악화된다. 그러나 기운은 그것을 문제삼지 않는다. 시화호가 오염되면 그것을 해결할 새로운 에너지를 개발하면 된다는 논리를 내세우는 것이다. 그러나 이치는 에너지가 새롭게 창조되는 것이 아니라 기존의 에너지를 변환시켰을 뿐이라고 본다. 결국 사용 가능한 에너지가 과학 에너지로 말미암아 소비되었을 뿐이라고 보는 것이다. 따라서 이치의 세계는 현시적인 것보다도 근원적이고 부분적인 것보다 전체적이다. 한쪽을 위한 것이 아니라 상생적이고, 인간만

을 위해서가 아니라 자연과도 공동체적이다. "문명의 施惠는 입었어도
/제왕절개 수술은 못 받"(이태규, 「둥지」)는 생명과 함께하는 것이다.

3

> 냇물은 상류 어딘가에
> 줄을 걸어 놓고
> 자꾸 뒷걸음만 친다는데, 사실은
> 누군가 계속 잡아당기고 있기 때문이라는데
> 한 떼의 호기심 많은 어린 물고기들
> 팽팽한 그 줄이 궁금하여
> 자꾸 거슬러 올라간다는데
> 냇물이 통통 소리를 내는 건
> 그것 때문이라는데
> 말없이 미소짓는 강물은
> 속을 보여준 여인처럼
> 당기긴 하고 나설 수는 없어
> 그가 하는 대로
> 느슨느슨
> 그냥 몸을 맡기는 거라는데
> — 이갑수, 「고무줄2」 전문

표면적으로는 냇물과 강물과 물고기들이 조화로운 만남을 갖지 못

하고 있는 것으로 보이지만, 그 어디에도 갈등은 없다. 오히려 강물은 "말없이 미소"를 지으며 물고기들과 냇물이 "하는 대로" "그냥 몸을 맡기"고 있어 조화를 이루고 있다. 호기심 많은 물고기들은 끊임없이 상류로 향한다. 움츠리거나 주저하지 않는 이 주체적인 모습은 기운이 아니다. 강물을 뒤집어엎는 것도 냇물을 죽이는 것도 아니라 전체성 속에서 진행되기에 상생을 추구하는 것이다. 그리하여 보편적이고 영원한 이상세계를 끊임없이 지향함이다. 그 이상세계는 삶의 사닥다리를 건너뛰고 오르는 것이 아니다. 이 점에서 인간의 체험적 상상을 넘어 성스러운 실재를 찾는 종교적인 것과는 다르다. 알 수 없는 신비한 표정을 짓는 신을 찾아나서는 것이 아니라 자신의 삶의 영역을 인간의 세계에 뿌리박는 것이다. 그리하여 기도보다도 갈등과 번민과 선택과 창의력으로 사회적 존재인 자아를 찾아나선다.

　　나의 방은 그림으로 가득하다. 동화가 있고 철학이 있고 물로도 번지지 않는 유화도 걸려 있다. 이 조그마한 나의 책장 진열장 방 한 칸에 과거와 현재가 공존한다는 것이 믿기지 않을 정도이다. 이방인을 읽으며 지나간 기억들의 사람들이 나에게 다가와 후~ 사라지는 것을 보게 되었다. 격자로 된 네 개의 창문 사이로는 물방울 흔적이 고였다 소리가 흩어졌다 사라지고 차디찬 귓볼은 눈물 한 방울을 튕겨냈다.

　　　　　　　　　　　　　— 박명진, 「철학을 꿈꾸는 나의 방」 부분

　　건강한 심장을 가진 사내아이를 가지고 싶다
　　당신의 자궁엔 바다로 가는 단단한 출구가 없다라고

어제 의사선생님은 말하였으나
나는 오늘부터 그 말을 믿지 않기로 했다

무르팍이 깨져도 씩씩하게 털고 일어날 아이
어미의 마른 볼품없는 젖가슴을
수묵화 홍시처럼 웃음으로 까르륵 번져낼 아이
— 박명진, 「내가 어둠을 거둬들이는 이유」 부분

「철학을 꿈꾸는 나의 방」에는 책들과 책장과 그림과 필기구 등이 들어 있는데, 시인은 그뿐만 아니라 시간이 들어 있음을 인식하고 있다. 방안에 있는 물건들과 인연이 된 시인의 과거와 현재의 시간들이 고스란히 들어 있음을 보고 있는 것이다. 시인은 그 시간 속에서 자신을 추억하고 또 상상한다. 그런데 그 결과는 "눈물 한 방울을 튕겨"내는 것이다. 즉 시간 속에 있는 시인은 평온하지도 무사하지도 행복하지도 않고 갈등과 번민으로 불안한 것이다. 그것은 절망하는 것이 아니라 자신의 존재를 깊이 인식함이다. 따라서 시인이 지향하는 절실한 희망은 그곳에서 태동한다.

그 희망은 「내가 어둠을 거둬들이는 이유」에 나타나듯이 새 생명의 소유이다. "당신의 자궁엔 바다로 가는 단단한 출구가 없다"는 것이 객관적인 조건이지만 시인은 "그 말을 믿지 않"는다. 그에 굴하지 않고 "건강한 심장을 가진 사내아이를 가지고 싶"어 하는 것이다. 그 아이는 시인의 분신이자 자화상으로 "무르팍이 깨져도 씩씩하게 털고 일어날 아이/어미의 마른 볼품없는 젖가슴을/수묵화 홍시처럼 웃음으로 까르륵 번져낼 아이"이다. 그 아이는 이치를 꿈꾸는 방에서 어렵게 피어난 시인의 희망인 것이다.

> 한쪽 팔만 길게 내밀고
> 벽 속으로 몸을 감춘 사내
> 꽉 주먹 쥔 손을 펼 줄 모른다
>
> 세상의 잔무늬처럼
> 벽지 위에는 사방연속으로 살구빛 꽃들이 피어 있고
> 꽃잎을 뚫고 솟아 있는 팔뚝
> 차갑게 직립된 삶과 죽음의 경계에서
> 그의 반쯤 돌린 얼굴은 어둠 저편으로 사라져 있다
>
> 녹슬어버린 그의 생 위에
> 허물처럼 걸쳐져 있는 검은 외투
> 문득 벼랑 끝에 매달려 있는 내가 보인다
> 바닥에 내동댕이쳐질
> 기댈 곳 없는 아득함으로
> 가슴속 꽃잎 몇 장 뚝 뚝 떨어져도
> 다 떨어져도 끝끝내 내 목숨을 붙드는
> 그의 가는 팔과 꽉 쥔 주먹
> 현기증으로 방안 가득 떨림이 코끝에 닿는다
> 위험한 것은 지독한 향기를 갖고 사는가
>
> 나는 세상의 무게를

온몸 저리도록 받아든 사내의 얼굴이

자꾸만 보고 싶어 있는 힘껏

그를 잡아당겨 보는데

툭 빠져버리는 어깨

팔이 생의 전부인 듯 끝내

모습을 볼 수 없었지만

그의 얼굴을 어디선가 본 듯싶어

기억이 날 듯, 날 듯

나는 또 붉은 망각으로 흔들린다

— 박이정, 「못」 전문

　우리가 살아가는 시대를 흔히 위기의 시대라고 한다. 위기라는 진단에는 논란이 있을 수 있는데, 이치의 약화 측면에서 보면 인정된다. 과학 기술이 발달되어도 그에 비례해서 자연은 오염되어 죽어가고 있고, 각종 모임과 전화며 컴퓨터며 자동차 등의 연결 매체가 많지만 개인은 점점 소외되고 있으며, 이전보다 더 많은 지식을 가지고 있고 더 좋은 음식을 먹고 더 아름다운 명소를 여행하지만 더 경쟁하고 더 불안감을 느끼고 더 많은 사고를 당하고 더 많은 살인과 강도와 강간 등을 겪는다. 현대 사회의 위기는 이처럼 복잡하고 급격하고 비인간적인데, 아이러니컬하게도 외부에 의해서가 아니라 인간 스스로에 의한 것이다. 정녕 현대 사회의 위기란 인간 자신에 의해 생겨났다. 기운의 세계를 추구하는 인간들이 이치의 세계를 추구하는 인간들을 조종하고 억압하면서 시작되었고 심각해진 것이다. 따라서 시대의 위기 이전에 인간의 위기를 인식하는 것이 중요하다. 인간이 자신을 알지 못하는 것이 우선적인 위기이다. 따라서 '너 자신을 알라'는 금언은 기운이 지배하는 우리 시대에 필요하다. 그것은 본래적 자아를 선험적이거나 철학적으로가 아니라 사회적으로 인식하는 것이다.

　이러한 차원에서 "벼랑 끝에 매달려 있는 내"를 보는 시인의 인식은 소중하다. "내"는 "다 떨어져도 끝끝내 내 목숨을 붙드는/그의 가는 팔과 꽉 쥔 주먹"과 함께 하고자 한다. "그"는 "세상의 무게를/온몸 저리도록 받아든" 자로서 "자꾸만 보고 싶"다. 그러나 마치 유토피아를 우리가 실현시킬 수 없듯이 "그"를 볼 수가 없다. "그를 잡아당겨 보는데/툭 빠져버리는 어깨/팔이 생의 전부인 듯 끝내/모습을 볼 수 없"는 것이다. 마치 투포환 선수가 많은 연습을 하고도 실제 경기에서 실수로 파울 라인 밖으로 공을 던져「실격」(서상규)되고 말 듯이 "그"에게 다가가기는 힘든 것이다. 그러나 시인은 주저하지 않고 "그의 얼굴을 어디선가 본 듯싶어/기억이 날 듯, 날 듯"한 사실을 붙잡고 "붉은 망각으로 흔들"린다.

　현재의 기운은 물리적 시간으로 나타난다. 시간은 하나의 상품으로 여겨져 시간의 절약은 곧 화폐의 절약을 의미하고 시간의 조절은 곧 이윤의 추구에 있어서 필수 요건이다. 이윤에 기여하지 못하는 시간은 부용지물로 여겨지는데, 결국 기운은 인간을 상품화된 시간의 노예로 전락시키는 것이다. 따라서 시인이 "그"를 "기억"하려고 하는 것은 기운으로부터 또 인간으로부터 소외당하는 자신을 회복하려는 의시이다.

　기억은 인간을 형성시키는 근본이다. 기억의 힘에 의해 인간은 현재와 미래 속에 있는 자기를 존재시킨다. 일찍이 성 어거스틴(St.Austine)이 과거는 이미 존재하지 않고 미래는 아직 존재하지 않는다고 한 말은 시간은 언제나 현재로만 존재한다는 것이지만, 과거와 미래를 부정한 것이 아니라 인간의 기억 속에 모든 시간이 존재함을 말한 것이다. 따라서 시인이 기억을 통해 현재의 이치를 궁구함은 자기를 구애(求愛)하는 것으로, "나는 세상의 무게를/온몸 저리도록 받아든 사내의 얼굴"과 존재적 전체성을 갖는 것이다. 파불라의 시간은 이치를 밀어낸다. 그러나 슈제트의 시간 속에 기운이 갇힐 희망을 우리는 꺾지 않는다. "인간 존재의 깊이에서 역사적 운동은 시작"(Karl Jaspers)되는 것이다.

(『마음은 풀잎』, 중앙시우, 2001)

아름다운 사람과의 낱말 추적

| 이기철론

이기철 시인을 만나러 가는 전철 안에서 나는 그의 등단작 「오월에 들른 고향」을 떠올렸다. 나는 이 시를 오래 전부터 기억해오고 있는데, 시를 쓰기로 마음먹었을 즈음 민음사에서 간행한 '오늘의 시인총서'를 사서 읽은 것이 인연이 되었다. 내가 「오월에 들른 고향」을 가끔씩 떠올리는 또 다른 이유는 고향에 대한 생각 때문이리라. 나는 최일남 소설의 「우리말 역순사전」에 나오는 '강진동' 씨가 "있다가도 없고 없다가도 있는 것이 고향이라는 열린 의식이, 세 번째 밀레니엄을 앞둔 현대인에겐 필수조건이다"라고 한 말처럼, 또 서정춘 시인이 「30년 전」에서 "배불리 먹고 사는 곳/그곳이 고향이란다"라고 노래한 것처럼 살아가려고 한다. 나는 살아오면시 고향 때문에 특별히 손해를 본 일은 없지만(사실은 좀 있지만), 고향 의식을 바탕으로 한 지역주의로 불합리한 결정이 이루어지는 것을 많이 봤다.

그렇지만 마음속으로 흐르는 고향 의식을 지울 수는 없다. 그곳에는 내가 버릴 수 없는 따스한 보금자리가 놓여 있는 것이다. 내가 태어나서 자라는 동안 나를 키워준 식구들과 친척들과 이웃들이 있고, 나와 함께 자란 친구들이 있고, 그리고 나의 마음을 물들여준 산과 들과 구름과 물소리와 안개가 있는 것이다. 하루하루를 어떻게 살고 있는지 모를 정도로 바쁘고 힘들게 살아가는 이 도시의 삶이기에 포근하고 안온한 그곳은 더욱 절실하다. 그리하여 일과를 마치고 집에 돌아와 하루를 되돌아보면 고향의 모습들이 떠오르고 잠자리에서도 종종 나타난다. 고향은 이 도시의 삶에 지친 나의 몸을 풀어주는 피로회복제 같은 것이다. 정지용 시인이 「고향」에서 "고향에 고향에 돌아와도/그리던 고향은 아니러뇨"라고 노래했듯이 내가 품고 있는 고향은 실제의 모습과는 상당히 다르지만, 마음속의 영원한 보금자리로 들어 있는 것이다. 달리는 전철 안에서 나는 눈을 감고 이기철 시인의 「오월에 들른 고향」(전문)을 다시 읊는다.

오월에 들른 고향은
아까샤꽃이 피고 있었고
한 잎 두 잎
지다 남은 복숭아꽃이 지고 있었다.
비둘기 울음이
뚜깔잎의 저녁 이슬을 떨고 있었고
서풍이 풀잎의 이른 잠을 깨우며
아랫마을에서 윗마을로
고개를 저으며 올라가고 있었다.

멀리 석양의 붉은 그늘 아래서

천년 전에 들었던
청동기가 깨지는 소리로
개가 짖고 있었고
마을 앞에는
포플라만이 키 큰 서양사람처럼
활짝 만개하고 있었다.

오월에 들른 고향
거기엔, 서툰 걸음마가 쓰러지기 잘하던
내 아이 적의 고통과
비 오면 자주 끊어지던
학교길의 도랑이 걸레처럼 구겨져
흐르고 있었다.

　비유가 참으로 뛰어난 시이다. 바람을 "아랫마을에서 윗마을로/고
개를 저으며 올라가고 있었다"라고 의인화한 것이나, 개가 짖는 것을
"청동기가 깨지는 소리"라고 비유한 것, 포플라나무를 "키 큰 서양사
람"처럼으로 직유한 것, 학교 가는 길옆의 도랑물을 "걸레처럼 구겨져
/흐르고 있"다고 직유한 것이 그러하다. 이 작품이 1972년에 발표된
것이라고 생각하니, 초등학교 3학년이었을 내가 무득 떠오른다. 그리
고 시인과 독자 간에 세대차이가 큰데도 불구하고 공감대를 살 수 있
다는 사실에 새삼 시의 위대성이 느껴진다.

　맹문재 : 저는 이번 대담을 작품론 쪽으로 하려고 합니다. 지금까지

선생님과 관련된 특집 대부분이 시인론 중심이어서 선생님의 시세계에 대한 연구 영역을 좀더 넓히는 차원에서 작품론이 필요하다고 봅니다. 그래서 저는 선생님께서 출간한 시집들을 차례로 살펴보는 것으로 대담의 방향을 정하려고 합니다. 선생님과 관련된 큰 특집은 《현대시》 1997년 12월호와 《시와시학》 1998년 겨울호에 마련되어 있습니다. 그럼 먼저 첫 시집 『낱말추적』(대구; 중외출판사, 1974)에 대해서 여쭙겠습니다. 시집을 낸 계기와 감회를 말씀해주세요.

이기철 : 돌이켜보니 제가 문단에 나온 지도 약 32년이 되었고, 시집도 10권이나 내었군요. 시집이 10권이면 저로서는 너무 많이 낸 것이 아닌가 하는 생각이 드는데, 그때그때 그만한 사정과 여건이 있어서 그렇게 되었습니다. 첫 시집 『낱말추적』은 문단에 나온 지 2년 만에 그야말로 문단 사정에는 무지한 상태에서 낸 시집입니다. 순수한 애숭이로서 무턱대고 낸 시집이지요. 그래서인지 문단의 주목을 별로 받지 못했습니다. 젊은 날 외국문학에 심취해 있었는데 특히 쉬르(초현실주의)의 영향을 많이 받았습니다. 『낱말추적』은 그러한 영향이 많이 담긴 어설픈 시집입니다.

맹문재 : 겸손의 말씀입니다. 김춘수 시인의 영향을 다소 받은 것 같은 인상이 들기도 하는데 그 나름대로 열정이 보이는 시집입니다. 사물과 상황에 대한 낯선 인식과 형상화가 앞으로 참신한 시를 쓸 수 있는 가능성을 충분히 보여주고 있습니다. 저는 개인적으로 이 시집이 세상에 다시 알려지는 기회가 있었으면 하는 바람입니다.

다음으로 선생님의 두 번째 시집인 『청산행』(민음사, 1982)에 대해서 여쭙겠습니다. 사실 저는 시를 습작하는 동안 이 시집을 여러 번 읽었습니다. 다시 읽어보니 시집 속에 들어 있는 장시(長詩) 「도시의 온도」가 여러 면에서 새롭게 읽혔습니다. 이 시를 쓴 배경과 의도는 무엇인지요?

이기철 : 첫 시집을 내고 난 뒤 저는 오랫동안 자성(自省)하고 있었습니다. 그러다가 두 번째 시집을 내게 되었는데, 「청산행」외 4편을 《세계의 문학》에 발표한 지 4년 만이었지요. 민음사 편집부로부터 시집을 내겠다는 연락이 왔을 때의 기쁨은 자못 컸습니다. 김우창 선생의 주선으로 시집을 내게 되었던 것이지요. 그때 저는 산, 물, 나무, 들꽃, 구름 등에 많은 관심을 가지고 있었고, 도시의 골목에 대해서는 늘 우수가 끼인 시선으로 바라보았습니다. 사람살이를 애틋한 감정으로 본 것이지요. 「도시의 온도」는 등단 후 시세계를 넓혀보겠다는 생각에서 실험해본 것입니다. 장시에 대한 욕심도 있었구요.

나는 「도시의 온도」의 두 번째 단락에 나오는 '노동자' 부분에 특히 관심이 갔다.

> 담배연기 같은 얼굴을 하고
> 작은 바람에도 몸을 떠는
> 마른 풀잎 같은 얼굴을 하고
> 먼지 같은 감기 같은 하품 같은
> 얼굴을 하고
>
> 그대 손에 들린
> 아내의 정성과 도시락과
> 곗돈처럼 더디게 불어가는

아내의 엷은 애정
겨울에는 더욱 비통하게 들리는
언덕바지의 교회의 종소리.

일일 노동과 길들은 굴종으로
찍어내는 끈적이는 피로

와 같이 이어지는 시인데 나는 좋은 비유의 부분에 밑줄을 긋기도 했지만, '노동자'에 대한 인식을 1977년의 작품에서 드러내었다는 사실에 관심이 갔던 것이다. 평화시장의 재단사였던 전태일이 1970년 11월 13일 분신자살한 후 한국의 노동운동은 한층 진전되어 나갔다. 지식인 시인들 역시 정치 상황의 악화와 비인간적인 산업화의 추진에 따른 노동자들의 희생에 대해 관심을 갖기 시작했다. 그러나 지식인 시인들은 노동자들을 전적으로 끌어안을 수 없었다. 지식인 시인들이 노동자들에게 "우리"라고 불렀지만 그것은 배운 자의 입장에서 배우지 못한 자에 대한 동정심의 발로였다. 따라서 지식인 시인과 노동자가 함께 하는 데에는 한계를 가질 수밖에 없었던 것이다. 1980년대에 들어 박노해 시인이 노동시의 기수가 될 수 있었던 것은 바로 이 주체성 때문이다. 그의 시집 『노동의 새벽』(풀빛,1984)에 들어 있는 총 42편의 작품 중에서 등단작 6편을 제외하고 모두 "우리"란 대명사가 들어 있는데, 이는 분명 노동자들의 주체성을 대변하고 있는 것이다. 한국 시문학사에서 노동자들을 담은 1970년대의 시를 민중시라고 부르는 것에 비해, 1980년대의 시는 민중시라고 부르지 않고 노동시라고 구분해서 부르는 근거는 바로 이 점에 있다. 즉 '노동자를 위한' 시에서 '노동자에 의한' 시로 변화 및 발전을 이룬 것이다.

이런 점에서 이기철 시인의 「도시의 온도」에 나오는 '노동자' 시는 새롭게 읽힌다. 노동자에 대한 특별한 사회적 의미를 부여하지 않았다고 할지라도 그것은 생래적인 관심이라고 보인다. 가령 1920년대의 최서해가 「탈출기」「박돌의 죽음」「홍염」「기아와 살육」 등의 빈궁문학을 그린 것은 그가 카프(KAPF)의 지도방침을 따라서가 아니라 그 자신의 체험에 의해서 자연스럽게 형상화된 것이다. 그 자신이 죽음과 연결될 정도로 가난하게 살았기 때문에 방화와 살인이라는 극단적인 행동까지 내보인 것이다. 따라서 이기철 시인의 「도시의 온도」는 시인의 삶의 저변이 담긴 것으로 여겨진다.

맹문재 : 선생님의 세 번째 시집은 『전쟁과 평화』(문학과지성사,1985)입니다. 그런데 이 시집은 이전의 시들에 비해서 상당히 다른 시적 대상인 "전쟁"에 대해서 쓰고 있습니다. 특별히 "전쟁"에 대해 관심을 가진 이유가 있으신지요? 또 이전의 시들에 비해 시의 행(行)이 상당히 길어지고 있는데 무슨 의도가 있으신지요?

이기철 : 인간은 어떤 위압적인 상태에서도 벗어나 행복을 가질 권리가 있습니다. 그런데 전쟁이 그러한 인간 권리를 파괴하는 것이기에 문제의식을 가졌던 것이지요. 『전쟁과 평화』의 시들을 쓰게 된 직접적인 계기는 레바논 전쟁을 텔레비전에서 보게 되어서였습니다. 전쟁을 통해 죽어가는 병사들과 인민들의 비참한 모습에 충격을 받았던 것이지요. 시의 행이 길어진 것은 독자를 염두에 두고 많은 설명을 하다보니 그렇게 되었나봅니다. 제가 감당해야 할 짐이 너무 무거웠던 것 같습니다.

1982년 이스라엘이 레바논을 전격 침공한 일이나 1983년 레바논 주재 미국 대사관 폭발 사고의 비참함을 보면서 시작(詩作)한 것으로 보이는 이기철 시인의 『전쟁과 평화』를 읽으면서, 나는 당연히 2003년 미국의 이라크 침공을 떠올렸다. 이 시대를 살아가는 사람들 대부분은 그 전쟁을 오랫동안 기억할 것이다. 나는 참혹한 전쟁 장면을 텔레비전을 통해 지켜보면서 인간의 삶이 힘에 의해 지배된다는 사실을 새삼 확인하게 되어 씁쓸했다. 학교에서 배운 것처럼 이 세계의 삶이 선과 악의 싸움이어서 결국 착한 사람이 하늘의 복을 받는 것이 아니라 어디까지나 강자가 지배한다는 사실을 여실히 본 것이다. 이제 전쟁을 지켜본 사람들은 생존경쟁에서 살아남으려고 더욱 수단과 방법을 가리지 않는 삶의 행동을 할 것이다. 강자가 성공한 사람이 되고 착한 사람이 되고 휴머니스트가 되고 역사 교과서에 남는 위인이 되는 것을 잘 보았기 때문에 모두들 강자가 되려고 힘쓸 것이다. 요즘 어린 학생들이 영어학원은 기본이고 수학학원, 경제학원, 과학학원, 피아노학원, 태권도 도장 등으로 내몰리는 것이 그 단적인 면이다. 약육강식이 지배하는 현실 세계에서 살아온 부모들은 강자의 편에 속하기 위해 자식들에게 한 가지라도 더 가르치려 하고 있는 것이다.

사회진화론(社會進化論)이 이렇게 철저히 적용되는 사회에서는 인간의 인정과 양심을 찾을 수가 없다. 인간이 사회적 존재로서 함께 살아가기 위해서는 서로 이해하고 양보하고 도와야 할 텐데, 그러한 미덕이 현실성 없는 것으로 여겨지고 오직 이기려고만 한다면 불행하지 않을 수 없다. 인간이 추구해야 할 자유며 평등이며 사회적 정의가 강자가 되려는 목표에 무너질 수밖에 없다면…… 문득 무서움이 든다. 따라서 시인이 전쟁에 대해 아파하고 대항하는 것은 단순한 지식 전문가가 아니라 지식인으로서 가져야 할 마땅한 의무이다. 그런 점에서 미국을 다룬 작품으로 이 시집의 마지막 쪽에 실려 있는 「편지」(전문)를 다시 읽어본다.

미국인들은 한국의 詩는 몰라도 한국인의 반공정신은 잘 안다고 한다.

한국의 휴전선 한국의 병력 한국의 군함과 전투기의 수는 잘 안다고 한다.

대구와 춘천은 잘 몰라도 판문점과 동두천은 잘 안다고 한다.

밴플리트와 워커씨의 6·25와 흑인 병사 톰의 죽음과

주한 미군과 성조기가 한국에 남아 있는 것을 자랑으로 여긴다고 한다.

한국에 세워지는 영어 강습소와 한국의 중학 교과가

국어 시간보다 영어 시간이 더 많은 것을 자랑으로 생각한다고 한다.

그들은 그들의 피가 물보다 진함을 믿는다고 한다.

나는 못 쓰는 영어 글씨로, 서투른 그들의 문법으로

그들에게 가는 편지를 쓰고 싶다.

고개를 넘으면 또 고개, 산을 넘으면 또 산인 우리나라에

싸리꽃이 피고 가을이 오고

얼굴 맑은 次男들이 사랑하는 신부를 맞아 새집으로 이사를 하고

깨금잎은 물들어 깨금알을 맺고

이름은 슬퍼도 슬프지 않게 살아가는 꽃들의 이름이

많이 담긴 편지를 쓰고 싶다.

서정성을 유지하면서 시적 주제를 이끌어가는 면이 뛰어난 작품인데 전쟁 내지 제국주의에 대해 대항하는 메시지가 약한 것이 사실이다. 메시지가 강하다고 해서 강한 시가 되는 것은 아니지만, 대상에 좀더 다가갈 필요는 있다. 전쟁은 크고 무섭고 거칠고 비참한 것이므로 그 상황을 담는 데에는 그에 상응하는 고민과 자세가 필요한 것이다.

그런 점에서 이라크 전쟁에 반대하고 평화를 기원하기 위해 한국의 시인과 작가들이 발간한 『전쟁은 신을 생각하게 한다』(화남, 2003)에 수록되어 있는 이라크 시인 5명의 작품은 좋은 참고가 될 것이다. "전쟁은 밤낮없이 무자비해./그건 독재자들에게 긴 연설을 하도록 만들고//희생자와 살인자를 동등하게 만들고"(둔야 미카일,「전쟁은 힘들어」), "우리는 죽어간다./우리는 침묵 속에 죽어간다./왜 우리는 울지 못하나."(압둘 와합 알 바야티,「우리는 왜 유랑지에 있나」), "빗방울마다/빨강 또는 노랑의 꽃씨들이 있다./그것은 배고픈 이들과 벌거벗은 이들의 눈물./빗방울은 노예들이 흘리는 피."(바드르 샤키르 알 사이얍,「비의 송가」), "술 취한 군인들의 행진이/피로 물든 깃발을 흔든다."(파딜 알 앗자위,「여가시간엔」), "혼자,/사랑도, 꿈도, 여자도 없이,/내일 난 얼어 죽을꺼야,/여기 난롯가에서."(불랑 알 하이다리,「옛날엔」)

전쟁은 인간다운 삶을 위협하는 일체의 힘, 즉 폭력이다. 폭력은 강도, 살인, 방화와 같은 인위적인 것도 있고 추위, 가뭄, 홍수, 더위, 늙음과 같은 자연적인 것도 있는데, 전쟁은 인위적인 폭력의 극점이다. 인간의 폭력 중에서 가장 큰 것으로 그에 따른 피해는 엄청난 것이다. 모든 폭력은 명분을 동반한다. 힘이 센 학생이 힘이 약한 학생에게 1000원의 돈을 요구했는데 말을 듣지 않는다고 폭력을 행사한 경우

1000원에 해당하는 명분이 들어 있지만, 전쟁은 그 1000원의 차원이 아니라 자유, 평등, 조국 해방 등과 같은 엄청난 명분이 들어 있는 것이다. 명분은 허위와 비례한다. 명분이 크면 클수록 허위는 커진다. 앞에서 예를 든 학교 폭력에서 1000원에 해당하는 명분은 1000원만한 허위가 들어 있는 것이고, 전쟁에서의 자유, 평등, 통일, 해방 등의 명분은 그만한 허위가 들어 있는 것이다. 전쟁에는 큰 명분이 있고, 그에 비례하는 큰 허위가 있으며, 그에 상응하는 피해가 따른다. 그리하여 박인환 시인은 「검은 강」에서 "인간의 피로 이룬/자유의 성채/그것은 우리와 같이 퇴각하는 자와는 관련이 없다"고 전쟁의 모순을 고발한 것이다.

맹문재 : 선생님의 네 번째 시집은 『우수의 이불을 덮고』(민음사,1988)입니다. 『전쟁과 평화』를 출간한 다음 3년 만에 낸 시집인데, 현실성이 많이 담긴 시집으로 보입니다. 시집을 낸 배경을 말씀해주세요.

이기철 : 『청산행』을 낸 이후 저는 저의 시세계가 너무 조용하고 과거 지향적이라는 사실에 불만을 가졌습니다. 그래서 현실 문제를 담고자 했습니다. 1980년대는 모두 알다시피 대학생들과 노동자들의 외침이 컸던 시기였지요. 그래서 저도 시와 인간 중에서 택하라면 조금 망설이기는 하겠지만 인간을 택할 것이라고, 또 시와 삶 중에서 택하라면 역시 삶을 택할 것이라고 생각했습니다.

맹문재 : 그런 계기가 있었군요. 그럼 다음 시집으로 넘어가겠습니다. 선생님의 다섯 번째 시집인 『내 사랑은 해지는 영토에』(문학과비평사,1989)에는 장시인 표제작이 있습니다. 이 작품은 "고모"에 대한

관심이 지배적인데 "네"가 또 등장하고 있습니다. 서로 어떤 상관성이 있는지요?

이기철 : 이 작품은 액자식 구성을 하고 있습니다. 도입 부분은 "네" 를 통해서 열고 있고, 본문에서는 "고모"님의 이야기를 전개하고 있고, 다시 "네"로 작품을 맺고 있지요.

맹문재 : 그러니까 "네"는 애인인 셈이고, 그 애인에 대한 사랑하는 마음이 고모님을 사랑하는 마음과 동등할 정도로 소중하다고 여기고 있는 것이네요.

이기철 : 애인이라고 특정하게 지칭할 것이 아니라 애틋하고 아름다운 사랑의 한 대상이라고 보면 되겠지요. 이미지의 병치라고 할까요. 이밖에 이 시집에는 소용돌이치던 당시의 대학 모습과 그 가운데에서 느꼈던 감정들이 많이 들어 있습니다.

맹문재 : 선생님께서 간행한 여섯 번째 시집 『시민일기』(우리문화사, 1991)는 장시(長詩)로 묶인 것입니다. 1980년대에는 신경림의 『남한강』, 백무산의 『동트는 미포만의 새벽을 딛고』 등 일일이 열거할 수 없을 정도로 많은 장시가 나왔는데, 이 시집을 출간한 특별한 사정이 있었는지요.

이기철 : 이 시집은 출판사의 적극적인 권유에 의해서 나오게 되었습니다. 민주화의 요구로 술렁거리던 1980년대의 대학가 모습을 그려본 것이지요. 그때그때 메모해둔 것을 장시로 만든 것입니다. 이 시집은 개인적으로 그리 맘에 들지 않는데, 시적 성취도가 낮다고 생각되어서입니다. 이 시집에 대해 해설을 쓴 평론가는 현대 산업화 사회에서 핍박받고 고통당하는 도시의 소시민 내지는 가난한 계층의 한과 비애와 소박한 소망을 담담하게 그렸다고 했더군요.

맹문재 : 겸손의 말씀입니다. 저는 선생님의 참여의식이 중요하다고 생각합니다. 다음으로 선생님의 일곱 번째 시집인 『지상에서 부르고 싶은 노래』(문학과지성사, 1993)에 대해서 여쭙겠습니다. 이 시집에는 "멱라"가 나오는데 시적 대상으로 삼은 점을 좀더 설명해주세요.

이기철 : 이 시집에 수록된 시들에서 거의 설명되고 있는 것 같은데, 굴원(屈原)의 높은 정신을 품으려고 했던 것이지요. 참담한 삶 속에서도 굽히지 않은 굴원의 이상과 정신이 제 가슴속에 침윤되어 있어서 시로 쓰게 되었습니다.

사실 우리에게는 『시경(詩經)』에 비해 굴원의 『초사(楚辭)』는 많이 알려져 있지 않다. 그것은 아마 공맹사상(孔孟思想)과 노장사상(老莊思想)의 영향 때문으로 보인다. 비유하자면 공자와 맹자의 사상은 교과서로 여겨지는 데에 비해 노자와 장자의 사상은 참고서 정도로 여겨지는 문화풍토 때문일 것이다. 그리하여 『시경』은 시가집이면서도 유가의 제일 경전으로서 존중되는 데 비해 『초사』는 참고할 만한 시가집 정도로 인정되어 오는 것이다. 이택후(李澤厚)와 유강기(劉綱紀)가 주편(主編)한 『중국미학사』(대한교과서주식회사, 1992)를 읽으면 이러한 인식의 역사적 근거를 이해하게 된다.

공자와 노자는 원시 씨족 사회가 붕괴되고 문명사회로 진입한 시기, 즉 인류 역사상 계급사회가 시작된 노예제 사회의 초기에 살았다. 당시의 사람들에게는 원시 씨족사회의 풍습이나 전통이 여전히 통용되고 있었지만, 물질생산과 정신문화의 측면에서 커다란 진보가 있어 계급적 충돌이 일어났고 전대에는 경험하지 못한 인간의 허위와 잔혹함과 죄악의 모습이 나타났다. 이와 같은 커다란 변화를 공자나 노자는 충격적으로 받아들이고 원시 씨족 사회와 노예제 사회 중에서 어느 사회가 더 좋은 사회냐, 어느 사회가 인류의 생존발전에 부합하는 사회냐를 고민하게 되었다.

그 결과 공자는 노예제 사회가 생겨난 후의 물질적, 정신적 성취를 긍정했다. "주나라는 하(夏)와 은(殷) 두 나라를 본떠서, 문물제도가 더욱 찬란하도다! 나는 주나라를 따르겠다.(周監於二代, 郁郁乎文哉, 吾從周)"라고 『논어』의 「팔일(八佾)」편에서 그러한 면을 잘 드러내고 있다. 공자는 원시 씨족사회의 전통 속에 들어 있는 민주정신과 인도정신을 소중히 여겨 통치자는 인도정신에 바탕을 두고 백성들을 다스려야 한다고 보았다. 공자의 이러한 사상은 맹자에 이어져 개인 인격의 능동성과 의지의 역량이 매우 강조되었다. 인격의 굳셈과 위대함은 힘들고 괴로운 데에서 단련되어 나오는 것이라고 인식하고 어려움 속에서도 굽히지 않는 태도를 "호연지기(浩然之氣)"(「공손추 · 상(公孫丑 · 上)」)라고 찬미한 것이다.

그러나 노자는 공자와 달랐다. 노자는 노예사회로 진입한 후 발생한 여러 가지 타락한 현상들을 가차없이 폭로하면서 문명은 재난일 뿐이라고 역설했다. 사회의 모든 재난과 죄악은 인간의 문명이 조성한 것이라고 보고 공자가 주창한 도덕은 극히 유해한 것이라고 단정지었다. 노자의 이와 같은 인식은 문명의 진보에 따른 사회적 모순과 병폐를 예리하게 직시한 것이고, 또 계급사회의 출현으로 말미암아 필연적으로 수반되는 인간 소외현상을 강력하게 비판한 것이다. 장자는 노자보다도 사회의 어두운 면에 대해서 분명하고 절실하게 인식하고 비판했다. 원시사회는 계급이 없어서 사람들 간의 도덕이 강제성을 띤 것이 아니라 자연스럽게 이루어졌는 데 비해, 계급사회에서는 서로 대립적이고 비인간화된 방향으로 나아간다고 보고 비판한 것이다.

그런데 노자와 장자의 이러한 세계관은 시대의 변화를 수용하지 못한 것이어서, 역사의 장(場)에서 지배적인 사상이 되지 못하고 밀려나게 되었다. 즉 통치자의 입장에서는 공맹사상이 사회의 질서를 유지하는 데 유리했기 때문에 선택하고 널리 이념화시킨 것이다.

굴원의 『초사』 역시 이러한 배경 때문에 『시경』에 비해 주도적인 위치를 갖지 못했다고 보인다. 『초사』는 초나라의 충신 굴원이 자기 나라의 방언과 풍속과 의식을 바탕으로 정치와 사회 그리고 자신의 처지와 마음을 노래하고, 후에 그의 추종자들이 추도하여 쓴 고도의 낭만주의 작품이다. 그중에서도 우리에게는 「이소(離騷)」가 비교적 많이 알려져 있는데, 굴원의 전기적인 면이 잘 드러나 있기 때문으로 보인다.

굴원은 26세에 회왕(懷王)의 신임을 얻어 벼슬을 갖는다. 문장력이 뛰어나고 외교술이 능란하여 국사(國事)를 담당하는데 주위의 시기와 비방 또한 끊이지 않아 29살에 첫 귀양을 간다. 그 후 초나라는 전략가 장의(張儀)의 주선에 따라 진(秦)나라를 정벌하러 갔다가 대패하는데, 회왕은 굴원의 외교능력이 필요함을 느끼고 굴원의 나이 32살 때 다시 등용시킨다. 그러나 일관성 없는 외교정책으로 나라는 혼란스러워지고 회왕이 진나라의 여인을 며느리로 맞는 굴욕을 당하자 굴원은 반대하고 나섰고, 그 바람에 굴원은 39살 때 재차 귀양을 간다. 그 후 진나라가 초나라를 침공하자 회왕은 대자를 볼모로 강화를 추진하고 직접 진나라에 가려고 하자 굴원은 진나라는 믿을 수 없다고 극력 반대한다. 그러나 회왕은 아들 자란(子蘭)의 말을 듣고 진나라에 들어갔다가 결국 죽임을 당하고 만다. 회왕에 이어 태자가 경양왕으로 즉위하고 자란을 영윤(令尹)에 임명하니 백성들은 회왕이 죽은 것이 자란 때문이라고 비난하고 굴원의 총명함을 얘기한다. 이에 굴원은 자란의 참소에 의해 강남(江南)으로 세 번째 귀양을 간다. 굴원은 장사(長沙)에 이르러 절명작 「회사(懷沙)」를 남기고 음력 5월 5일 멱라수(汨羅水)에 몸을 던져 자결한다.

이기철 시인의 『지상에서 부르고 싶은 노래』에 수록되어 있는 「정신의 열대」 「멱라의 길 1」 「멱라의 길 2」 「멱라의 길 3」 「내 안의 멱라」 등에서 나오는 "멱라"는 굴원의 그 정신을 집약시켜 보여주는 대상이다. 굴원은 인간의 유한성을 무한하게 밀고간 위대한 정신주의자이다. 비극적인 삶을 살았지만 결코 인간 정신의 위대함을 잃지 않았다. 죽음 앞에서도 회피하거나 두려워하지 않고 당당히 무너질 수 있는 인간의 위대함을 여실히 보여준 것이다. 이기철 시인은 굴원의 그 용기를 정신세계의 푯대로 삼고 노래한다. "내 정신의 열대, 멱라를 건너가면/ 거기 슬플 것 다 슬퍼해본 사람들이/고통을 씻어 햇볕에 널어두고/쌀 씻어 밥짓는 마을 있으리"(「정신의 열대」)라고 찾고 있다.

이 시집의 해설을 쓴 반경환 문학평론가는 "굴원이나 원효, 그 밖의 일연이나 부처의 길은 현대 심층심리학 속에 녹아 있어야 하는 것이지, 정신주의라는 초월의 자리에 놓여 있어서는 안 되는 것이다. 정신주의적인 사랑은 금기 체계 밖에서 또 다른 금기 세계를 만들고, 그럼으로써 자기 자신들의 도피처를 은닉시킨다."라고 비판하고 있다. 나는 이 지적이 일리가 있다고 생각한다.

맹문재 : 선생님의 여덟 번째 시집인 『열하를 향하여』(민음사,1995)를 읽어보면 다음과 같은 소재에 특히 많은 관심을 가지고 있는 것이 발견됩니다. 물론 다른 시집에서도 나타나는 현상이지요. 특별히 선호

하고 있는 이유가 있는지요?

(1) 색에 있어서는 "초록색"(푸른색)

(2) 동물보다는 "식물"(나무, 꽃, 풀, 산)

(3) 시간에 있어서는 "저녁때"

(4) "길"에 대한 관심

이기철 : 이 시집은 제가 미국에 방문교수로 가면서 맡겼던 원고가 민음사에서 출간된 것이지요. 이 시집에서 (1) 초록색은 생명력의 이미지여서 제가 좋아하는가 봅니다. 저는 계절 중에서 봄을 가장 좋아하는데 이 사실과도 상관이 있을 것 같네요. (2) 동물이나 무생물이나 문명의 물건들보다 식물에 더 많은 관심을 가진 것은 저의 성장 환경과 관련이 있겠지요. 저는 경남 거창군 가조면 석강리라는 산촌에서 태어나서 자라났기 때문에 자연스럽게 식물에 많은 관심을 가지고 있습니다. 저의 시에는 각시붕어, 구름할미새, 족두리꽃, 단추꽃, 댕기풀 등과 같이 사전에 등재되어 있지 않은 이름들이, 다시 말해 제 스스로 지은 이름들이 상당수 있습니다. 그만큼 식물들은 제 시의 자양분인 셈이지요. (3) 시간에 있어서는 저녁때가 많다는 것은 저도 몰랐는데, 아마 저녁에 시를 쓰다보니 그렇게 나타나지 않았나 생각이 듭니다. 언젠가 충북대학교의 한 학생이 저의 시에는 방향 중에서 서쪽이 많다는 사실을 발견했는데, 제 자신도 모르는 습관을 새삼 알게 되었지요. (4) 길에 대해서는 그동안 살아오면서 많은 생각을 했습니다. 저는 어린 시절을 어렵게 자라서 그런지 모르겠지만 어떠한 길을 걷는 것이 바람직한가를 많이 생각해왔습니다. 그래서 「열하를 향하여」에서도 "趾源은 하룻밤에 아홉의 강을 건너/거친 모래 땅 열하에 도달했다지만/나는 아홉 밤을 불면으로 지새워도 한 개의 강을 건너지 못했다/마

음 덮으면 없는 강이 마음 밝히면 열의 강으로 소리 높인다"라고 쓴 것이지요.

맹문재 : 선생님의 아홉 번째 시집인 『유리의 나날』(문학과지성사,1998)에 대해 송희복 평론가가 해설을 쓰면서 "유리"에 대해서 나름대로 규명해 놓았는데, 혹 빠진 부분이 있다거나 보충할 점이 있으면 말씀해주세요.

이기철 : 제가 이 시집에서 추구한 "유리"의 세계는 발레리(Paul Valery)의 영향을 많이 받은 것이지요. 발레리는 언어로써는 자신이 추구하는 정신의 세계에 도달할 수 없다고 절망하고 시를 포기했습니다. 물론 나중에는 돌아왔지만요. 저는 발레리가 시를 버리고 기하학에 몰두했던 때의 심경을 생각했습니다. 그리고 그 정신세계를 나도 추구해보고 싶었습니다. 내 정신이 고도로 단련된다면 얼마큼 도달할 수 있을까, 시험해보고 싶었던 것이지요. 물론 투명한 유리와 같은 그 정신세계는 도달할 수 없는 것이지만 그곳으로 가는 과정을, 그 정도를 고민해본 것이지요.

송희복 문학평론가는 『유리의 나날』의 해설을 쓰면서 "유리"를 다음과 같이 규명하고 있다. "이기철에 있어서의 유리란, 정신의 극한과 도덕적 염결성의 극치가 함축된 것이다. 이것은 가혹한 한서(寒暑)의 과격성을 제어하는, 그래서 지나침이 없는 중용의 인생관일 수도 있고, 지상의 어떠한 흔적을 거부하는 완벽한 초월성의 경지일 수도 있고, 또한 진창의 예토에 대한 순결한 정토(淨土)일 수도, 궁극적으로는 자기 헌신과 이타행(利他行)을 통해 이룩해야 하는 대승보살의 큰 뜻을 표상하는 것일 수도 있다. 이처럼 유리에 닿는다는 것은, 명징의 세계에 인도될 수 있다는 것은, 안과 밖, 내다보는 것과 들여다보는 것의 경계가 해체된 공(空)의 세계에 접근하는 것인지도 모른다."

이기철 시인은 1990년 제3회 시와시학상 작품상을 수상하는데, 그 특집의 시인론에서 홍용희 문학평론가 또한 "유리"를 다음과 같이 규명하고 있다. "유리는 차돌, 탄산소다. 횟돌 등이 화학변화를 일으키는 고열의 시련을 통과하면서 도달한 육탈의 정수이다. 일천도가 넘는 염열(炎熱)의 터널을 거치면서 제 몸의 모든 뼈와 살을 벗고 신생한 환원번조(還元燔造)의 물체가 유리이다. 유리는 이미 제 몸을 그림자도 없이 지웠기에 어떤 욕망의 속박과 유혹으로부터도 자유롭다. 그래서 유리의 마음은 세상의 모든 존재자의 본성을 굴절과 왜곡 없이 투명하게 받아들인다. 유리처럼 일체의 사심 없이 모든 사물을 있는 그대로 투영시키는 물체가 또 있을까? 유리의 세계는 자아의 철저한 부정과 죽임을 통해 찾은 진아(眞我)의 참모습에 비견된다. 집착과 편견에 의해 외부 세계의 본성을 온전히 인식하지 못하는 우리네 세속 세계의 인간 삶에 비교할 때, 유리는 해탈한 보살이고 무위에 이르른 신선이다."

위와 같이 이기철 시인의 『유리의 나날』에 나오는 "유리"를 두 문학평론가는 정신주의의 차원에서 규명하고 있다. 이러한 규명은 시집에 수록되어 있는 시들을 통해서 보면 어느 정도 타당하다고 생각된다. 나는 이 시집에 수록되어 있는 시들이 박상륭의 소설 『죽음의 한 연구』에 영향받은 것은 아닌가, 아니면 그 소설을 나시 엉화로 만든 영화배우 박신양의 데뷔작인 「유리」를 본 것이 아닌가, 궁금했다. 그러나 이기철 시인은 그 어느 것에도 영향받지 않았다고 했다. 그리하여 나는 이기철 시인의 정신주의가 현실로부터 초극된 것이 아니라 현실의 올바른 껴안음이라고 생각했다. 현실로부터 동떨어진 정신주의란 인간의 진정한 삶의 아픔과 고민과 갈등이 배제된 관념적인 것이어서 자칫 공허해질 수 있는 것이다.

맹문재 : 선생님의 열 번째 시집인 『내가 만난 사람은 모두 아름다웠다』(민음사, 2000)에 실려 있는 작품 「소망」을 보면 "나는 이제 참 좋은 시인이 되기보다/진실한 시인이 되리라 마음먹는다"라는 구절이 있는데, 진실한 시인이란 어떤 것인지 좀더 말씀해주세요. 시집 후기에서 선생님의 시세계가 자연만 노래한 것이 아니라 "삶의 다성악으로 변주되었다"라고 하셨는데, 이 점과 연결해서 말씀해주시면 좋겠습니다.

이기철 : 저는 남의 눈에 번쩍 띄는 시보다는 삶의 진정성을 담은 시를 쓰고 싶습니다. 그것이 제 스스로를 용서할 수 있는 시입니다. 좋은 시란 이해되기 전에 먼저 전달됩니다. 머리로 구상하고 말을 쥐어짜고 억지로 이어 붙여 기운 자리가 누덕누덕 보이는 시는 좋은 시라고 하기 어렵겠지요. 물 흐르듯 흐르면서도 진솔한 감정, 그것이 슬픔이거나 기쁨이거나 간에 읽어서 그 시의 전언에 귀가 솔깃해지는 시, 시와 시인의 말에 공감이 가는 시, 고의로 독자의 마음에 다가가려고 감정을 쥐어짜는 시가 아니면 좋은 시라고 하겠지요. 평소에 우리가 다 알고 있는 사실인데도 한 번 더 시인이 시의 말로 우리의 마음을, 우리의 자성을 툭 하고 깨우쳐주는 것이라면 좋은 시 아닐까요? 그러한 시를 쓰는 시인이 바로 진실한 시인이겠지요. 저는 사람들의 살아가는 모습이 좋고 거룩해 보입니다. 그것을 그리는 것이 삶의 다성악이겠지요. 진정 내가 만난 사람은 모두 아름다웠다고 말할 수 있습니다.

맹문재 : 앞으로의 시작(詩作) 방향 혹은 시집 계획에 대해서 말씀

해주세요.

　이기철 : 시가 때로 의도에 의해서 씌어지기도 하지만 그것이 과도하면 시가 부자연스러워지는 것 같습니다. 크게 말하면 시도 삶의 궤적을 기록한 것이라고 볼 수 있지요. 그것에 과장이나 거짓이 없다면, 다시 말해 진실된 것이라면, 시는 삶의 진실한 기록이라고 말해도 크게 틀리지 않을 것입니다.『지상에서 부르고 싶은 노래』나『유리의 나날』의 시 정신을 아직은 계승해야 하겠지만, 변화가 있다면 최근에 대구의 근교인 청도군 각북면 덕촌리라는 곳으로 이사를 했기 때문에 이곳의 정서가 얼마간 무르녹은 시를 쓰게 될 것 같습니다. 이곳은 아주한적한 곳, 하루에 버스가 네 번 정도 지나가는, 하루종일 새 울음과 솔바람 소리밖에 들리는 것이라곤 없는, 구름이 지나가다 한참씩 놀고가는, 복숭아꽃과 사과꽃이 눈 아래 내려다보이는 기슭입니다. 집 이름을 〈여향예원(如鄉藝苑)〉이라고 지어보았는데 고향과 같은 예술의집이라는 뜻이지요. 시작(詩作)이 연구 계획서를 내고 그 계획서에 의거해 만드는 논문이 아닌 이상 아마도 아침저녁 만나는 까치, 강아지, 소, 농부, 마을의 불빛, 구름 그림자들이 담긴 시를 다시 쓰게 되지 않을까 생각합니다.

　대담을 마치고 사진을 찍어준 손정순 시인과 함께 우리는 근처의 식당에 가서 저녁을 먹었다. 이기철 시인은 과천에 있는 아들집에서 자고 내일 한국시학회 세미나에 참석할 예정이라고 했다. 그런데 잠자리를 옮기면 잠이 잘 들지 못하기 때문에 약간 취해야 한다고 시킨 술을거의 다 마셨다. 나는 내일 해야 할 일이 많이 있어 마음놓고 술을 마실 수 없었다. 우리는 식사를 하면서 서울의 비대화를 비판하고, 치솟는 아파트 시세를 걱정하고, 어려운 출판시장에 대해서 한숨짓고, 누구의 시가 괜찮고 누구의 시가 별로고 하는 논평을 하고, 아픈 임영조 시인과 김강태 시인을 안타까워하고, 가족 얘기를 좀 했다.

식사를 마치고 이기철 시인이 과천에 가기 편리한 4호선 전철역인 서울역까지 배웅하고 나서 나는 2호선 전철을 이대역에서 탔다. 삼성역에 내렸는데 버스가 끊겨 할 수 없이 택시를 합승해서 집으로 돌아왔다. 방에 들어서서 손목시계를 보니 새벽 1시가 되어가고 있었다. 나는 얼른 옷을 갈아입고 세수를 하고 책상 앞에 앉았다. 오늘도 이렇게 가는구나, 나는 잠시 눈을 감았다.

나는 이리저리 할 일을 떠올리다가 대담을 정리하기 위해 이기철 시인의 최근 시집 『내가 만난 사람은 모두 아름다웠다』를 가방에서 꺼내 표제작 전문을 찬찬히 읽었다.

잎 넓은 저녁으로 가기 위해서는
이웃들이 더 따뜻해져야 한다
초승달을 데리고 온 밤이 우체부처럼
대문을 두드리는 소리를 듣기 위해서는
채소처럼 푸른 손으로 하루를 씻어놓아야 한다
이 세상에 살고 싶어서 별을 쳐다보고
이 세상에 살고 싶어서 별 같은 약속도 한다
이슬 속으로 어둠이 걸어 들어갈 때
하루는 또 한번의 작별이 된다
꽃송이가 뚝뚝 떨어지며 환성하는 이별
그런 이별은 숭고하다

사람들의 이별도 저러할 때
하루는 들판처럼 부유하고
한 해는 강물처럼 넉넉하다
내가 읽은 책은 모두 아름다웠다
내가 만난 사람도 모두 아름다웠다
나는 낙화만큼 희고 깨끗한 발로
하루를 건너가고 싶다
떨어져서도 향기로운 꽃잎의 말로
내 아는 사람에게
상추잎 같은 편지를 보내고 싶다

(《문학마당》, 2003년 여름호)